21

世纪文学之星

丛书 2019年卷

散文集

大地知道谁来过

田 鑫⊙著

作家出版社

作者简介：

田鑫，青年作家，1985 年生，现居银川。散文作品在《散文》《美文》等发表，多次被《散文选刊》《散文海外版》选载，并入选《中国年度散文》《中国随笔精选》等权威选本。曾获第三届《朔方》文学奖、第九届宁夏文学艺术奖。

目 录

总　序

袁　鹰

中国现代文学发轫于本世纪初叶，同我
们多灾多难的民族共命运，在内忧外患，雷
电风霜，刀兵血火中写下完全不同于过去的
崭新篇章。现代文学继承了具有五千年文明
的民族悠长丰厚的文学遗产，顺乎20世纪的
历史潮流和时代需要，以全新的生命，全新
的内涵和全新的文体（无论是小说、散文、
诗歌、剧本以至评论）建立起全新的文学。
将近一百年来，经由几代作家挥洒心血，胼
手胝足，前赴后继，披荆斩棘，以艰难的实
践辛勤浇灌、耕耘、开拓、奉献，文学的万
里苍穹中繁星熠熠，云蒸霞蔚，名家辈出，
佳作如潮，构成前所未有的世纪辉煌，并且
跻身于世界文学之林。80年代以来，以改革
开放为主要标志的历史新时期，推动文学又

一次春潮汹涌，骏马奔腾。一大批中青年作家以自己色彩斑斓的新作，为20世纪的中国文学画廊最后增添了浓笔重彩的画卷。当此即将告别本世纪跨入新世纪之时，回首百年，不免五味杂陈，万感交集，却也从内心涌起一阵阵欣喜和自豪。我们的文学事业在历经风雨坎坷之后，终于进入呈露无限生机、无穷希望的天地，尽管它的前途未必全是铺满鲜花的康庄大道。

绿茵茵的新苗破土而出，带着满身朝露的新人崭露头角，自然是我们希冀而且高兴的景象。然而，我们也看到，由于种种未曾预料而且主要并非来自作者本身的因由，还有为数不少的年轻作者不一定都有顺利地脱颖而出的机缘。其中一个重要的原因，乃是为出书艰难所阻滞。出版渠道不顺，文化市场不善，使他们失去许多机遇。尽管他们发表过引人注目的作品，有的还获了奖，显示了自己的文学才能和创作潜力，却仍然无缘出第一本书。也许这是市场经济发展和体制转换期中不可避免的暂时缺陷，却也不能不对文学事业的健康发展产生一定程度的消极影响，因而也不能不使许多关怀文学的有志之士为之扼腕叹息，焦虑不安。固然，出第一本书时间的迟早，对一位青年作家的成长不会也不应该成为关键的或决定性的一步，大器晚成的现象也屡见不鲜，但是我们为什么不在力所能及的范围内尽力及早地跨过这一步呢？

于是，遂有这套"21世纪文学之星丛书"的设想和举措。

中华文学基金会有志于发展文学事业、为青年作者服务，已有多时。如今幸有热心人士赞助，得以圆了这个梦。瞻望21世纪，漫漫长途，上下求索，路还得一步一步地走。"21世纪文学之星丛书"，也许可以看作是文学上的"希望工程"。但它与教育方面的"希望工程"有所不同，它不是扶贫济困，也并非照顾"老少边穷"地区，而是着眼于为取得优异成绩的青年文学作者搭桥铺路，有助于他们顺利前行，在未来的岁月中写出更多的好作品，我们想起本世纪20年代和30年代期间，鲁迅先生先后编印《未名丛刊》和"奴隶丛书"，扶携一些青年小说家和翻译家登上文坛；巴金先生主持的《文学丛刊》，更是不间断地连续出了一百余本，其中相当一部分是当时青年作家的处女作，而他们在其后数十年中都成为文学大军中的中坚人物；茅盾、叶圣陶等先生，都曾为青年作者的出现和成长花费心血，不遗余力。前辈们关怀培育文坛新人为促进现代文学的繁荣所作出的业绩，是永远不能抹煞的。当年得到过他们雨露恩泽的后辈作家，直到鬓发苍苍，还深深铭记着难忘的隆情厚谊。六十年后，我们今天依然以他们为光辉的楷模，努力遵循他们的脚印往前走去。

　　开始为丛书定名的时候，我们再三斟酌过。我们明确地认识到这项文学事业的"希望工程"是属于未来世纪的。它也许还显稚嫩，却是前程无限。但是不是称之为"文学之星"，且是"21世纪文学之星"？不免有些踌躇。近些年来，明星太多太滥，影星、歌星、舞星、球星、棋星……无一不可称星。星光闪烁，五彩缤纷，变幻莫测，目不暇接。星空中自然不乏真星，任凭风翻云卷，光芒依旧；但也有为时不久，便黯然失色，一闪即逝，或许原本就不是星，硬是被捧起来、炒出来的。在人们心目中，明星渐渐跌价，以至成为嘲讽调侃的对象。我们这项严肃认真的事业是否还要挤进繁杂的星空去占一席之地？或者，这一批青年作家，他们真能成为名副其实的星吗？

　　当我们陆续读完一大批由各地作协及其他方面推荐的新人作品，反复阅读、酝酿、评议、争论，最后从中慎重遴选出丛书入选作品之后，忐忑的心终于为欣喜慰藉之情所取代，油然浮起轻快愉悦之感。"他们真能成为名副其实的星吗？"能的！我们可以肯定地、并不夸张地回答：这些作者，尽管有的目前还处在走向成熟的阶段，但他们完全可以接受文学之星的称号而无愧色。他们有的来自市井，有的来自乡村，有的来自边陲山野，有的来自城市底层。他们的笔下，荡漾着多姿多彩、云谲波诡的现实浪潮，涌动着新时期芸芸众生的喜怒哀伤，也流淌着作者自己的心灵悸动、幻梦、烦恼和憧憬。他们都不曾出过书，但是他们的生活底蕴、文学才华和写作功力，可以媲美当年"奴隶丛书"的年轻小说家和《文学丛刊》的不少青年作者，更未必在当今某些已经出书成名甚至出了不止一本两本的作者以下。

是的，他们是文学之星。这一批青年作家，同当代不少杰出的青年作家一样，都可能成为21世纪文学的启明星，升起在世纪之初。启明星，也就是金星，黎明之前在东方天空出现时，人们称它为启明星，黄昏时候在西方天空出现时，人们称它为长庚星。两者都是好名字。世人对遥远的天体赋予美好的传说，寄托绮思遐想，但对现实中的星，却是完全可以预期洞见的。本丛书将一年一套地出下去，十年二十年三十年五十年之后，一批又一批、一代又一代作家如长江潮涌，奔流不息。其中出现赶上并且超过前人的文学巨星，不也是必然的吗？

岁月悠悠，银河灿灿。仰望星空，心绪难平！

1994 年初秋

序

问苍茫大地

叶　梅

对于乡村、乡愁的写作，近些年里多有篇什，显出各自的思绪和章法，让人感受到不同地域的不同人生，而能在一般叙事性的描写里，表现出作者独到的发现和领悟的，尤为珍贵。宁夏青年作家田鑫的系列散文《大地知道谁来过》便是这样的写作。他来自乡村，又以自己的思索回到乡村，他用心贴近乡土，叩问大地，笔墨浸染着浓厚的泥土颜色和味道，让读者如临其境，随着怀想从前，并体察和触摸如今的乡村，而由此想象到某些未来。

这个出生在六盘山下一个小山村的青年，很早就不幸失去了母亲，从小有些内向，喜欢进入书的世界，一本《新华字典》也会让他痴迷。内心深处常有的无助和孤独使他暗暗寻找倾诉的出口，后来发现了写作的乐趣。小学时，老师要求每天写一篇日记，这在他小小的心田播下了萌芽，中学时的作文被作为范文朗读，甚至还发表在了《作文指导报》上，这给了他更大的动力。高中时便一头扎进图书馆，一边阅读一边开始写诗。2006 年考上宁夏大学中文系，参与创办校园文学社和校园读物，不断有诗作发表在《诗刊》《散文诗》等刊物上，并入选《诗选刊》年代诗歌大展、《飞天》大学生诗歌典藏、《中国年度诗歌精选》等选本。大学毕业后，他进入报社工作了一段时间，开始散文写作。

田鑫的作品渐渐受到人们关注，尤其是他的散文出手不凡，一些篇章被《散文选刊》《散文海外版》等选载，入选近年多种中国年度散文选本，还获得了宁夏当地的一些文学奖项。

散文集《大地知道谁来过》是田鑫的近作，其中的作品分为三辑：收脚印的人、时光的陷阱、大地的印记，读者可以从中领略到来自宁夏西海固大地的声音，感受这位年轻散文家对乡土的深厚情怀和放飞的思绪。应该提到的是，这本散文集入选 21 世纪文学之星丛书，推荐人为宁夏作协的闫宏伟、李进祥二位，他们与田鑫一样，似乎都具有一种相同的文学气质，对文学和生活有着异常的坚韧和深情，无论苦难、悲情还是喜悦，都以一种诚实、本真的叙述，直面人生。

生活是田鑫的教科书，他怀着多年积压的情愫，视角敏感而又缜密，每一篇文字都来自真情所动，一只蚂蚁，一行脚印也会让他浮想联翩，将曾经与之相关的生活片段勾连起来。他一次次回想童年，那段曾经无法倾诉的日子让他现在不断咀嚼，而童年的记忆又与现实的感受相融合，乡村的土地、核桃树、老人、孩子、牛和狗……那些看似卑微琐碎的细节在他的笔下展现，试图开掘出隐含其中的真实的力量和人生感悟。"在这城市的钢筋水泥上，人都留不下痕迹，何况一只小小的蚂蚁。"(《收脚印的人》)"其实，在到处都是土的村庄里，也是留不下任何脚印的。弯弯曲曲的路，我走了一条又一条，每一次回头，只看见路看不见脚印。我曾经把脚印留在刚犁过的地里，等着它长出来，春天里所有的植物都长出叶子，脚印却没有任何动静。"那些与大地最为贴近的平凡劳作及乡土画像，连同留不下来的脚印终归烙在了他的一行行文字里。

田鑫的散文大多是在灵感迸发的时候写的，看上去十分自然，既不是刻意雕琢，更不是无病呻吟，包含着许多来自俗世的奇思妙想而耐人寻味。"我突然就想起那棵树来，想起那些在树下歇脚的人、烤火的人、写字的人、唱秦腔的人、吹唢呐的人……想起他们唱过的曲儿和他们走过的路以及他们看得见和看不见的惆怅时，就觉得，这棵树站在山顶上，就像孤独这两个字站在黑板上。"(《孤独的树》)他的倾诉就像泉水一样，很少虚构，也很少抒情的加工，他用自己的心力重新结构童年，从而理解童年、理解和重新认识乡村，将少小淤积在心的伤痛和酸楚，疏浚出一条舒缓的渠道。

他怀着悲悯之心，冷隽地书写了许多乡村人物，以及他们之间的爱与恨。给人看了一辈子病的三爷爷，一个平凡中透着坚韧又无奈的老者，老来因为没有学历被当作不合法的医生淘汰；兄弟姊妹之间为了一棵树抛弃了亲情，相互争斗，但最后却死的死走的走，只留下空荡荡的山地和砍倒的树，从前的争斗变得毫无意义；还有冷落了他的童年的舅舅，等等。然而，"多年之后也才发现，当年的那些恨多么微不足道。又觉得人心里总是要装着一些恨的，于是就恨这时光，恨这悄无声息的时光，把大地还给了草木，让村庄变得荒芜；于是就恨这时光，悄无声息的时光，偷走人年轻的容貌，给他疾病，给他痛苦，让人无法直立行走在这世间。"(《恨着恨着就恨不起来了》)在他的笔下，大地上，人和麦子几乎相同，"人用智慧和精力经营大地，让麦子成长；而麦子用营养回赠人，作为被隐喻的麦子，我们谁也躲不过岁月的收割。"人与人之间的误解和伤害，随着时光的流逝会一点点烟消云散。

　　田鑫回望曾经的乡村，洞察当下的乡情，阐发了年青一代对乡村的认知，其中不乏对乡村空心化的担忧，为部分传统文化的隐没而呼唤。在这本散文集里，《逃离》《较劲》《失传》等一系列短文便是如此。"多年以后，和我一起钻过麦草垛的孩子都已经有了自己的孩子，他们中大多人像我一样，并没有掌握种植小麦的技术，他们也不需要蹲在麦田里收割，种植对于我们而言，已经变成遥远的事情。"（《隐喻的麦子》）整个村庄再也找不到一头毛驴，如今种麦子，收麦子，碾磨麦子完全机械化，毛驴的存在已无价值，过去收割加工农作物的镰刀、石轱辘、石磨、连枷、架子车、面柜等物件，也都一一没有了踪影。就连从前被人生死争抢的土地，也有的野草丛生，出没其间的野鸡被城市里长大的女儿当作了凤凰。"奶奶坐在老家的门槛上等我们，她就像门槛上的对联一样，深深印在时间的木头上，我却没有办法把她揭下来，只能看着时光之手，一点一点让她变老，一点一点漶漫，直到看不见踪影。"（《奶奶坐在门槛上》）

　　在这种消失之中，田鑫在寻找新的创造。

　　同在宁夏的很多作家都写乡土和村庄，田鑫试图避开别人曾经走过的路，避开同质化的写作，寻找新的再现，并将这种再现回报给乡村。他在散文写作中有过多种尝试，在技法上借鉴小说、诗歌，在内容上讲述一个个乡村故事，同时打破叙事节奏，不时闪现跳跃、留白。他的语言有着泥土的质地，朴素无华，忌讳动用表面华丽、浓烈的词汇。他希望自己就像依靠大地生长的一种当地叫"地软"，也叫"地耳"的植物一样，无须鲜艳的外表，只是匍匐在大地上，却吸纳大地精神，以丰富的蛋白质、钙、磷、铁补虚益气，滋养肝肾，还可养眼明目。"走得再远，还是要回来。每年腊月，我都会趁着夜色回到故乡，回到这片怀揣着细软的大地。可以不用走亲访友，但是一定会带着女儿去我捡拾过地软的地方，拨开枯草，寻找大地的细软。"这种紧贴大地的想法让他目光有神，乡愁质朴而又丰满。

大地苍茫，昨非今是再定去从，面对当下日渐现代化的辽阔乡村，当代人或喜或忧，流着相同的泪，诉说着不同的故事，对未来的向往和选择更为考验人的智慧和勇气。期待田鑫在对大地不断深切叩问之中，意会更多，阐扬出更加丰美壮阔的大地精神。

2020 年 4 月 29 日于北京广安门

第一辑

收脚印的人

收脚印的人

麦黄六月，村子空荡荡的，大人们到地里收麦子，牲畜们关在圈里避暑，巷道里没有其他人，我蹲在树荫下，看蚂蚁从一堆虚土里爬出来又钻进去。观察蚂蚁是一件很有意思的事情，你看有一只蚂蚁先把小触角伸出来，还来不及看清楚外面的情况，排在后面的伙伴就耐不住性子，一头把它顶出洞口，随后一大批蚂蚁像水从泉眼里冒出来，四散离开。

我想看看它们的足迹，结果土上没留下任何痕迹。这让我很是沮丧，站起来脱下裤子，朝蚂蚁冒出来的地方一顿猛浇。这突如其来的水，把另一些水一样冒的东西挡了回去，看着湿漉漉的地面和正在泥里翻身的蚂蚁，我有些报了仇的兴奋，生活在土之上，怎么会没有足迹呢，就不信收拾不了你们。

很快，我的快感就被太阳和风瓦解了。地面上的水变成了一摊水渍，没一会儿，土又变成了原来的样子。几只没来得及爬出来的蚂蚁，身后留下一条浅浅的痕，在水里爬时滚到身上的泥像个小坟包，把它埋在那里。水消失了，洞里又有蚂蚁冒出来，它们还是一个顶着一个出来，然后四散而去，对于此前发生的一切毫无兴趣。

多年以后，看到蚂蚁，我总会想起这个画面。在街上遇到蚂蚁，我还有坐下来看看的冲动，不过再也没有浇的冲动，对于蚂蚁是不是留下足迹这事，也不再那么认真。在这城市的钢筋水泥上，人都留不下痕迹，何况一只小小的蚂蚁。

其实，在到处都是土的村庄里，也是留不下任何脚印的。弯弯曲曲的路，我走了一条又一条，每一次回头，只看见路看不见脚印。我曾经把脚印留在刚犁过的地里，等着它长出来，春天里所有的植物都长出叶子，脚印却没有任何动静。我曾经把脚印留在厚厚的雪里，看着它在身后留下一长串，就像很多个我排队一样，太阳一晒，地面上什么都没留下，那几十个排队的我也跟从来就没出现过似的。

我怀疑，村庄里一定有一个收脚印的人，他躲在我们看不到的地方，有人走过去，他就悄悄地跟在身后把留在地上的脚印收起来，让走路的人找不到任何痕迹。他跟风一样，把路舔得干干净净，就像从来没有人走一样。

村庄里也有能留下脚印的时候。有一年，我和小伙伴趁着夜色翻到别人家的果园里，借月光摘下十几个苹果。你要知道，在一个只有杏树和梨树的村庄，像是突然之间就长出来的苹果树，对于我们的诱惑有多大。发现园子里的苹果挂果后，我们每隔一段时间就会去看看，看着它们从指头蛋大长到拳头一样大，看着它们褪掉青色开始红润，就有些忍不住了，蹑手蹑脚翻过院墙，让它们以一种见不得人的方式结束生长。我把它们藏在麦草垛里，每天吃一个，苹果被牙齿咬碎的瞬间，除了咀嚼果肉和吞咽的快感之外，还有一种说不清的味道。

苹果吃着香，心里一直忐忑着。从翻过院墙的那一刻起，我就处于一种恐慌之中。翻墙的时候我们尽量不发出声音，跳下去的瞬间，却已经暴露了——布鞋留下的痕迹，从落地到离开果园就一直显得很慌张的样子，东一脚，西一脚；深一脚，浅一脚。很快这些脚印和半夜消失的苹果一起，开始在村庄里流传。苹果还没吃完我就更加担心了，生怕人家循着那些脚印发现藏在麦草垛里的苹果，然后顺藤摸瓜抓住我。我多么希望收脚印的人已经收走了那些脚印，我的嫌疑被排除。不过希望越大，惶恐就越大，以至于不敢再吃那些苹果，好几个苹果就这样被遗忘在麦草垛里，半年后被发现时，它们水分尽失，只留下苹果的样子，人们还为它们的来历做过好多的猜测。

　　我没有等到那个收脚印的人，却在不久之后做起了他应该做的事情。十岁那年秋天，母亲出车祸长眠于自己劳作了一生的土地，我的童年就这样被硬生生撕开一个洞。早上醒来，母亲睡过的地方空着，我就当她去了地里，可是等了一天也不见她回来，我跑到地里，看不到她的影子，就想着找她留下来的脚印。阳洼梁上的地刚犁过，虚土有规则地排列着，只留着一些牛走过后的蹄印。滚牛坡上的地里长着苜蓿，秋风萧瑟，苜蓿干枯，一地的苜蓿叶子根本看不清地的样子，更不用说找到脚印。我把自家的地走了个遍，没找到一个母亲留下来的脚印，它们就像被抽空了一样，毫无痕迹。我想着在母亲停止呼吸后，那个收脚印的人肯定出现过，他一一将脚印收回去，不留任何痕迹，好让我断了念想？

　　这念想就真的断了，在随后的日子里，我再也没有找过脚印，也不再做母亲突然回来的梦。我甚至把脚印这事和收脚印的人给忘了，在我离开村庄的时候，我没有刻意留心身后是否有脚印。多年以后，再回到村庄的时候，物是人非，当年和我一起翻墙的小伙伴已经看不到小时候的样子，斑驳的院墙里苹果树早不见踪影，陈旧的麦草垛里有没有苹果我不得而知，不过可以肯定的是，我偷苹果时留下的脚印早已经被收走，不仅如此，我在村庄里生活了二十年所留下的所有脚印都早已经不知所终。

这让我更加坚信，肯定有个人在我走后，将我留在村庄里的脚印一一收走。

原载《散文》2016 年第 8 期

入选《中国最佳文学作品选》（散文卷）

入选《2016 中国年度散文》

入选《散文 2016 年精选集》

入选《中国散文年度佳作（2016）》

人总有一天会空缺

　　玉米秧子被牛踩了一脚之后，它站过的地方就陷了下去，空出一棵玉米秧子的位置。我盯着那个不大不小的坑，那棵玉米秧子紧贴着地面，没有一点要站起来的意思。我看着它，想不通怎么能这样，一棵玉米秧子怎么会说死就死了。

　　我总觉得，指甲长了剪短又长上来，韭菜割了过些日子又是一茬，树叶黄了会绿，竟然有些东西空缺了就再也不回来了。越想越失落，并且有一种顿悟了的感觉，才明白这世界上有很多东西，就像被踩进土里的玉米秧子一样，总有一天会突然空缺。并且这种空缺，谁也都会遇得到，甚至还伴随一生。

　　我从童年开始，就在经历各种空缺，并记住它们所带来的滋味和创伤。

　　小时候寡言，怕到人群里去，路上遇见村庄里的人只是嘿嘿一笑，远远看到亲戚走过来，还会悄悄躲起来。去学校上学，看到老师黑黑的脸，就想把自己从教室里抽出来，倒回到家里。不过还是得面对，我整天闷不吭声，用老师的话说，半截子木头一样长在板凳上，看到就觉得别扭。

这种静态的别扭，直到遇到堆金才得以缓解。他和我相反，一上课就想说话，每一任同桌都受不了他，老师觉得我不说话，堆金要是坐我身边想说话也没的说，没想到弄巧成拙，堆金竟然打开了我这把生硬的锁。

他竟然成了我遇到的第一个突然消失了的人。他将一瓶劣质白酒灌进自己十二岁的身体后，就再也没有醒来。从此，教室里那张课桌的一边就空出一个十二岁孩子的位置，我坐在旁边，守着一个巨大的空洞。

堆金的离开让我明白了人有一天也是会突然空缺的，但是母亲的离开，却让我理解了空缺带来的痛到骨子里的悲伤。毫无征兆，我在放学回家的途中被截住了，来接我的人说你母亲出事了，得赶紧去看看。其实我对出事毫无概念，就跟在他身后。一路上没话，跑到山坡上的时候，一车土豆翻在路上，母亲躺在父亲怀里，软软的，看见我就流起眼泪。我别过头，想把泪水憋回去，可是无济于事。她被送到医院前眼睛还是睁着的，送回来就一直闭着眼睛。那个傍晚，在一一和亲人们告别之后，从此家里的院子里炕上饭桌上就空出母亲的位置。父亲和他的几个孩子守着母亲留下的空缺，度日如年。

三年前，祖父去世，这个四合院里又一次出现了让人悲伤的空缺。在过完一生闭上眼落了草之后，我们把祖父埋到了埋着母亲的那块地里，从此，他作为丈夫作为父亲作为祖父的身份，就永远地空缺了下来，我们用长久的悲伤也没能让他复原。我们在白纸上写上他的名字，把他的照片洗出来，装进相框里，端端正正地摆放在供桌中央。逢年过节，摆上供品，点一炷香，然后抽出一根香烟点燃，像祖父活着一样递给他。事实上，我们就当他从来都没有离开，说话的时候大家尽量把悲伤收起来，装作没事人一样，吃饭的时候，先给祖父盛一勺，放在供桌上，估摸着他动筷子了，我们才夹菜。祖父平素节约惯了，米粒掉在地上捡起来吹吹放进嘴里，我们吃饭的时候，不敢剩饭，怕祖父心疼。

这样的日子一直持续到父亲被我带进城。父亲走了，村庄里就空出了他的位置。四合院里出出进进的瘦小身影，突然就看不见了。留在村庄里的人，再也看不到父亲扛着铁锹把地里的粪土堆拍得瓷实又圆溜，门市部的土炕上打牌的人群里也看不到父亲粗糙的双手死死摁着牌的样子，五里外的集市上也看不到父亲躲在小饭馆里和他的酒友吆三喝四把一瓶瓶啤酒灌进肚子里。

看不到的太多了，我像移走一棵树一样，硬生生把父亲连根拔起，让他带着原土来到这座城市。村庄里空出来的部分，突然出现在城市的小区里，又变成了另一种风景。这个走路佝偻着腰的小个子男人，一张嘴就露出两排黄牙，不用说话就知道方言一定带着土味，滑稽的是，他怀里抱着的小姑娘，咿咿呀呀说一口普通话。父亲小心翼翼，生怕露出破绽，这个在村庄里无比威严的父亲，没有了在田间地头的神气，没有喝酒打牌时的狡黠，面带怯色，悄悄地活着。

村庄里突然迁走一棵树，或许没有人操心它去了哪里，但是一个人的位置突然空了出来，会有很多人关心他的去处。刚来城里的时候，父亲的手机总是不闲着，不是他打给村庄里的人，就是村庄里有人打给他。其实，电话接通也没啥说的，无非就是问问对方好着吗，然后就不知道说啥。每次放假前，父亲总会像马上放假的孩子一样，迫不及待，得到我的应允之后，他大半夜就爬起来去车站。我从来没教过他怎么买票，但是每一次他都会很顺利地返回故乡，用自己的方式去填补那个缺失了许久的空缺。

离开村庄多少年了，除春节之外的每一个节日，我都是一个缺席者，我在村庄里的位置空缺得实在太久了，以至于回乡时总有一些人是我所不认识的，我也成了很多人陌生的面孔。

今年清明节，陪父亲回趟村庄给先人们上坟。两个空缺者回到村庄，跪倒在坟地里，疯长的野草把每一个坟堆盖得严严实实的，父亲清理完他的父亲身边的草，又清理了我的母亲身边的草，然后在两座坟之间，清出一块空地。

我没明白父亲为何在一块空地上折腾半天，不过离开的时候，回了下头才看清楚，原来祖父和母亲的坟地之间，恰好留出一座坟的位置。父亲不说，我心里明白，这块空地，是他留给自己的，这时候把它空出来，是想着在村庄里早早选下一块空地方，安放这些年的空缺，以及多年后将永远空缺的自己。

原载《散文》2016 年第 8 期
入选《中国最佳文学作品选》（散文卷）
入选《2016 中国年度散文》
入选《散文 2016 年精选集》
入选《中国散文年度佳作（2016）》

人一死事情就堆下了

在这世上，一个人一旦离开，应该由他做完的事情也就堆积下了。

是一个黄昏，母亲被一辆吉普车送回村庄，在此之前，她被侧翻的一架子车土豆压在下面，父亲扒开土豆和架子车，母亲软塌塌的，抱在怀里像抱着一股风。送到医院后，母亲的嘴巴、鼻孔、胸腔……到处插着管子，一瓶又一瓶的液体，还是没能让她软下去的身体再恢复过来。

医生说，还是早点送回去吧，见见家人，让早点走，少受苦。

村子里经常有吉普车路过，不过停在村庄里还是第一次。吃了饭没事干的大人小孩都围过来看热闹。我夹在他们中间，看着母亲被几个人用门板抬进屋子，软塌塌地放在土炕上。她一直不说话，准确地说，她说不出话来，看看我，再看看妹妹，然后就闭上眼谁都不看。

眼泪从母亲的眼角下来，流得很慢。一屋子的人也都很慢，站着的，坐着的，一个盯着一个，等待最后时刻的到来。几天几夜没合眼的父亲蹲在炕圪崂，双手抱膝，头埋着。他说梦见一堵墙就醒来了，不过母亲已经闭上了眼睛，再也没睁开。一屋子的人开始哭泣，嘤嘤呜呜的。

那堵墙倒了，就再也没起来，它把母亲死死地堵在我们看不到的地方。母亲走了，应该由她来完成的事情也就真的堆下了。

阳洼梁上的两亩地，路太窄，母亲没事干的时候就扛着铁锹去修路。现在，半截土路停在那里，被铁锹翻过来的杂草枯萎，原本快要完工的事，就这样被堆积了下来。母亲像挖断了根的枯草一样，再也没办法返青，也没办法把剩下的半截路补上。

给我纳的一双布鞋，鞋底上密密麻麻的针脚已经让厚厚的一层布有了美感，鞋帮子上几块破布被严丝合缝地组合在一起，一只鞋已经纳好，另一只鞋只剩下最后几针。针线还在，鞋帮子和鞋底扔在筐篮里，一只鞋张着嘴，等着有人把它缝上。这事也被母亲堆下了，一年以后，姑姑替母亲缝上另一只鞋，但是针脚明显不一样。

后院的几只鸡、夹在书里的旧鞋样、仓库里的破麻袋……好多事情，就这样被母亲堆了下来，母亲陪嫁的箱子上落了薄薄的灰尘，过年贴的窗棂破着洞，蜘蛛不知道什么时候在顶棚上布了网。整个院子灰突突的，我们几个人出出进进都没精打采，母亲堆下了好多事情，但是每个屋子都空荡荡的，有一种巨大的悲伤。

父亲开始整夜整夜不回家，他蹲在小卖部的土炕上，手里攥着几张扑克牌，然后盯着别人扔下来的牌。很多时候，他手里的牌大不过人家，但是他就是不认输，一直等到最后一张牌亮出来，才蔫蔫地等下一轮开始。

母亲把作为妻子的那部分堆下来了，土炕的另一边空着，父亲睡在炕上，就会叹气，会偷偷抹眼泪，还不如蹲在小卖部里，看着一张张的扑克牌走完，然后再发下一轮。如果人死能像扑克牌一样，洗了重来，那该多好，可惜牌出了一轮又一轮，死了的人没有一个人活过来。

我以为，时间越长，堆下来的事情就会越来越少，甚至慢慢消失。但是事实却恰好相反，堆积下来的事情像那堵在父亲的梦里倒塌的墙一样，堆在那里。有时候我安慰自己，人很容易健忘，不一定要把每一件事都记在心上，于是说话从不提"母亲"这两个字，看到别人和母亲在一起就躲开。

可是父亲似乎并不会如此，寒食节、清明节，父亲都会去母亲坟上坐坐，每年的忌日，他都会早早地备下香火，带着我给母亲送去。去的路上，我跟在父亲后面，偷偷抹眼泪，回来的时候，父亲跟在我后面，偷偷抹眼泪。

这么多年，那堵墙堵在父亲的心里，母亲堆积下来的事情也堆在他心里，只有父亲知道，堆下来的事情究竟有多少，但是他从来不说，一个人装着，我们这些做子女的对此毫无办法。好几次，我想问父亲，嘴里的话马上就说出来了，最后自己弹回去。我担心现在不问，等父亲这堵墙也倒了，他堆积下来的事情，和母亲这些年堆积下来的事情，会成为我生命中无法承受的重。

原载《散文》2016年第8期
入选《中国最佳文学作品选》（散文卷）
入选《2016中国年度散文》
入选《散文2016年精选集》
入选《中国散文年度佳作（2016）》

偷月光的贼

在阳洼梁，要想抓住兔子或者野鸡，有两种方式。

一是蹲守在固定的地方，等着它们出现，再用枪打它们，或者用陷阱套它们。这有一种守株待兔的意味，只要有足够耐心，总会有收获。

另一种方式是背着枪和套子漫无目的地走，从一块地到另一块地，梯田参差不齐，并不是每一块地方都适合生长粮食，比如两块地之间的犄角旮旯就容易长出白杨树野芦苇和一些叫不上名字的植物，它们通常比麦地看上去茂盛，并且没人去惊扰，时间长了就成藏着猎物的秘境。你知道的，人不去的地方兔子和野鸡们就会悄悄安营扎寨，所以只要双脚勤快，总能遇到惊喜。

漫无目的通常情况下会一无所获，不过也不至于让人扫兴，每次遇到一块有可能藏着野味的地方，内心总会有发现新大陆的悸动，哪怕最后是失望，这种过山车一样的心情还是能让人开心一整天。

　　不管用什么样的方式，要想抓到兔子和野鸡，耐心是很重要的。我们守在兔子经常出没的苜蓿地，这是经过了好长一段时间漫无目的侦察之后才选定的，因为在一块有虚土的地方我们发现了兔子迷离的足印，它们看上去有些凌乱，不过不影响我们判断这些足印到底来自兔子还是别的什么小动物。此前我们跟着足印走了好长的路，试图找到兔子的窝，可是秋天的苜蓿地，到处是苜蓿叶子铺的地毯，根本看不到某条具体的路径。

　　我们就守在虚土附近，几个人定定地坐着，等着那只倒霉的兔子。第一天它没有出现，第二天它还是没出现，就在我们对它失去耐心的时候，一只灰不溜湫的成年兔子摇摇晃晃进入了我们的视线。我们一直盯着那块虚土，以至于错过了它从远处跳过来的过程，眼尖的小伙伴把食指堵在嘴上示意我们，这才发现那只兔子已经到了虚土之上，那个端着猎枪的家伙，早就按捺不住了，三天没响的枪，急切又短促地发出一声"砰"，整个山上都是枪响的声音，因此我们根本不知道兔子在临死前有没有发出过声响。我们把流着血的兔子绑在枪杆上，像打了胜仗的游击队，唱着歌下山。

　　有时候也用这种方法逮野鸡，不过不会死守，只要提前找到疑似足印，在它们可能经过的地方埋下陷阱就行，隔天上山准能收获一只肥大的野鸡，这样做的好处是，不用目睹野鸡临死前的挣扎，也不用浪费有限的子弹，那东西做起来可麻烦，并且一旦打进野鸡的身体，收拾起来也颇费时间，我们在抓它们上已经下足了功夫，可不想在吃上再折腾。

　　就这样，一到秋天我们便乐此不疲往山上跑，不是漫无头绪找蛛丝马迹，就是带倒霉的兔子和野鸡回来，要赶在冬天之前，把这些可以靠痕迹获得的猎物收集起来，要不漫长的冬天想解馋的话就得偷偷摸摸翻到人家的鸡圈里。和打猎相比，翻墙的行为明显受到我们的鄙夷不说，随时还有可能被人家发现用扁担抽用恶毒的语言咒骂，不要说挨一记扁担，光听被偷者断子绝孙式的辱骂，背上就能渗出一层汗来。因此，我们更热衷于大白天漫山遍野找足印，而不会黑天半夜翻墙根。

可偏偏有人喜欢偷偷摸摸的刺激，白天我们一起在阳洼梁丈量山头找兔子和野鸡的痕迹，晚上的时候，他侧身从门缝里出去，像一只兔子一样没在黑夜里，野鸡有的本领他也有，到了村东头养鸡的那一家时，他像野鸡一样就飞进了院子。鸡窝在树上，这是他提前就打探好的，三只大公鸡一只母鸡。母鸡是决然不能动的，一家人的荷包蛋全靠它，公鸡除了一天打几次鸣之外似乎只剩下吃肉这一项任务了。于是，把刚翻过墙的手夹在腋窝下暖一会儿，然后慢慢伸进最大一只公鸡的肚子下，还没等鸡叫出声来，另一手已经拧住了脖子。翻墙出来的时候，墙头上除了多几根鸡毛外，什么也没留下。

是那家女主人扯着公鸡一样的嗓子骂娘时，我们才知道村庄夜里又折了一只鸡，按照她的骂法，吃这只鸡的人，一辈子都不要指望出门能平安了，生个孩子也要冒很大风险，因为在她嘴里，偷鸡的人出门会被撞死，生儿子会没屁眼，总之啥狠毒她就骂啥。当然，他却相安无事，那些咒骂左耳朵进去右耳朵出来，脸不红心不跳不说，时不时还会到骂人者家门口围观，在骂声中回味前一夜的情形，内心竟生出莫名的刺激来。他是这么想的，这些年经常有鸡和狗被偷，也经常有人倚在自家框上诅咒的，骂的内容无非就是出门被撞死生孩子没屁眼，可是这些年村庄里死了那么多人也生了那么多人，并没有一个人是被撞死的，也没有一个孩子一出生就没有屁眼，嘴皮子上解恨了，诅咒却没有一点效力，她家的鸡还会被偷走，而她的咒骂和那些被偷走的鸡一样，下落不明。

我们在山上的经验，只够收获到兔子和野鸡，有时候甚至连一根野鸡毛也不一定能得到，但是他在山下的经验，却给自己娶来了一房媳妇。后来他告诉我们，要打到猎物，还得去陌生的地方。他就是在离村几十里路的地方讨到媳妇的。说"讨"有些太抬举他了，还是用"摸"准确些，对，是偷偷摸摸的"摸"。

　　冬日里十里八乡的人都闲着，没事就爱去赶集，添置点过冬的东西。一次他走山路去镇上赶集，回来的路上遇到一个和他年龄一般大的姑娘，这姑娘和村庄里同龄姑娘并没什么两样，唯一的不同是，别人都扎着马尾，她的头发像月光一样披着。他说经常在夜里活动，自己最恨的是月光，最喜欢的也是月光。晚上出门最怕有月亮，这样他就暴露在月光之下，而猎物到手之前，他又希望能有一束光帮他准确地将猎物据为己有。贼不走空路，基本上每天都有收获，所以他逐渐发现，很多美好的东西都和月亮有关，比如月光下的鸡，月光一样洒下来的头发……

　　为了靠近这个头发像月光的姑娘，他几乎不跟我们去山上打猎了，天天往集市上跑，后来才知道她家在两座山的中间，独独一家人。随后的日子，我们村再也没人一大早因为鸡丢了而骂娘，他顾不上村里的鸡，一心想着两座山之间住着的那个姑娘。他用自己惯用的方法到了姑娘家里，不过后院里的鸡并没少，他每次只看看月光在屋子缓慢流淌。这样的日子持续到我们度过整个冬天，开春的时候，他被人扭着送到村里来，浑身散发着鸡粪味，脸像是被鸡抓了一般，整整齐齐几道血印子。如果把这看作他的第一次失手，明显低估了他。后来我们一起上山说起这段，他总是吞吞吐吐，不过能听得出来，他并不是因为偷鸡才被抓的，因为别的。别的是什么？我们整天操心兔子和野鸡没心思闹清楚，不过很快他就从我们这群狩猎者中离开了。

又一个秋天到了，我们收拾猎枪和做陷阱用的工具，准备再次上山的时候，父母就拿他做比较：你看看人家的孩子都能打猎了，你们一个个愣头青还往山上跑。在大人们眼里，他才是个真正的狩猎者。

原载《雨花》2017 年第 6 期

驱赶者

我一直觉得，那些死去的亲人，一直就没走远，有一天就会突然回来。

他们的魂魄肯定会在村庄里飘荡，一会儿看看曾经走过的路，一会儿看看住过的老房子，遇到熟悉的人还会扑过来钻进他的身体里去。

我应该就是这样才得上了怪病的。当时，我正站在院子里，看着屋脊上的那对鸽子发呆，它们是那么与众不同，在村庄里，它们最像绅士，整天站在屋脊上思索着什么。太阳热辣辣的，我正看得入迷，就感觉有一股风钻进我的身体里，然后眼前一黑，毫无征兆地晕倒在地。一个人突然跌倒，"訇"一声吓得那对鸽子都飞走了。

我不知道在地上躺了多久，醒来的时候，已经被抱到炕上。直挺挺躺着，浑身发抖，身上盖着两床被子还是冷；也觉得燥热，有汗水不断渗出来。身体在忽冷忽热之间转换着，嘴里还嘟囔着听不懂的句子，这让围着我的人有些诧异，从来没见过谁病成这样。

去请村里的赤脚医生来，把脉、看舌苔，冰冷的听诊器贴在背上听了好多次，就是查不出原因。医生就用小纸包包了几粒西药片，说就当感冒治吧。不过一口气吃完这些药片，睡上半天，病还是不好。

后来是妈妈用一种说不清楚的手法"搭救"了我，妈妈的程序结束，我就能坐起来，像个没事人一样。后来，这场怪病就像被种到我身体里一样，每隔一段时间就会出现一次。

爷爷猜想，是死去的亲人太过留恋这尘世，每一次回来就会进入我的身体。爷爷说得对不对，这个问题没有答案，好在家人掌握着的驱赶方法每次都能让我逢凶化吉。这种驱赶，和我这怪病一样，说不清道不明。

我至今记着第一次晕倒后的感觉：母亲在炕头前来回走着，一来一去还带出些风，我愈加地不适。我想喊住她，张开的嘴说不出一个字来。她来回走着，我陷入奇怪的幻觉之中。明明没有睡着，梦却像水一样鱼贯而入。我觉得自己在水上漂浮着，脑袋被撬开一样，骨缝张开，有小风钻进去，疼，又不疼。疼的时候，身体就像旱地里突然冒出的一眼泉，有说不清楚的力，不断向体外发散，汗就泉水一般渗出来。不疼的时候，梦变得清晰，我看见一辆拉着麦草的大卡车呼啸而来，离我越来越近，卡车越来越大，驾驶室里没有司机。越来越近，眼看着就要撞上来，我却还站在原地，一动不动，脚像粘在地上一样，无法迈动。卡车撞上来，我下意识躲闪，大卡车却从我身上穿了过去，然后消失。我怀疑它从此住在了我身体里，不知道什么时候才会突然冲出来。

疼和不疼不断地变换着，我有些喜欢这种转换，迟迟不愿意醒来。就在我沉浸其中的时候，额头一阵灼热，这是来自体外的热。这热并不均匀，也不持久。我睁开眼，一团火就在眼前盘旋着。有灰落下来，母亲就提醒我闭上眼睛，我还来不及按她说的做，鼻梁与额头之间就被母亲用嘴唇吸住。她吸一次，就朝地上吐一次口水，吸一次，再吐一次，嘴里还念念有词，像是在诅咒。醒来后我才发现，炕头上摆着装了水的碗、一把筷子和一些被撕碎的馒头。枕头周围还有纸灰，稍微一动就飘起来。

就是这个简单而又神秘的驱赶方法，让我恢复了正常。母亲判断我是否被飘荡的灵魂纠缠的依据来自一把筷子。每次在我晕倒之后，她就端来一碗水，将一把筷子立在碗里，如果筷子站在碗里，就一定是有不干净的东西盯上了我。这时候，母亲就会拿来馒头，撕一点，朝门外扔一点，嘴里说着"赶紧吃上快些走，不要缠着我娃"。馒头扔出去，并没有不干净的东西跟着出去，只有一群鸡围了过来。反复几次，嘴里一直是那一句话，咒语一样。整个馒头并不用全部扔出去，剩下的半个馒头要撕碎，泡到站着筷子的碗里。然后拿出香火纸钱，在屋子里烧，灰烬收进碗里。那只碗就一直放在我身边，一直到我睡着，母亲才出门找个空地倒掉。

频繁的晕倒引起大家的怀疑，刚开始，都在猜到底是不是逝去的人盯上了我，到底是谁盯上了我。大家一一分析，这几年家族里没有新亡故的人，要找到合适的目标，还真有些困难。依据是这样的，早年离世的亲人们，都是不曾见过我的，他们不会贸然进入我的身体，而近些年家族也没有亡故的人，不可能是熟人对我"下手"。没有标准答案，每一次替我"搭救"的人，只好笼统地边搭救边说："赶紧吃上走，不要缠着我娃娃……"这句话说得很没底气。说这话的人，生怕那个盯上我的人是一个至关重要的亲人，如果咒骂得严重了心里会过意不去，轻描淡写地骂，我这病一时半会儿又好不了。

在母亲和爷爷相继去世之后，再遇到突然晕倒的事，驱赶就有了确切的对象。奶奶帮我"搭救"，会一会儿骂母亲狠心，说孩子那么小就扔下不管，这时候还回来干啥；一会儿又骂爷爷，说老不死的疼孙子就不要纠缠孙子，既然走了就不要再留恋，大家都过得好好的。守在一边的父亲，表情很不自然，一边是他的儿子遭受着莫名的折腾，一边是他亡故的父亲和妻子遭到"驱赶"，他不知道如何是好，只能一遍一遍摸着我的额头。

说来也奇怪，自从我离开村庄之后这怪病就再也没有犯过。这让我更加相信，我的怪病跟逝去的亲人有关，在村庄里活了一辈子的亲人们，逝去之后也没离开过村庄，他们就飘荡在村庄里，远远地看着自己的亲人。一旦走出村庄，他们就没办法跟随我。我也终于明白为何每个节日亲人们都会去坟地，这种仪式感极强的来往，是缅怀，也是交代，每次上坟年长的人都要说几句话才回去的。

逝去的人们没有忘记亲人，亲人们也记挂着他们。即便是离开村庄的人们，每年的清明节和寒食节前后，也都会到街道上去给亡人烧纸钱。他们朝老家的方向跪下，摆好祭品，焚香烧纸，边烧香边说着城市里的事儿。每一次经过的时候，我都会想起自己曾经得过的怪病。甚至有那么一瞬间，突然很想再一次毫无征兆地晕倒，让那些回来认领思念的亡人穿过我。可是，我不能再晕倒，老家离得太远，身边没有掌握"搭救"之术的人，我怕那些飘荡的灵魂会找不到出口。

原载《雨花》2017 年第 6 期

狗是我的解药

那时候，我们家什么都不缺，就缺一条狗。这么说吧，别人家有的牲畜，我们家也有，由于爷爷做过村长，我们家的宅基地还明显地比别人家位置好，开门见山门口还有河，我们家的耕地离得都不远，每年庄稼也不比别人家的差。我们明明可以比别人优越，偏偏因为养不活狗，在村里有了低人一等的感觉。要说清楚的是，并不是我们家不爱养狗，而是压根就养不住，每次抓来一只没多久就死于非命，像是被诅咒一样。

此前，我们家是养过几条狗的。到现在，我还能想起那些曾经和我们有过短暂接触的狗。进我家门的第一条狗我们就叫它"大黄"，它是条土狗，因为周身是黄色的毛而得名。这狗是爷爷赶集的路上捡回来的，爷爷一个人走山路，这条土狗就突然蹿了出来，看见狗扑出来，爷爷本能地后退，而那狗却并不凶，看上去还有些可怜。爷爷就没把它当回事，继续赶路，土狗却跟在了他身后，爷爷快走几步，土狗就小跑起来，爷爷停住，土狗也慢下来。

这狗许是挨了饿，想着爷爷能给口吃的，走了一路都没得到一口馍馍。它如果中途失去耐心的话，可能就和我家没有任何瓜葛了，对于爷爷的无视，它偏偏表现得很执着，一直跟着爷爷到了家门口。进门前爷爷拍身上的土，那狗就远远看着，不靠近，也不跑开。看爷爷没有撵它的意思，也就放心地跟着进了门。

就这样，它就成了家里的第一只狗。没养过狗，就觉得这狗大大小小是条命，当回事养。"大黄"也拘谨，进了大门，二门绝不敢迈进去一步，这倒也让人喜欢，就把它当成一家人，做饭的时候锅里多加一把面，我们吃啥它就吃啥。也不让它躲在偏僻的地方，我们蹲在屋檐下吃，它也在屋檐下，我们进了里屋吃，它就也在桌子下舔盘子。出门放牛，我喊"大黄"它倒也跟我走，到了沟里，却蔫蔫的，一点也不给我争面子。在村庄里它也认生，不过我只要出来就带着它，让它熟悉下环境，好给我长脸。

狗这东西通人性，你对它好它也对你好，没几天"大黄"就不把自己当外人了，有人进门，它还像模像样吼几声，对方一愣，大黄就用大眼睛瞪，我们出来喊"大黄"，它才停口窝在堂屋的房檐下。人一进门肯定问啥时候养了狗，我们就像介绍家人一样介绍"大黄"。我们根本就说不清它的来历，就像说不清它怎么就突然死了一样。平时我不带它的时候，"大黄"就守着爷爷，从不单独出去。有一天，却独自跑出去了，并且一连几天不见踪影，饭做好盛进盘子里，不见它来吃，我们满村子"大黄，大黄"地喊，也等不到它出现。

都以为这只来历不明的狗，回到原来的主人那里了，没想到几天以后有人发现它漂在离家不远的河里。当时，它整个身子都泡在水里，爷爷靠背上那一绺黄判断死狗就是突然消失的

"大黄"。我用铁锹把它捞上来，爷爷在河边挖了个坑就算给它安排了归宿。埋狗的时候，爷爷说可惜了一条命。从此，大黄的死亡原因和它的来历成了谜。

很快家里就有了第二条狗，"大黄"死了没多久，爸爸就从别人家抱来一只小狗，这狗还没来得及熟悉我家的每个角落就一命呜呼，它把给老鼠准备的馒头啃了，还没等进了肠胃的馒头消化它就口吐白沫死了。一年死了两只狗，村子里就有了闲言碎语，有人说风水不好养不成狗，也有跟风的说家人中有克狗的。这让我们一家不能接受，特别是爷爷，他说宅基地是村里最好的地段，离世的先人们也是阴阳先生拿着针盘安葬的，风水哪里不好了？可事实是，狗死于非命，并且接二连三。

我家养不成狗这事，就像我上了初中还尿炕一样，让人扫兴，让人抬不起头。可偏偏老有人对此乐此不疲，别人说这事我可以装作没听见，最可气的是，我每一次尿炕，哥哥都会很快传出去，我出门一村子的人都知道我的糗事。更尴尬的是，我发现大家渐渐对我家养不成狗这事没啥兴趣了，开始关注我啥时候又尿炕了。你要知道，我不是诚心要尿炕的，可是不知道为啥每天晚上都做同一个梦，满世界地找厕所，好不容易找到一个犄角旮旯儿，一阵猛浇之后，坏了，炕湿湿的，怕哥哥知道我又尿炕了，连屁股都不敢挪，就在湿床单上睡一夜，不管我怎么掩饰，第二天肯定会被哥哥发现。

我开始恨自己有这么一个哥哥，恨他每天晚上都睡在我身边，一尿炕就被他发现，恨他一点都不顾及我的脸面到处说我尿床的事情。如果他不和我睡一个炕，尿炕了我就可以挪个地方睡，也没人知道我的床单上又多了一张地图。可是我偏偏就遇上这么一个讨人烦的哥哥，为了让他闭嘴，我还试图骑在他身上揍过他，后果是我被美美揍了一顿。

尿炕的事成了一件大事，我渐渐长大，尿炕的事一点起色都没有，家里人开始担心这事会影响到今后娶妻生子的大事。大家的意见很一致：这是病，得治。每天尽量不喝水，无非是大地图不见了，换成了小地图。哥哥半夜叫我起夜撒尿，刚开始还能坚持两天，后来几次矛盾升级人家索性不理我，尿炕继续。请赤脚医生开了药方，吃了一个月，没见效果不说，每天喝的中药最后也变成了地图的一部分。打听到一个偏方，说尿炕因为身子太凉，要根治需吃性温的狗肉。本来我们家就养不活狗，这又来一个吃狗肉的偏方，这下好，明明看到希望的事又陷入了尴尬。可偏偏哥哥把吃狗肉治尿炕的事传出去了，全村人都知道我只有吃狗肉才不会再尿炕。他们开始防着我，好像我会扑过来吃了他们家狗一样。

狗肉成了我的解药，可是怎么才能吃到狗肉？要知道，在村庄里，大家都把狗当成家里的一分子看待，顺其自然就把杀狗看作一件大逆不道的事情，并且老一辈说杀狗的人都会遭到报应，这禁忌一直没人敢碰。

后来我还真就吃到了狗肉。我一直记得吃狗肉的那个晚上的每一个细节。那晚下雨，落下来的雨多于我听见的雨，整个村子唰啦啦的，被一遍一遍地洗。大半夜的，哥哥却还没回来，我一个人睡在炕上就开始胡思乱想，哥哥如果一直不回来该有多好，这样我再尿炕就可以挪地方睡觉，也不担心第二天被别人知道。我竟然有些兴奋，有些睡不着的意思。不过兴奋在哥哥推门进来的一瞬就全部烟消云散，我看着他进来，就把头闷在被子里装睡，没想到他竟然掀起被子摸炕，这让我很恼火，这是想看我笑话吗？我腾地翻起来，想跟他干一仗，站起来的时候，才发现浑身湿透的他手里拿着一疙瘩肉。

哥哥被我突然的举动吓住了，我的举动也被他手里的肉叫停了。哥哥说你还没睡就赶紧把这疙瘩狗肉吃了。一听狗肉，我有些不好意思，刚才还想着跟哥哥干仗，没想到他拿着我的解药来了，我一把拿过来那疙瘩肉，塞进嘴里就往肚子里咽，眼泪都快噎出来了，我太需要这块肉了，需要它以最快的方式赶走尿炕的困惑，以至于连肉是什么味道都没尝出来。哥哥一夜无语，翻来覆去大半夜，直到雨停了才睡去。

你信吗，从那晚开始我真的没再尿过炕，每次起床一摸床单是干的，内心就一阵欣喜，突然之间就有些不再讨厌哥哥了，他的狗肉治好了我的病。我发现他却病了，我起床的时候，他还躺在被窝里，表情僵硬，还不时发出呻吟声。我推一下他，他哼一声，我摸他额头，烫得要命。赤脚医生给他一根温度计，烧得可以，掀起衣服，有一大片的淤青，身上到处都是血丝。

隔壁村传来消息，说下雨那个晚上有人溜进村里偷狗，勒狗的动静太大被发现了，狗主人摸着黑朝偷狗的人背上就是一铁锹。我突然明白了什么，难怪雨夜哥哥回来那么晚，第二天还一病不起，原来他是替我去偷解药了。我不知道哥哥是怎么想到去隔壁村里勒狗的，也闹不清楚那么大的雨，他是怎么把人家的狗勒死带回来一块肉。这些我都没有问过哥哥，只知道那块肉彻底治好了我的尿炕，不过这块肉从此让我心里有了一个解不开的结，老觉得那块肉好像长在了身体里的某个位置，下雨的时候还会隐隐作痛。

原载《雨花》2017年第6期

奶奶坐在门槛上

　　奶奶坐在门槛上。穿堂风停在午后的房檐，那里几只燕子正在巢里等着母燕归来。小黄狗喜喜趴在燕巢正下方，它是一只公狗，却有一个母狗的名字，对于这个，它并不在乎，就像它不在乎几只老母鸡正在吃它的剩饭。饭是奶奶专门给它做的，一个人住，吃饭有时候是个问题，做吧一个人吃不了多少，不做吧狗吃啥，奶奶就借口喂狗进了厨房，通常会做两碗，一碗给狗，一碗分成两半碗，半碗自己吃，半碗摆在桌子正中央，那里立着爷爷的遗像。

　　其实，除了喂狗，奶奶没别的事情可做。地好几年不种了，不需要准备肥料和种子，不需要大半夜起来耕地下种，也不需要晒着三伏天的日头收割。种菜的园子里，韭菜不用浇水自顾自地一茬一茬长；蒜长出了青薹，早就拔干净；萝卜收获尚不是时候，几棵果树上的果子也都熟透落得一干二净，没什么可操心。

　　奶奶活动的范围早就只剩下这四合院

了。院子隔三差五扫一次就行，风吹不进来，叶子也落不进来，时不时还有一两场的雨水替她洗干净院子里的水泥地。几间房子都落着锁，不进人也就没啥灰尘，自然落下的灰一年只需扫一次。水也不用再去沟里挑，水龙头拧开就行，闲得慌了，奶奶也会把每一口水缸每一个水桶都打满水，仿佛只有这样，一天才过得有意义，不至于虚度。

虚度又能如何呢？一个人啥也不用干，就只能坐在门槛上，眼前是敞开的大门，没有人进来，自然也就没有人出去，奶奶望着它的时候，一定会想起这样的场景：清晨，整个村庄被炊烟笼罩的时候，爷爷就跟着他的一对牛回来了，牛的铃铛叮当响，我们几个小孙子便会冲出门去，看爷爷从牛身上渐次卸下笼嘴、梃棍、革头、套绳，把犁铧擦得能照见人后，给两头牛梳理毛发。那黄色的波浪卷像极了刚耕完的土地，小沟壑之间，跳跃着诗意的音符。这个时候，父亲也应该从集市上回来了，他经常像变戏法一样给厨房添上蔬菜和佐料，给家里弄几件家具，给爷爷捎回来二斤砖茶。最初，我对外界所有的想象都来自父亲，他的一双手就像是魔术师的，总能变出我们想要的东西。厨房里，奶奶的三寸金莲在灶台和案板间挪动着，一把干柴塞进去炊烟里都带着蛋花汤的美味。奶奶烧的蛋花汤能让我怀念一辈子，往炕桌上一端，爷爷喝两碗，父亲喝两碗，我也想喝两碗，不过总是在喝过第一碗之后就打起饱嗝。那时候，炊烟把香味带走之后，门里门外都飘着蛋花汤的香气。逢年过节，嫁出去的姑姑们一个一个从门外进来，她们手里总不空着，奶奶送她们走的时候手里也不空着。

那个时候啊，木头做的门槛就这样一天一天被踩得矮小起来。可现在呢，铁皮做的门敞开着，没有门槛，水泥地上车都能开进来，就是没人进来，奶奶嫌弃它把家里的人放出去收不回来了，就气气地把门关上。她开始想被门送出去的人，第一个想起来的肯定是我的母亲，她是在一个清晨被人抬走的，出门就再没回来，每年这一天大家在门口哭着迎接她，她就是固执地不肯露面，从此以后，奶奶就既给父亲当母亲，也给我们兄妹几个当母亲。第二个被送出去的是爷爷，这个陪了她六十多年的倔老头，活着的时候觉得烦，啥都管，突然走了，只觉得院子里空落落的，心里也空落落，似乎哪里不对劲，又说不上是哪里不对劲。一想起这个倔老头子，奶奶就会恍惚，会将六十多年的片段拼凑起来，十来岁被爷爷一担麦子换回来就再也没分开过，走着走着却走散了，再也回不去了。接着被门送出去的是妹妹，这个从七八岁开始拉扯的丫头，出落得大大方方的时候，哭着被一个少年从门里背出去了，出门的时候，妹妹哭，奶奶也哭，像个母亲一样地哭，谁也劝不住。妹妹嫁到五百公里远的地方，奶奶没有重男轻女，却经常给我们说，这嫁出去的女子啊就是泼出去的水，是别家的人了。又说，这丫头不回来就算了，一个电话也不打，真没良心。电话打来的时候，又是脸上堆着笑，问这问那说个不停。最后走的那个人是我，我又带走了父亲——她最疼爱的儿子——帮我带孩子，这下子屋子就剩下她一个人了。

爷爷在的时候，总是嫌四合院太小，土坯房子太旧，孙子们回来了没地方落脚，爷爷总想着修一个大一些的院子，大到能装下所有的亲人。现在，所有的人都有地方落脚，却没有一个把脚落在新四合院的。于是，奶奶就嫌院子太大，把院子外的松树移进来，把门口的柴火移进来，把鸡窝移进来满院子的鸡就不显得院子大了……可还是嫌大，没啥可移了，她就蹲坐在门槛上，看着这院子这门，等着走出去的人一个一个回来。

等来的只有电话，奶奶早几年耳朵就有些背了，却不会错过电话的任何一次响动。哪个孩子打电话，她都会第一时间拿起听筒来，有几次出院子听见电话响就跑着进屋，你都看不出来她现在已经八十六岁了。后来有了手机，连手机发来的缴费信息她都要拿到小卖部让识字的人给读出来，生怕错过任何一次联系。奶奶一直是个急性子啊，接电话也急，说几句就要挂，说你们忙去不要耽误工作，我们电话挂了她却听着忙音发愣。电话一响，她的等待就算有了回应，可是挂了电话，她又陷入无尽又难熬的孤独中，不是小黄狗和老母鸡闹腾，你会觉得这是个没人居住的四合院，盛满寂静。

其实，最难熬的不是夜晚，人一旦入睡，就全由梦做主，可白天不一样啊，一切就像在梦里，往事一件一件涌过来，奶奶招架不住啊，她没办法装睡，只能迎接这四面八方而来的景象：关乎家族的每一件事，我们每一个人的成长经历生活习惯，在外面的冷暖……都要她一一捋顺，索性就坐在门槛上，放电影一样把这一切过一遍。奶奶不知道这叫回忆，只知道每一个细节上都有一个对应的人，而此刻，他们却不在身边。过去和未来之间，隔着一道门槛，奶奶就坐在上面，一直沉浸在过去，却永远也迈不到过去，更遑论跨过现在；而我们漂浮在现在，永远也回不到过去。

想到这些的时候，我就再也想不下去了，此刻我坐在电脑前想奶奶，奶奶坐在老家的门槛上等我们，她就像门槛上的对联一样，深深印在时间的木头上，我却没有办法把她揭下来，只能看着时光之手，一点一点让她变老，一点一点漶漫，直到看不见踪影。

被我记住的秘密

　　在村庄里，其实是没有秘密的。白天，太阳明晃晃地照着，每一块地方都被它晒得热乎乎的，自然谁做啥事它都能看得清清楚楚；晚上，月亮的眼睛时而睁得大大的，时而眯成一条缝，不管怎么变，月光所到之处就没有什么可以隐瞒的。

　　秘密更是躲不过人的眼睛和耳朵，农忙的时候，大家听到村庄里有动静，就赶紧停下手里的活，竖起耳朵仔细听谁家又吵架了，谁和谁又密谋干啥事了，风作为帮凶很快就把一个又一个秘密走漏出去；农闲的时候，大家聚集在村头，嗑着瓜子打着扑克，表面上看他们心不在焉，但有心怀鬼胎的人从他们的眼皮子底下走过去，关于他的秘密就很快会传遍村庄。

　　这是成人的世界，在我幼小的童年时光里，还真有一些让人捉摸不透的信息需要时间给出答案。

　　多年以前，我对土地充满着莫名的敬畏和好奇，除了乐此不疲地蹲在院子里看蚂蚁搬家，就是在虚土上堆我从来没有见过的城堡，或者在地上掏一个洞，把半截铅笔、一块橡皮擦或者一颗没有扔到房檐上的牙齿，小心翼翼包裹起来，深埋地下。

蚂蚁们将瓷实的土层一点点掏出洞来，又将散落在各处的粮食、小动物肢体和叶片慢慢塞进洞里。这里住着的一家人，以捡拾遗落在大地上的食物为生，同时收藏了许多的秘密。比如，一只雄性螳螂被雌性螳螂蚕食之后，一条肥硕的大腿被忘在了草丛里，一直窥视整个过程的蚂蚁，在雌性螳螂吃饱离开后，蜂拥而上，像抬着一具棺材一样抬走那只螳螂腿。它们将这个比自己大好多倍的秘密带到洞里，从此以后替那只雌性螳螂毁尸灭迹保守秘密。

虚土堆成的城堡里，又收藏着我的小秘密，我没有告诉过任何人，那里住着一个和我一样大小的国王，他的法杖能点石成金，在地上画个圈就能长出很多庄稼，这样父母们就不用去地里干活，只需要等着在秋天收获，我也就不用大半夜被喊起来，跟着他们去麦地里，我们有吃不完的粮食，每一天都是农闲，我把这个城堡当作一个永远都做不完的梦，不愿意让任何人打扰，当然也不想让任何人知道这个属于我一个人的秘密。我把这个秘密写到纸上，连同写下它的铅笔头、擦拭过它的橡皮，外加刚刚掉落还没来得及扔到房顶的牙齿一起，藏在麦草垛里，那里除了母鸡会躲进去下蛋之外，没有人会去关注。

后来，我把更多的秘密装进一个铁盒子里，那里藏着一根女孩子用过的橡皮筋、一枚从小卖部偷来的硬币、半截干瘪的奇怪形状气球……它们记录着我很长一段时间的心理变化和举动。那段时间，身体的细微变化和心里的莫名躁动，让我心神不宁，我觉得自己像竹子一样，在不断长高的过程中生出很多节，这节淤积、膨胀、毫无节制，我生怕哪一天它将我的身体引爆。于是，我隐忍，小心翼翼地将这些炮捻子藏起来，让它们处于封闭、潮湿的炕洞里。这样我就不用总担心有一天它们会被点燃，因为那时候我将彻底暴露，我必须保护好它们。其实这一切是受蚂蚁的启发，我有了将它们说出来埋入地下的想法。一个黄昏，我将铁盒子埋进了离地有半米的土里，使劲踩实，为了方便辨认它的位置，我还在那里做了标记，把一块木板插在上面，远远看像个墓碑。

我以为把秘密安放在那里，这样就可以心安理得地玩泥巴去了，可让我惶恐的是，这炮捻子被埋进了土里后，我先是有一种被点燃的轻松和快感，总觉得把秘密交给大地最安全不过，蚂蚁们收藏在洞里的秘密我再也没有发现过任何蛛丝马迹，我深埋在土里的秘密肯定也不会走漏风声。接下来，我度过了一段安心的日子，但是，很快就再一次陷入一场更大的不安中。有一次我经过埋着秘密的地方时，插在地上的木板被移动了位置，它下面的土质疏松，我自以为踩实的土被挖出一个大坑来，深褐色的土裸露着，像没穿衣服的人，那个装着我秘密的铁盒子不知所终。看到那个大坑的时候，我有一种被偷窥的羞耻感。

恐慌一下子布满全身，每一个毛孔都被打开了似的，凉飕飕的。我的那些炮捻子落到了别人手里，比在自己手里还可怕。那预示着我做过的那些坏事将一一被传播。土地出卖了我的秘密，到时候，全村庄的人都知道我的秘密。

很快，一个大秘密就把我的小秘密给遮住了，人们压根就没有关注过我的那个铁盒子，因为在离它不远处的湖面上，突然出现一个女人，大家的注意力迅速而集中地对准了她。要知道，在村庄里，非正常死亡是一件大事，我丢失秘密的事情在它面前微不足道。

我认识这个女人，她和村里其他女人没有什么区别，话少，见人就脸红，干活的时候不知道累，像是永远都没有脾气……她嫁到村里的时候，人们甚至连她的名字都不知道，只叫她谁谁家的女人，后来生了儿子，大家就叫她谁谁的妈，似乎她不需要名字，也不需要被人关注，她每天从屋里出来钻进地里，又从地里回来钻进屋里，她的生活规律得人们差不多忽略了她，可是偏偏她以这种形式引起人们的注意，纵身一跳就把自己的人生轨迹改变了。

这时候大家才发现，不要说闹清楚她跳河的原因，这么多年，大家连她的名字都不知道，再后来人们又发现，自打嫁进这个村子之后，从来就没有见过她笑，也从来没有听过她在众人面前说话，她的娘家在哪儿，她喜欢穿什么颜色的衣服……一切都不得而知。作为一个被大家忽略的女人，大家没有心思去猜她带走了多少秘密，只是一个劲为她惋惜，觉得好好的生活就这样被她给糟蹋了，一个愣头青儿子就这么没娘了，那个可怜的默不作声的老汉就这样落单了。

她成了这个村里唯一一个带走自己秘密的女人，对于她的非正常死亡，村庄里没有留下只言片语，还没等大家打捞，关于她的一切已经像浮尘一样落入水底。他们不知道的是，在我丢失的那个盒子里，有关于这女人的秘密，我在郁郁葱葱的玉米地里，见过她一个人哭泣，眼泪流过的地方，有被自己的男人打破的血迹。

原载《回族文学》2018 年第 1 期

阿哥的牡丹

一朵花儿开着开着，突然就败了，这多好。死亡毫无征兆，开败了的花朵，没有痛苦悲伤，围着它的花花草草们，也没有痛哭流涕。不像我的亲人们，每一个半路走掉或者老着老着就没了的人，总能惹得大家伤心好一阵子。这时候我就羡慕这些花花草草，活在这世上，啥心也不操，没心没肺地活着，然后没心没肺地死去。

可四喜子妈却不这么看，她说，你又不是花儿，你咋知道它没有悲伤，没有痛苦；你又不是陪在花儿身边的花花草草，你咋知道一朵花开败了另外的花草就不会像人一样哭得死去活来。别人说这话我们不信，但是四喜子妈说的时候，至少我信了。因为在我看来，她就是那朵花身边的另一朵花。

四喜子妈是在最美的时候，嫁到了我们村的，当时还在兰州当兵的四喜子爹，穿着一身翠绿的军装，用毛驴把她从兰州的黄河边驮回来，大家都以为驮回来了一朵大牡丹花呢。毛驴刚拐进村子，鞭炮就噼里啪啦响起来，披红挂彩的毛驴，像是提前演练过一般，对这鞭炮声没有丝毫的反应，慢慢悠悠踱着碎步。四喜子妈就端坐在毛驴背上，一摇一晃的，大红的棉袄上，点缀着的大牡丹花瓣，远远看上去就像迎着风在摆动，还散发着香气呢。

在我的老家甘渭河一带，新娘子进门是不戴盖头的，红色的三角头巾把后脑勺遮住，整个脸露在外面，也有点盖头的意思。这么多年，我们村还是第一次有新娘子把自己遮得这么严实。越是严实，大家就越想看看这从兰州黄河边娶回来的新媳妇长啥样子，是不是也像甘渭河一带的女子，腮帮子上两坨红红的云朵，一张嘴两个大板牙黄黄的。兰州的黄河边，听说到处是平川，到处是树，人不是住在平川里，就是住在树林边，水肯定好，日头也肯定不那么毒。不像我们这甘渭河，一条河扭扭歪歪的，河边全是一座连着一座的高山，还光秃秃的，除了土，就是永远也刮不完的风，为了躲这土和风，人只能住在山圪塄里。

高山圪塄里的汉子能娶到兰州黄河边的女子，这在没啥见识的村里人看来，就算是癞蛤蟆吃上了天鹅肉。这天鹅刚落在山圪塄里，盖头一掀开，就让整个村庄骚动了，你看她那眉毛好像就不是长出来的，是画匠一笔一画画在脸上的，两个麻花辫，甩起来能让风停下脚步来，那腰身、那步履、那姿势，比黑白电视机里的女子都妙曼。

四喜子妈落户甘渭河畔，是整个村庄最大的事，流水的宴席摆了一天，十里八村的亲戚们，拖家带口来看这兰州黄河边来的新媳妇，临走连宴席上的饭菜味道都没记下，回去有人问只知道这媳妇子长得像一朵牡丹花，也像一只大白天鹅，总之，比甘渭河一带的女子强不知道多少座山多少条河。

因为娶了个兰州黄河边的媳妇，四喜子爹在甘渭河一带出了名，大家都说，这个吃土长大的小伙子，真有本事，没有靠父母走动，也没有媒人耍嘴皮子，一个人就把这么一个白白净净的城里姑娘给引回来了。乡亲们还凭借有限的想象力，杜撰出他把兰州黄河边的女子娶回家的各种可能性。有说四喜子爹得了一大笔钱的，有说四喜子爹在部队表现好有人看上了他就把女儿许配给他……总之，这些版本都没有得到四喜子爹的回应，不过，媳妇子娶回家之后，他再也没离开过村庄，也没再见他穿那身绿色的军装。

　　四喜子妈把自己从兰州的黄河边安顿到六盘山下的甘渭河边后，这棵大牡丹就再没有离开过人们的视线，接触时间长了，人们这才发现，兰州的黄河边长大的女子，除了样子和甘渭河一带的女子不一样，说话吃饭不一样外，其他和甘渭河边的女子没什么两样，不过两种不同地域的人，突然生活在一起时，很多场景总能惹出笑话。比如四喜子妈从来不干活，整天手撑在腰间，在村庄里转悠，她一张嘴，大家就笑了，不知道她在说啥，像个会说话的哑巴一样，比划半天，好听的兰州方言，在大家嘴里变成了鸭子发出来的嘎嘎嘎。再比如，四喜子爹家的旱厕在鸡圈里，四喜子妈进去方便，刚褪下裤子就扯着裤腰带跑出来了，在一群鸡面前解手，害羞倒没有，最怕冷不丁被鸡啄一口。还比如，冬天甘渭河一带人喜欢大锅里烧水熬搅团吃，四喜子妈吃了一顿嘴馋，就想着自己做，一袋子白面不知道从哪里下手，水煮熟把面倒进去，用擀面杖搅了几下就搅不动了，喊四喜子爹帮忙，男人一进厨房就笑了，别人熬搅团一碗面就够了，她倒进去半袋子面，入水之后水泥一样稠。

　　冬天刚刚过去不久，人们就发现了四喜子妈的秘密了。甘渭河边的春天在来的路上走得比较慢，到了农历二月二，还有人穿棉袄。人们被棉花包裹着，看上去笨笨的。三月里桃花要开了，人们才脱下粗布棉袄，这时候，大家发现，四喜子妈脱了棉袄和穿着棉袄时一样地臃肿，肚子鼓鼓囊囊的，这是怀上三四个月的样子啊。这时候，村子里关于四喜子爹娶了兰州黄河边的媳妇的正版原因才在村子里传开，原来四喜子爹当兵那几年，和黄河边的一户人家的姑娘好上了，把人家姑娘带进小树林后被姑娘家人发现，最后四喜子爹被送回老家，而姑娘家也把姑娘赶出了家门。

大家这才明白，兰州黄河边的女子，咋能嫁到甘渭河边高山圪垯。这事的影响力并不比把四喜子妈娶进来那天的轰动效果差，男人们原本以为，四喜子妈是一朵只能远看而不能亵玩的牡丹，原来也是带着味道的野牡丹，以前看见她偷偷瞄几眼的人，开始吹口哨，开始哼秦腔，开始试着和她说话了。这事像霜一样，把四喜子妈这朵牡丹花给杀得蔫蔫的，四喜子妈脱下她的大红棉袄，竟然跟着四喜子爹到田里干活了，她把自己身上的花朵和香气藏起来，像一朵长在甘渭河边的蒲公英一样，匍匐在冷风刮不停的土地上。别的女人干活，低着头牛一样往前挪步子，四喜子妈像一台移动的收音机，嘴里一直哼着曲儿：嗨——上去个高山嗬哟——，嗨——呀——望哟——哎嗨望平了川呀，嗨哟——望平了川——呀——。平川里哎嗨有一朵呀好牡丹呀——。这曲儿老是这半句，一直没听见她唱完，到现在村子的人们说起这首曲儿，只记得酸酸的，吃了还没熟的杏子一样，倒牙。

夏麦刚割完的时候，四喜子妈就生了，这个在兰州黄河边长大的女人，在甘渭河边的土炕上听到儿子的第一声哭泣就晕了过去，在土炕上昏睡了一天一夜。用她的话说，这辈子没受过这么大的罪，以为自己从此就见不上四喜子了，虽然昏睡但是脑子里一直惦记着这个还没好好看一眼的孩子，终是熬过来了，自打那以后，四喜子妈就格外宠四喜子。

甘渭河边的孩子皮实，生下来就扔在土里，刚会走路就知道用尿尿和稀泥，四喜子却不是，他被放在木头做的摇篮里，四喜子妈把自己嫁进来那天穿的棉袄拆了，做成一床被子，紧紧包裹着，生怕风吹着。满月那天，村子里的人去喝酒，大家都想看看这个兰州黄河边女人生的孩子是不是和甘渭河边的女人生的孩子一样，四喜子妈愣是没让人看。村子里孩子，说话从来不用人教，可四喜子不一样，四喜子妈用带着黄河水味道的腔调，说一句，四喜子跟上念一句。

和四喜子一样大的孩子能爬树放羊的时候，四喜子还挂在他爹他妈的脖子上。有人在四喜子爹跟前挖苦，人家的儿子娃娃都是土里跌绊大的，你家的看是要泡到黄河水里才能长大吧。四喜子爹不反驳，只说娃娃的事情他妈说了算。咋能不是他妈说了算呢，人家的媳妇子一嫁进村子里，填炕、挑水、锄地、种菜样样会，四喜子妈这几年最能拿得出手的事，就是生了个四喜子，别人的努力都在家里地里村子里，四喜子妈的努力全在四喜子身上，从她起的名字就能看出来，天喜地喜爹喜娘喜。有人可能好奇为啥不叫八喜子，这个问题我也想知道，后来才发现，四喜子除了没有爷爷奶奶，他的外公外婆也一直没有出现过，如果这四位老人在的话，四喜子肯定不叫四喜子，而叫八喜子。

长到八岁的时候，天喜欢地喜欢爹喜欢妈喜欢的四喜子，像一朵花一样突然开着开着就毫无征兆地枯萎了。他原本好好的，放学回来的路上，走着走着鼻子就流血了，晕倒在半道上，怎么叫也叫不醒。四喜子爹和四喜子妈也不知道是啥病，只知道娃娃突然一下子就不行了，村里的赤脚医生把能试的法子都试了，镇上的医院把能挂的药水都挂了，送到县上的大医院里四喜子已经软了，咋抱都抱不住。四喜子妈哭得死去活来，恨不得怀里的那个人是自己。人们第一次见四喜子妈哭，哭得梨花带雨，不对，是牡丹带雨，悲痛不已。

按照乡下的风俗，早夭的孩子入土，必须要在天亮前，要背着所有人，要找比村庄低的低洼地。星星还没落尽呢，四喜子爹和村子里的几个族亲，就悄悄用床单把四喜子一裹，抱到了下河湾。挖一个坑，把四喜子放在里面，就在大家准备用土掩埋四喜子的时候，河湾里一阵冷风一样的吼声，把我的四喜子还给我，让我去死，我的四喜子啊……这句兰州方言所有人都听懂了，也都听出了泪花花。

四喜子妈没死成，却跟死了没啥两样。她画到脸上的眉毛蔫蔫的，眉毛下面的眸子变成一汪死水，刚开始那几天她一个人躺在土炕上，双手弯曲，呈拥抱状。再后来，四喜子爹劝她振作点，村子里和她走得近的几个女人劝她振作点，四喜子妈就是振作不起来。再再后来，四喜子妈就有点魔怔了，人看上去神经兮兮的，见着人先是说我家四喜子该回家了，我家四喜子该睡觉了，我家四喜子该穿厚衣服了……她看着别人家的孩子在院子里面，朝着土堆上的蚂蚁浇尿尿，就说如果四喜子长这么大的话，肯定不会去玩儿一只蚂蚁，他是要好好学习考到兰州当官儿的；看到别人的孩子从学校里回来的时候，又说四喜子如果上学的话，肯定比这些孩子学习成绩好，一看他的两只招风耳朵就知道他聪明。

我不知道该用什么样的语言和情绪去描述四喜子妈的一系列症状，但是，和她同样的病症，我在课本里读到过，一个叫祥林嫂的人也曾经对着大家一遍一遍说"我真傻，真的"。在鲁迅笔下，祥林嫂单知道下雪的时候野兽在山坳里没有食吃，会到村里来；不知道春天也会有。而在村子里的人眼里，四喜子妈只知道我家四喜子……刚一开始，村里的人都知道四喜子妈这是悲伤过度，知道一个女人除了男人和娃娃再没有个依靠，所以她一开口还有人附和着，安慰几句。后来人们都听腻了，四喜子妈再说的时候，嘴还没张开，别人就急急地走远了。没人听四喜子妈说，她就说给身边的树听，说给花园里的花听。她给树说的时候，树一动不动；她给花说的时候，花也一动不动。好像那不是一棵树一朵花，而是一个人，她给人说话的表情是什么样的，给树和花说话的表情就是什么样。说着说着就会唱，还唱那段来来回回只有一句的曲儿：嗨——上去个高山嗬哟——，嗨——呀——望哟——哎嗨望平了川呀，嗨哟——望平了川——呀——。平川里哎嗨有一朵呀好牡丹呀——。

四喜子妈就这么一年一年地对着树和花儿说着四喜子，似乎四喜子并没有死，而是变成了一棵树或者一株花。她连四喜子爹都不认了，这时候大家意识到问题的严重性，村里这么多年还没有人出现过这种情况，这传出去是要坏了门风的，于是四喜子爹和族亲们商量着要送四喜子妈回兰州的黄河边，见见她的爹娘兴许会好一些。

这一次，四喜子爹没有拉毛驴，其实村里人进城已经不骑毛驴了，开始骑自行车摩托车了。四喜子爹把借来的幸福牌摩托车立在院子里，在抹布上蘸了胡麻油，一遍一遍地擦着，那神情和当兵第一年擦拭训练枪一样，庄严而神圣。多少年没去过兰州的黄河边了，四喜子妈把自己从树和花跟前撤出来，挪到土炕上。她把压在箱底的绿军装拿出来，让四喜子爹穿，四喜子爹没理，就套在自己身上，有些圆润，领口的扣子已经扣不上，她并不急着扣，而是抱起用大红棉袄改成的小被子，一屁股跨在摩托车上。

幸福牌摩托车屁股里冒出的青烟还没散尽，四喜子爹就驮着四喜子妈消失在村子里唯一一条通向外面的羊肠小道上。众人看不清四喜子爹和四喜子妈脸上的表情，只看到一抹绿色抱着一抹红，像一朵牡丹花的花朵和叶子一样，只不过，它们瞬间枯萎，不见了踪影。

原载《朔方》2019 年第 5 期

吃土豆的人

在众多植物中，我只跟土豆有仇，虽然玉米曾划烂过我的手臂，豇豆曾让我食物中毒呕吐不止，但是它们都没有要我的命，也没有要我身边人的命，而土豆，众多的土豆，集合在一辆车上的众多的土豆，却夺走了我母亲的命。

一地的土豆被一个一个捡拾起来，装进袋子，码到架子车上，它们原本应该跟着父母回家，却在半路起了歹心，整整一车栽倒在母亲身上。父亲把母亲从土豆堆里刨出来的时候，她就像个大土豆一样，软塌塌的。

我看着母亲躺在一堆土豆中间，气若游丝，而土豆却没有一点自责，心里就记恨起土豆，恨它们恩将仇报，这块地离家最远，但是父母最为上心，最好的肥料给它们，最多的汗水给它们，最后落了个如此凄惨的下场。

谁也想不通为什么会这样，母亲没了，留在地里的另一些土豆直到快入冬了，才被亲戚们挖回家。而埋母亲的那块地，从此再也没有种过土豆，我们不想让母亲和仇人住在同一块地里。

　　仇恨有时候很奇怪，恨的时间长了，竟然会让你莫名其妙地喜欢上你仇恨的事物，土豆就是最典型的例子。本来要和它势不两立老死不相往来的，可是却偏偏摆脱不了它，地里种的是土豆，窖里窖的是土豆，每顿饭里是土豆，更要命的是，村庄里的人还要和土豆打一辈子交道，熟悉它们，伺候它们，说不定哪一天遇上饥荒，只有它们能和人一起挺过难关。为了不至于饿肚子，我也学着妥协，接受这些不管你生气还是高兴还是悲伤它们都板着脸待在原地不动的土豆。

　　这个时候，我才发现，活在村庄里的人，其实和土豆是最接近的。你看，村庄里的人灰头土脸的，走在阡陌之间，你不知道他在想什么，也不知道他要去干什么。土豆也是，它躺在大地上，不像小麦、玉米和高粱，一开始只长着几片叶子，只要给它们时间叶子就能变成秆儿，它们就会神气地站在大地上，等它们结了穗，就把籽实顶在头顶或挂在半腰里，一个个炫耀似的；而土豆从下种的时候开始，就看不到任何丰收的希望，它们长在地里，你看不见它们，它们也不准备给你任何信号，你不知道等待你的是丰收还是歉收，一颗心一直悬着。它一如自己的名字一样低调，不到土被刨开的那一天，绝对不显山露水，让人捉摸不透。等土豆生长要有奶奶那样的耐心，土豆撒进土里，她只关心天气，从来不去地里，估摸着土豆已经把土顶出包来了，才挎上小竹篮，去地里挖已经熟透的土豆，她的判断依据是，地裂出来的缝儿，只有彻底熟透的土豆才耐不住寂寞，把土顶一个包，露出地面透气。

　　吃多了土豆，村庄里的人都带上了土气，低调、稳重、木讷，他们和土豆一样，行走在大地上。他们面带土色，皮肤和内里如一；他们说着土话，一张嘴就是一股泥土的气息；他们像土豆一样散落在大地上，因此要闹清楚一个人就先得闹清楚一颗土豆。

土豆是和土最近的作物，它的名字也接地气，土豆土豆，这广阔的土地里种出来的豆子，一听就是大地之子应该有的名字，不过它们也没有免俗，同时还有马铃薯和洋芋这两个洋气的名字。这让我想起包括我在内的本家兄弟们，出门在外第一件事就是给自己起一个官名。在村庄里，我们原本有一个土豆一样带着土味的小名，这些从家谱里排列下来的汉字，带着祖上的恩泽和父母的期望，可是它们不是太土就是太生僻，或者用普通话读起来显得别扭。不管是工地抱砖头的，还是混进写字楼里整点上下班的，我们这些散落在各地的兄弟，像商量好了一样，把谱系排列下的小名，改成一直想改却没机会改或者自己觉得朗朗上口的大名。于是，我们每个人都像土豆一样，有了两个或者三个名字。

有人给家族建了个微信群，被拉进去一看我就乐了，群里的每一个备注了名字的，都不认识，像陌生人，一一试探之后，才发现，大家用的全是大名。因为提前不需要沟通对号，一个群里的兄弟有好几个用的是同一个大名，只能再改。我们这些兄弟，有了大名之后，就努力地朝着大名所代表的方向活着，在一些新认识的人那里，我们叫马铃薯或者洋芋，并且我们尽量把叫土豆时的属性隐藏起来。我们说普通话，尽可能把方言的那部分遮蔽，走路尽可能把佝偻着的身板挺直，吃饭尽可能不暴露喜好面食少油多盐的习惯。有意思的是，分开时间长了再遇到一起，就不知道是用方言还是普通话交流，经常是两个人说着蹩脚的普通话，一不注意，音调就拐到了方言里。两人相视一笑，心知肚明。

在村庄外的地方，我们跟一颗藏在土里的土豆一样，小心翼翼地活着，一旦回到故乡，就藏不住了，土豆就是土豆，每个人都知道的土豆，不管改成什么名字，在乡亲们嘴里，我们始终是那些长不大成熟不了的土豆。

恨了那么久土豆，后来又吃了那么多土豆，还和土豆有那么多的相似点，但是我们最终还是不懂土豆，于是就羡慕那些懂土豆的人。在所有艺术家里，我觉得，凡·高是这个世界上最懂土豆的艺术家，要不他怎么能画出《吃土豆的人》那样一幅让人看一眼就热泪盈眶的画呢。他在给弟弟提奥的信中写道："我想强调，这些在灯下吃土豆的人，就是用他们这双伸向盘子的手挖掘土地的。因此，这幅作品描述的是体力劳动者，以及他们怎样老老实实地挣得自己的食物。"抛开凡·高的创作谈不说，只看着这些在一盏昏黄的灯光下吃土豆的人，他们似乎就是我的父亲母亲叔叔婶婶，他们骨节粗大的手，和适合在沉重的劳动中喘息的鼻子，以及足以跟土地对抗的粗布衣服，他们面对土豆这简单得不能再简单的食物，眼睛里流露出来的却是渴望的光芒和感恩的仁慈，都足以为我作证，证明我对凡·高的评价。看着这幅画的时候，我第一次觉得我曾经生活的乡村，和一直在吃的土豆，竟然和艺术这么近，近得似乎生活就是艺术，是一幅谁也画不出来的画。看来，只有天才凡·高画出来了。

其实，我早已改变了对土豆的偏见和傲慢，在时间的撮合下和它握手言和，并将它作为召唤同类的信物。腊月回乡，那些在外面叫马铃薯和洋芋的兄弟们，聚在低矮的屋子里，靠近火炉取暖，这时候他们都叫土豆。而那时候炉火正旺，几颗土豆在炉箱内正接受着火的煨养，它们已经开始散发香味。炉灰里扒拉出来的土豆，已经比放进去前小了很多，但是酥软、可口，几个兄弟顾不上吹去土豆上的灰，就张开嘴咬下去。这一

刻，你会发现，凡·高的油画复活了，画面上的人物换成了我
和我的兄弟们。面对这热腾腾的土豆，我们这些回乡的土豆
们，在炉火旁露出了原形。

原载《散文》2018 年第 7 期

赤脚医生

　　不知道为什么，总会毫无征兆地想起三爷爷佝偻着腰，从门洞里走出来的样子。他背上那个罗锅，左一下右一下在阳光下摇晃着，远远看见他往药房走，我们几个调皮的男孩子就跟在后面学他的样了走路。他看着我们，八字胡会翘起来，眼珠子也瞪得大大的，就像关在笼子里的一头被激怒的狮子。

　　村里的孩子野，才不理会这些，照旧笑嘻嘻跟着，眼睛也学他瞪得圆圆的，一个个活脱脱成了小三爷爷。拿我们没办法，三爷爷就故意配合起我们来，罗锅朝两边使劲地晃，大概晃二十来下的样子就钻进了药房里，他从抽屉里拿出明晃晃的针管子，冲我们做一个打针的姿势，看到这个我们就吓得四处逃窜。这时候，他才笑眯眯地把半掩的药房门打开，扯开窗帘让阳光照进去，然后坐在阳光里数药片子分草药。

　　药房门上的对联，已经看不清纸的颜色，黑乎乎的几个字依稀是"爆竹几声来，吉利药汤一剂保平安"，它们看上去扭扭斜斜，不像书法，倒像一些晒干了的甘草根。之所以拿甘草来作这个比喻，是因为在三爷爷那个漆面斑驳的药柜里，我只认识甘草这一味中药。

三爷爷总说，甘草味甘甜性平和，是可以入心、脾、肺、胃的药，生用偏凉可泻火解毒、缓急止痛，炙用偏温能散表寒、补中益气。我不太明白一株具有这么多功能的草根对一个人来说意味着什么，但是在我眼里，这善于调和药性解百药之毒的甘草，跟我的三爷爷一样，是这座村庄里不可或缺的重要组成部分。

这个村庄里的人，普通得和草一样，一个和另一个也没有区别，不过作为村庄里唯一的赤脚医生，三爷爷总想着把自己收拾得与众不同些。最开始他拿我新调来的语文老师做参照，在旧中山装的上衣口袋里别支笔。觉得还是不够像医生，就又照着一张电影的海报上医生的装扮，扯几尺白布让镇上的裁缝给自己做了一件有四个口袋的白大褂，听诊器、血压计和几个装着感冒药的小瓶子，各自有一个口袋。

对于村庄来说，白色是被忌讳的，只有家里死了人才穿一身白布衣服，远远看着有穿白衣服的人走过来，心里就会同情这个人，知道他家里死了人，就会有恻隐之心。三爷爷穿着白大褂出现的时候，大家表现出来的不是同情而是惊奇。有人问：三爷，你穿一身白是个啥意思？三爷爷朝人群抬起一只袖子，说，这是医生的工作服，你们懂个锤子。紧接着就有人驳他，赤脚医生也能算医生？三爷爷停下原本不准备停下的脚步，把背上那个锅使劲往外一拧，对着那人反问一句：赤脚医生不是医生为啥还叫赤脚医生？这时候众人发觉三爷爷的脸色有些难看，就迎合着说，赤脚医生就是医生，就是医生，我们村里就你一个宝贝疙瘩。三爷爷走远了，众人就笑他，我也笑，不过不是因为他的那身白大褂，而是他走路的姿势明显和平时有些不一样了，脚下踉跄不说，背上的罗锅也拧得很不自然。

再见三爷爷的时候，就已经看不到那件白大褂。他把褂子剪了，用毛笔写上"田家药房"几个字，挂在药房的显眼位置，有一种向谁宣誓主权表明身份的感觉。再后来，他身上就多了一个小木箱，用一根布带子斜挎在肩上，看上去还挺像回事。这个箱子，大家看着眼熟，田木匠也有一个一模一样的，他每天把推刨斧子锯子凿子钻子锉子尺子统统装在里面，到谁家去，就把谁家的一棵棵树一根根木头变成一件件家具。三爷爷为啥会突然背着田木匠的木箱子？看大家好奇，三爷爷就打开让大家看，木箱子里除了一股中成药味外，还有一包纱布，一个听诊器，一个血压计和几瓶感冒药。我知道木箱的灵感一定是来自田木匠的，说不定这个箱子还是田木匠亲手给他做的呢。这些问题没有答案，不过可以确定的是，从此以后村庄里就有两个背木箱的人，三爷爷在自己的箱子上画了一个大红的十字，就当是赤脚医生和木匠的区别。

人在大地上生活，总会遇到一些说不清楚的事情，这时候农村人总是把希望寄托在山神庙里的泥塑菩萨身上，焚香卜卦只求一个平安。而吃五谷杂粮的肉身出现各种毛病，这事就归三爷爷管了。三爷爷背着小木箱，走街串巷，把人身上的那些病灶一一剔除，朴素的人们在病被治好后，会记下三爷爷的好，觉得是他搭救了自己，心里给三爷爷留了块地方，像泥塑菩萨一样供着他。再请三爷爷上门的时候，怀里就会夹一瓶酒半包茶叶一斤白糖啥的，三爷爷嘴上说你带这干啥，脸上已经表现出喜悦来，找他的人还没坐稳，三爷爷就收拾药具箱。因为这层缘故，村里没有一个人和三爷爷家闹红过脸，毕竟三爷爷手里的药片是救人治病的，谁都不想跟命过不去。

可尴尬的是，三爷爷作为赤脚医生，既不像领国家工资的人民教师，也不像挣辛苦钱的木匠，他享受着教师一样的尊重却和木匠一样靠自己养活自己，因此三爷爷一直对自己的身份问题耿耿于怀。有一年，县上突然重视起赤脚医生，三爷爷到县里培训了几个月，回来就把挂在显眼位置的白布拿下来，换上裱起来的医学培训结业证书。他那个木箱子，也变成了看起来很精致的皮箱子，里面整整齐齐码着一堆针管器械，和电影海报上的一模一样。大家觉得，三爷爷这下就算是把赤脚医生的帽子扶正了，要不他为啥从县里回来给人开起了药方，还像语文老师一样戴眼镜用英雄牌钢笔写字，虽然纸上写的字别人不认识，但每次他总规规矩矩地完成这个环节。

多少年后，再想起三爷爷写的那些字，就觉得它们充满了玄机，这些我当时根本看不懂的文字，其中藏着整个村庄的秘密，它们关乎每个人的生与死，记录每个人的伤与痛。三爷爷用他的听诊器温度计压舌片和手指头，搜索着身体从肌肤到内里出现的各种症状，然后对症下药，用红黄绿黑白药片和陈旧的草药驱逐疼痛和疾病。三爷爷还从村庄里的接生婆那里学会了接生的手艺，村庄里四十岁以下的人，差不多一大半是由三爷爷迎接到这世上的，并护佑他们长大，他熟悉每个亲手接生的孩子的禀性，也知道他们身体的特征。蛤蟆的肝炎让一村人躲之不及，三爷爷天天去他家里熬药打针，一年不到肝部的病症消失得无影无踪。发宝爷砌墙的时候，墙倒下来把他的两条腿死死压住，大家都以为他这辈子再也站不起来了，从医院打了石膏回来就做好坐一辈子轮椅的准备，三爷爷硬是按摩扎针轮番上阵，最后让他走回到人群中。我的脚后跟被铁锹误伤，血肉模糊，三爷爷用纱布包了草药敷了几个月脚后跟分开的部分又长到了一起，现在每次无意中摸到脚后跟的伤疤，就会想如果没有三爷爷，伤口会不会因耽误治疗而溃烂，病痛会不会因为拖延而严重。因为有了三爷爷，这一切都被避免，村庄里的每个人都有被三爷爷治好的经历，我相信每个被他医治好的人都会打心眼里尊重他。

村庄里除了一桩凶杀案致死一人，另有几人自杀，几人死于突发事故，此外逝去的人基本上都是自然死亡，这件事在三爷爷看来是很光彩的，十里八乡的人都知道，我们村有个赤脚医生，因此村里的人不怎么生病，即便病了也能很快治愈。这事传得有些玄，似乎村庄里的人死与不死由三爷爷说了算似的。其实从某种意义说，出现如此现状还真和三爷爷有些关系。我经常半夜听见有脚步声急促地跑到三爷爷家门口，第二天就听三爷爷说，谁谁谁半夜病发，差点不行了，如果耽误命就捡不回来了。在那个医疗水平并不高的年代里，每一次得病都是一场博弈，而三爷爷就是那个既当裁判又当运动员的人，专门从死神手里抢人。三爷爷还往死神那里送走一些人。有老人到了弥留之际，眼看一盏灯熬不过岁月就要灭了，家人都给穿上寿衣了，还将三爷爷叫到床前来，看能否用药片和针剂多留一会儿，多数情况下，三爷爷到了不久，弥留的老人就闭上了眼。这个过程中，三爷爷比任何时候都要谨慎，一只手扶着自己的膝盖，另一只手搭在老人的脉搏之上，思索、叹息、等待。围在炕边的亲人中，有低声啜泣的，这时候也会安静下来，等三爷爷做最后的宣判。三爷爷摇摇头，说人走了开始准备后事吧。话一落，一屋子的人这才放开了哭声，毫无节制号啕起来，三爷爷一边安慰一边指导众人准备落草。三爷爷从一个赤脚医生变成一个有神论者，用村庄里特有的仪式，送一个永远回不来的人上路。就这样，三爷爷把自己活成了一个不可或缺又拥有大量秘密的人。他对自己的这种生活方式很是享受，从吃百家饭的医生到管百家事的和事佬，他编织着这个村庄最基础最朴实的规则，也享用着这些规则带来的荣誉，从来没有人怀疑过三爷爷的医术和权威。

不过这种优越持续到三爷爷的儿子接班画上了句号。那段时间，三爷爷像一个要跟这世界告别的人，每次去病人家里问诊，就说儿子要接班了自己马上退休，这可能是最后一次出诊。嘴上说得很轻松，到了交班的时候，三爷爷就有些不情愿了，他还是天天去药房，有人来请他还是背了药具箱出门。终究还是退休了，他的老花眼，已经没办法让针管准确地将药物注入到肌肉组织内，越来越差的记性也总是把阿莫西林、青霉素、红霉素的剂量搞错。人们发现三爷爷已经不可信任了，就开始背着他去找三爷爷的儿子。那个曾经嫌弃当赤脚医生而先后当过兵打过工的小伙子，在见过世面后，又觉得当乡村医生有出息，就去市里的医学院培训了一年。作为接班人，他一直耐着性子等三爷爷亲手把药房钥匙和药箱交给他。

终于到了交接的那天，三爷爷起得很早，把药房里的尘土扫掉，把每一个器械细细擦拭一遍。儿子一进门，三爷爷先是一一介绍每一味中药的作用和禁忌，又准备介绍每一种西药的功效时，就被儿子挡了回来。大，这些药都有说明书呢。这一句，把三爷爷噎得够呛，他知道儿子的时代已经和自己的时代不一样了，看了一眼儿子就转身离开了药房。嘴上说再也不管药房的事了，可还是忍不住，他总是趁着儿子不在的时候用备用钥匙打开药房门，整理那些曾经属于他的药片、针剂、器具和中草药，三爷爷看着它们，嘴里喃喃地说着什么，有人推开门进来，他就像换了个人，穿起儿子的白大褂，把听诊器挂在耳朵上，准备问诊。来者看着三爷爷穿成这样就问他，儿子去哪里了？三爷爷的脸马上换了颜色。回一句：他不在，今天我值班。来者只好张开嘴，让三爷爷瞧发炎了七八天都不见好的喉咙。正打量着病人，三爷爷的儿子突然就进来了，三爷爷像个闯了祸的孩子，站起来红着脸把听诊器和白大褂放回到原地，现在，那些东西已经属于别人了。

此后三爷爷不再偷偷摸摸地坐诊了，蹲在墙角晒日头的他，透过药房的窗户看儿子忙不过来，就主动进去帮把手。儿子嘴上不说却满脸的嫌弃，一直想给老人家提个醒，又不好开口。有一回，县上卫生局的人来检查乡村医务室建设，发现药房里坐诊的是一个已经老眼昏花的老头子，输液扎针还把人家的手背戳得到处是针眼，于是就在全县通报了这事。三爷爷的儿子从镇医院开完会回来，看见三爷爷正在药房里，就把红头通报扔到他面前。三爷爷把那张盖着大红印章的纸贴在老花镜上，一个字一个字读下去，读到"不具备行医资质"几个字的时候，脸一下子红了，或许是紫了，反正很难看的样子，八字胡还微微颤着。从此，三爷爷再也没有去过药房，他发现，自己虽然去县城培训过，最后还是个不具备行医资质的赤脚医生，再去挂着"乡村医务室"的药房就有些不合时宜了。

三爷爷就这样重新回到了三奶奶的身边。当医生的这些年里，三奶奶习惯了三爷爷的缺失。村庄里的人都说，三奶奶这辈子跟着三爷爷把福享了，地里的活两个人干不过来的时候，总有人明着暗着帮忙，也落不到人后面；走到哪里都有人抬举着，吃席坐上席。可是三奶奶却并不觉得自己过得有多惬意，她的埋怨和三爷爷药房里的药片子一样多，也一样苦。身体微胖的三奶奶，最开心的事情就是几个女儿给她买新衣服，新衣服试穿一次就整整齐齐码放在衣柜里，三爷爷平时不在家，穿了给谁看啊。三爷爷退休后，她就把那些衣服一件一件拿出来，穿给三爷爷看，说以前你忙顾不上看我现在就好好看。三爷爷笑得八字胡都翘起来了，嗔怪她，你不怕儿媳妇们笑话就一件一件换着穿。这些衣服是多年前买的，花色鲜艳，现在这个年龄穿上并不适合，但是三奶奶不在乎。

三奶奶是在毫无征兆的情况下一头栽倒的，太阳底下，两个人正在掐玉米，三奶奶就像被掐下来的玉米粒子一样，撒在了地上。三爷爷扶了几次没扶起来，就喊人帮忙抬到炕上。三爷爷又是把脉又是测血压的，平日里那几个熟悉的流程依次做完，也没测出个啥结果来。赤脚医生到底是赤脚医生，很多病他根本就连诊断的切口都找不到，更不用说医治了。这么多年，三爷爷看得最拿手的病其实就是感冒，常见的治疗方法也是最简单的吃退烧药输液体吃感冒通，后来我才知道，这病三五天内不吃药也能自愈。这是题外话了，眼前最要紧的是搭救只有呼吸没有意识的三奶奶。很明显三爷爷没这个本事，他就一声不吭地坐着，其实他也不是没想着拉她到镇上或者县上的医院做个检查，但是众人面前，又不好意思张嘴，如果这时候说这话在场的人肯定看出他医术的破绽来。于是，三爷爷一直憋着等众人走，可众人就是不走，一个个很是操心的样子，一会儿看三奶奶，一会儿看三爷爷。最后还是三爷爷的儿子等不住了，说不行就送到医院吧，三爷爷这才找到出口赶紧答应。救护车把三奶奶拉上车的时候，三爷爷想挤上去，却被医生推了下来，他嘴里嘟囔着我也是医生路上还能帮上忙，这时候救护车哐一下就关上了门。

医院诊断三奶奶是高血压引发的并发症，高血压这病三爷爷是知道的，并发症是啥他就搞不明白了，只觉得是自己治不了的大病，一定要按照医嘱照顾三奶奶。因此，三奶奶在家休养的那些日子里，三爷爷一个人忙里忙外，熬药、吊针、擦洗身子，干一些医生该干的事，同时还把老伴的身份重拾回来，把这辈子当赤脚医生而耽误的事一一做了一遍。他想着，自己多做一点，三奶奶就能好一点，可惜最终她还是没能缓过来。在一个黄昏，三奶奶停止了呼吸，闭眼前，三爷爷的手一直放在三奶奶的手腕上。送走了那么多人都没有悲伤过，这次轮到自己的枕边人，三爷爷还是异常冷静，他的手一直压在脉搏上，感觉它们一点一点退回去，直到彻底消失。

埋三奶奶的那天，三爷爷突然病倒了。来凭吊的人给三奶奶烧了纸上了香，转头就给三爷爷说，您老得看开些，老嫂子这辈子没受罪，走得也利索，你应该替她高兴才是。说是这么说，三爷爷哪里能高兴得起来，他蔫蔫地躺在三奶奶躺过的地方。众人见安慰无效，怕老人家有个三长两短，就背过他商量，有人出了个主意，让三爷爷到药房住一段日子，他的病果然就好了，不过人明显老了一圈。

这个在村庄里和泥塑菩萨一样地存在的人，也到了泥身掉皮法力尽失的时候。曾经这个人把别人的活着和死去当作自己一生的事业去操心，见人脸色不好就让对方亮出舌头看舌苔，看人脸色不好就让他量血压测体温，现在，他什么都做不了，他成了一个需要诊断的人，得靠一堆药片养着。

去年过年回老家，我专门去看三爷爷，偌大的院子里，他一个人孤独地站着。背已经弯得跟一座山脊很像了，胡子和头发花白，眼睛再也瞪不出狮子的威猛来。和三爷爷聊天，他还会问起国家对赤脚医生的最新政策，但更多的是一声叹息之后，说现在自己最喜欢干的三件事：晒太阳，想过去，跟供在桌子上的三奶奶说话。家里的相框中，还留着那些年他当赤脚医生时拍的照片，和那些穿着白大褂背药具箱的照片相比，院子里的三爷爷已经足够老了，老得拧不过背上的那个罗锅，老得已经对任何病都束手无策，老得像一堆用过多少次的药引子，阳光之下散发着腐朽的气息。

孤独的树

　　山挡在两座村庄之间，不是很高，山腰处也有近道可走，可人们偏偏要爬山，时间长了，在山顶低洼的地方踩出一条路来。从高处看下去，这条路就是一个标准的人字形，撇部直直插进一座村庄，捺部铺进另一座村庄。撇捺的交会处，是一棵柳树，好像上天安排好的一样，树冠不偏不倚，把两边平分给了两座村庄。

　　两个村子的人，去彼此的村庄里，都要先上山再下山。上山的时候，抬头看看那棵树，就觉得离另一座村庄近了，脚下也没有那么困乏，步子越走越轻；下山的时候，回头看看那棵树，就觉得离另一座村庄远了，走着走着看不见树，也就到了该到的地方。

　　这山顶就成了歇脚的地方，赶路的人，靠在树上，或者蹲在树下，一会儿看看这边，一会儿看看那边，才发现这树真会长，还别说，长在这里恰到好处。其实，人多的时候，这棵树的重要性是显现不出来的，大家各走各的路，才不关心路边有一棵树，只有一个人走路的时候，经过这里，才会停下来。

你看，牵着毛驴去对面村庄耕地的人，蹲在地上擦拭犁铧，驴就拴在柳树上，蹭掉套在嘴上的笼嘴，用整齐的大门牙啃树皮，新鲜的树皮掉下来，露出树白色的躯干。和父亲吵了一架的少年，准备去舅舅家住几天，他从山下跑步上山，气喘吁吁地靠在树上缓一缓，看到一片白，就掏出电池墨棒，在树干上写了个"早"字，又觉得这不是课桌，蹭掉重写下一个"忍"字，又觉得不够阔气，就写一个繁体的"龍"字，看着觉得好，这才安心下山去。那个背景有些模糊的"龍"字，和被风干的树干一起，慢慢变成青色，变成看不清的颜色。放羊的把式赶着一群羊从山的那边涌过来，虚土扬起的尘埃像雾，把柳树笼罩在其中。有嘴馋的羊，两个前蹄一跃把在树干上，啃剩下的树皮。放羊把式凑上来，把落了一地的碎树枝归拢到一起，又拨拉了些半干的牛粪羊粪，火柴一划地上就冒起青烟，这柳树又笼罩在烟雾中。放羊把式把鞭子插在虚土里，蹲在地上烤火，半干的羊粪和牛粪燃烧的味道，挺好闻。

这棵柳树听过不少曲儿。耕地的男人，一手拉着毛驴，一手扶着犁铧，走着走着，就吼起了秦腔："夫妻们分生死人世至痛，一月来把悲情积压在胸中，今夜晚月朦胧四野寂静，冷凄凄荒郊外哭妻几声……"秦腔突然从男人嘴里溜出来，身后的毛驴有些诧异，脚步明显慢了，寂静的山野一下子冷凄凄的。人家都是夫妻两个人耕地，一个牵驴一个扶犁，他只有一个人，一个人赶着一头驴，谁看着都觉得恓惶，在地里来来回回划拉着，走几步就忍不住抬起头，远远望一眼远处女人的坟地。

转舅舅的小伙，把字写在树干上，就觉得像是又干了一件大事，十二岁出门远行，还是和父亲吵架之后，这本身就是一件了不起的事情，在一棵树上写下自己想写的字，也了不起，应该高兴。人一旦高兴就要唱歌，可是唱什么呢，唱老师教过的"多少脸孔，茫然随波逐流，他们在追寻什么，为了生活，人们四处奔波，却在命运中交错"。他觉得这首歌太低沉，没办法表达他此刻的心情，就唱起刚从《还珠格格》上学的新歌："让我们红尘做伴活得潇潇洒洒，策马奔腾共享人世繁华。"那一连串"啊"唱出口的时候，他就跑了起来，似乎一腔的热血沸腾，仿佛父亲的责骂声已经飘荡得一干二净，仿佛已经和自己喜欢的女孩子策马奔腾。

羊把式突然就唱了起来："杨树上的麻雀一对对，到死都不分开，记起了尕妹妹你的模样子，清眼泪唰啦啦地淌……"唱着唱着，眼泪就真的淌下来了，风吹过来脸上有两道泥印子。远远有人走过来的时候，羊把式停了歌声，擦一把脸，嘴里说这些烟熏人了不得，看眼泪都下来了。羊走远了，烟还在弥散，羊把式踩了两脚，就去追羊，嘴里还哼着："哎！阿哥的肉啊，清眼泪唰啦啦地淌……"

荒野里，能听到曲儿，就能听到腔调。风吹在柳树上，呜呜呜，被树枝划开口子的风，呜咽着，有悲凉而又绝望的腔调；少年把柳树枝撅下来半截，做成柳哨，憋一口气吹起来，吱吱呀呀，像个学说话的孩子。柳树不光听过这些，还听过人间悲恸的旋律。山这边死个人，山那边的唱打手连夜收到邀请，一大早就要赶过来吹打送丧。天刚擦亮，两边村子里亮着不多的几盏灯，唢呐手就坐在山顶上了。身上有些热乎的唢呐手，坐在树下抽一口烟，觉得时间刚好，就拿出唢呐吹起来。芦苇做的哨片，一沾上人的热气，就迫不及待地发出声来。先是低矮的试音，接着是《哭皇天》，曲调婉转但是藏着大悲凉，旋律清澈却又让人眼前浑浊。这声音被风吹到村庄的时候，办丧事的人家就要放鞭炮迎接了。唢呐手不急不缓，悲怆的唢呐声飘在两个村庄，不把人惹出眼泪不停歇。凄凄惨惨的唢呐声，柳树也听得懂，只可惜冬天的树上没有几片叶子，要不一定会落下几片来，衬托这凄凉的场景。

这棵树听着这样的曲调，看着人们把一个又一个的人送进土里，却没有一个能再长出来。而活在大地上的人们，准确地说，活在两个村庄里的人，大多时候也是沉默不语，也不经常唱，一个人的时候，却会把曲儿唱给这棵柳树听。柳树听没听懂他们唱的啥，就没有人知道了，不过一直有人在树下唱，也不管树乐不乐意听。这成了村庄里最大的未解之谜，整个村子里，只有我知道这道谜题，并为了找到答案而苦恼不已。有一次上语文课，老师在黑板上写了两个字：孤独。我突然就想起那棵树来，想起那些在树下歇脚的人、烤火的人、写字的人、唱秦腔的人、吹唢呐的人……想起他们唱过的曲儿和他们走过的路以及他们看得见和看不见的惆怅时，就觉得，这棵树站在山顶上，就像孤独这两个字站在黑板上。

原载《散文》2018 年第 8 期

恨着恨着就恨不起来了

　　我正在麦苗刚没过小腿的麦田里走着，突然就像中了魔咒一样，小小的胸腔里，有说不出的感觉：压抑、痛苦、愤怒、仇恨，我不知道这一股莫名的力量来自哪里，所为何因，只知道我需要发泄，需要呐喊，需要把胸腔里的东西排挤出来。

　　我冲着山下的村庄大吼三声，这时候就有躲在隐秘处的东西飞出来，惊慌失措，我以为是我内心里的感觉飞出来了，却是一只呱啦鸡。这让我有些失落，还是不解恨，还是想发泄，就跑到一棵树的下面，三两下把最笔直的树枝折断，这树枝也像中了魔咒一样，在我手里舞动起来，见到啥打啥，我向空中挥舞，能感觉到风被抽打的快感，轰轰轰的声音让我愈加疯狂。我朝地上摔打，树枝刚落地土就发出砰砰砰的声音，尘土飞扬每一粒土都带着惊讶的目光，我对着麦苗乱扫，麦叶上绿色的血四溅，简直快意泯恩仇，就像我这个侠客征服了整个世界一样。

　　在村庄里，我能对付得了的，只有这些

长在大地上的植物。

　　人太复杂，我连自己的父母都无力抵抗，更不用说别人，父母说过年才能穿新衣服所以其他时间我的衣服总是皱皱巴巴的，不是留着哥哥的鼻涕，就是留着堂兄弄上去的红色墨水，他们的个头都比我大，我穿他们的旧衣服总显得宽大，像稻草人走在村庄里。父母还说我这个年龄的孩子不能老去河里摸鱼，不能总是爬在悬崖边抓鸽子，要把老师发的书多看几页，这样就能和大表哥一样长大到城里给人开吉普车。总之，他们总把我搞得很烦躁，我总想着离开他们，他们却想方设法让我足不出户，我曾经抵抗过，也在一个下午沿着出村的土路准备来一个十岁出门远行，脚步迈得很有力，可是连镇上都没走到，就被拦截，最后一顿鞋底子把我抽得老老实实。我打不过父亲，又不能骂他，就暗暗地恨他，诅咒他，希望他在路上走着走着就把脚给崴了，然后在土炕上躺上几天，这样我就不怕他发现我摸鱼抓鸽子追着用鞋底子扇我；希望他晚上出去打牌一直输钱，输到别人不让他走，这样我就可以趴在土炕上看电视到深夜。可是恨有什么用呢，诅咒又有什么用呢，父亲总是在我觉得不应该回来的时候回来，总是在我觉得不应该出现的地方出现。而别人更麻烦，我的语文老师总是放学后留下我们背《新华字典》里那一个个永远也记不住的汉字，数学老师反复折腾那几个洋码字用加减乘除闹出另一堆洋码字，我搞不清楚它们之间的关系，只希望它们能变成我家的鸡一样，用一个符号相加或者相乘就能变出一堆更大的数字。

　　其实，我最恨，又最想对付的那个人，是我的舅舅。那个眉毛和我一样粗粗的，嘴唇和我一样厚厚的，说话和我一样笨拙的舅舅。他是我母亲的哥哥，我母亲活着的时候，他经常来我家，不是拎着一只呱啦鸡就是捉一只活蹦乱跳的野兔子，傍晚的时候，父母陪着舅舅在火炉旁聊天，我啃着呱啦鸡肉或者

逗兔子玩，感觉自己像个住在温暖的城堡里的小王子，可是没
多久我就在舅舅那里失宠了。我的母亲在一场事故中死去，舅
舅作为她的哥哥，来参加葬礼，让我生气的是，整个葬礼上，
他竟然一滴眼泪也没有流，我哭得快要没气了，他沉着脸坐在
人群里当亲戚吃席。我哭一会儿看一眼舅舅，哭一会儿看一眼
舅舅，他就是不哭，他一直夹着菜，和别人喝酒。我就开始怀
疑他此前所做的一切是否真实，他抓回来的呱啦鸡和野兔子是
不是魔法豆变的，这时候我内心生出一种看清他真实面目的恨
意来。这个人怎么能这样？他的妹妹死了，他的外甥没有了母
亲，他难道不应该流眼泪吗？他难道不应该为此哭泣吗？可是
他没有，并且葬礼结束后，他更让我伤心了，舅舅不再像以前
那样，隔三差五带着呱啦鸡和野兔子到我家，春节走亲戚也是
跟着一大群人来，混在人群中吃吃喝喝，然后坐不了一阵子就
走，连抱我一下都不愿意。农历二月，是舅舅转亲戚的时候，
"二月二炒豆豆，家里来了个你舅舅"，一大早，大家围在一
起唱这首歌谣的时候，都瞪大着眼睛等着舅舅出现，我也瞪大
着眼睛，可是唱歌谣的人最后就剩下我一个人了，我的舅舅还
是没有出现。我一个人站在村口，心里只想着一件事：我恨这
个人，我一定要报复他。我想去他家门上骂他一顿，质问他为
什么二月二不来外甥家，可是我没有勇气，我只能在心里默默
地恨他。我想过很多报复他的办法，没有一条成功的，后来有
人告诉我，正月里剃头死舅舅，我就大过年的跑到镇上的理发
店去剃头，先是理发店不开门，等开门了又说正月里不理发，
我软磨硬泡让推子在头上跑了一圈之后，就高高兴兴回家等着
舅舅死去的消息。那些天，我有一种大仇马上得报的兴奋感，
我每天都打听，却一直没有听到任何和舅舅有关的事。我开始
沮丧，看来舅舅命硬，外甥正月里理发都没办法让他死，我只
能认命。

舅舅人不来了，自然就没有呱啦鸡肉吃，不过吃家里养的鸡，也还算童年里最美好的记忆。可是，我们家的鸡也不好对付，我想要一个毽子，它脖子上和尾巴上的羽毛最适合，我就去鸡圈抓它，刚进去，一群公鸡就警惕地拉直脖子，目视前方，很明显它们已经做好了战斗的准备，我挑选出一只有蓝色羽毛的公鸡准备下手，刚一靠近，它就跳起来冲向我，手背上被啄出一个口子，血立马就冒出来了，我捂着手冲出去，找来竹竿想和它决一死战，可惜竹竿还没伸进去，一群鸡就趁机溜出鸡圈，满院子乱跑，这下我更束手无策了。鸡没抓着，换来奶奶的一顿骂，说我闲得跟一头猪一样，整天没事干就知道闯祸。我哪能跟一头猪比啊，人家一天躺在猪圈里可舒服，我呢，挨骂不说，还要去地里干活。其实猪也不好对付，一到腊月，我们就盼着大人们早点架起炉灶烧水杀猪，这样我们就能玩到猪尿脬，一群孩子在尘土之上追赶一个猪尿脬，那种快乐是足球无法替代的，更何况我们买不起足球，只能等一头猪被五花大绑。可是我家的猪咋绑都绑不住，它好像知道死期已到，圈门一打开就窝在犄角旮旯里不出来，进去赶也不出来，只一个劲地嚎叫。好不容易被赶出来了，瞅准没人的地方撒开蹄子就跑，我们一群人跟在后面追，远远看上去像滑稽电影里的桥段。养肥的猪终是跑不过我们的，被控制住之后，除了一个劲嚎叫外，后蹄死死顶在地面上，怎么拽也拽不动。就像我抵不过父母一样，这头猪也抵不过大家，最终在一声长嚎之后，血溅当场。

人和动物们都对付不了，大地之上的植物跑不动，自然就成了我发泄的对象。

我除了打过刚没过小腿的麦子，还在玉米帐子里砍杀过玉米，到葵花地里拧断过葵花的头，把苜蓿连根拔起，让车前子变成一根没有籽的细棍。在村庄里，我随时都可能对一群植物下手，不是让它们残缺，就是连根拔起看它们在太阳底下枯萎。其实不止我一个人这样，村庄里很多人都拿植物出气，你去山上看看，每一块地垄上都搭着枯萎的植物。

不过那都是前几年的事情，现在的情况已经不是这样了。今年春节回老家过年，我就想着趁机带四岁的女儿去山上认识下大地上的事物，村庄像一口锅，我们在锅底的部位居住，作物们住在水渠之上的山上。我带女儿去山上，没看见作物，却越走越荒凉，很多地空出一大片，冰草和野蒿子密密麻麻挤在一起。山上啥时候被野草占领了？我站在地垄上，没有作物可指认，只能指着水渠下的地膜对女儿说，冬天农作物都在地膜之下沉睡，等春天来了再领你来认识它们。

春天来了，这里还会有作物吗？我心里没底，陪着女儿在野草之间站立。看着眼前这一块接着一块的野草，突然就想起曾经被我作为发泄对象的作物们，它们都去哪儿了，山上原本是它们的领地，紫色的苜蓿花开的时候，粉白的荞麦地里蜂蝶成群，抽穗的麦子暗暗发力和身边的玉米比身高，玉米哪有工夫理它们啊，它们已经准备好了长长的胡须并且把所有心思都放在玉米棒子上。现在这一切都看不到了，取而代之的野草，肆意生长，从一亩地到另一亩地。哦，其实在农作物没有出现之前，这山坡就是野草的，它们按照自己的规律生长，喜阴的躲在阴面，喜阳的长在阳坡，喜水的或漂在水里或站在水边，人没有住进村庄之前它们就拥有整座村庄，人来了它们就成为寄人篱下的野孩子，现在一大批人走了，留下的大多已经无力再到山上侍弄庄稼，于是地只能荒着，这时候野草重新回来，回到它们以前的位置。面对这荒野，内心有一种莫名的伤感。

那些被我抽打过的作物们，现在不知所终，那些被我恨过的人又在何处？下了山，我决定去看看他们。我先到我的小学去找童年的老师，白色的围墙和铁大门上的新锁，把我拒绝在童年之外，这里已经找不到我的名字和课桌，让我背字典算算术的老师们，也已经打了铺盖卷，回到家乡养老，我只能在记忆里向他们表示歉意。正月初二，是村庄里转老丈人的日子，我的父亲已经没有老丈人可看，多年没有去过舅舅家的我，想着代表他去转转，看一眼当年被我恨过的舅舅。

有些东西似乎一辈子都不会变，舅舅家就是，低矮的门洞进去，一抬头还是那眼窑洞，眼睛一样欢迎过我的窑洞，已经只剩下眼窝，内部坍圮，墟土已经将入口封死，看不见内里的旧时光；右手是不住人住着农具和粮食的偏房，房檐上的对联印进木头里，红红的福字狗皮膏药一样，却无法救治一座老房子的疑难杂症；左手是厨房和上房，厨房门口的三垛蜂窝还是童年时的样子，土的颜色发白，垛里的蜜蜂屁股对着我，静默无语；上房里八仙桌油乎乎的，已经看不出木质，八仙桌上方的牌位和中堂，走漏了经年的风声，我跪下，向八仙桌上的牌位烧香焚表三叩首，冲着躺在土炕上的舅舅说给您拜年了，舅舅的声音还没落地，我已经站立在他身边。躺在炕上的舅舅，这个眉毛和我一样粗粗的，嘴唇和我一样厚厚的，说话和我一样笨拙的舅舅，已经和我童年里喜欢、期待、诅咒、报复的那个舅舅完全不一样了，他脸色铁青，嘴唇发紫，眼皮耷拉着，没睡醒的样子。他看见我进屋的时候，眼泪应该已经涌出来了，我坐在他身边的时候，眼泪流到了脸颊上，因为躺着，就窝在那里，不再往下流，我也像这眼泪，窝在炕沿上不知道说啥。舅舅已经老得快下不了炕，想起当年我诅咒他的那些事，我突然觉得自己荒唐极了。

不过有些事情还是要说出来，比如我必须问舅舅为什么二月二的时候不来我家，为什么不再给我送呱啦鸡和野兔子，舅舅不语，舅妈说还不是穷，你妈在的时候，你舅舅拿个啥去你家你妈都不会嫌弃，你妈没了你舅舅就不好意思去了。这句话让我有些哽咽，童年已经过去好多年了，舅舅家还是记忆中的样子，这么多年，日子该有多难过啊。我突然就觉得自己是一个可耻的人，总想着得到，总想着报复，这么多年舅舅没来看我，我也负气没来看过舅舅，很多事情就被仇恨悬在空中，而这仇恨却轻易被舅妈的一句话解开谜团。

从舅舅家回来的路上，我把车速降得很慢，看着路两边萧瑟的草木，看着来往的行人，看着从舅舅家到我家之间这一座座熟悉又陌生的村庄，噙在眼眶里的眼泪就落下来了。原来，有些人有些事，恨着恨着就恨不起来了，多年之后也才发现，当年的那些恨多么微不足道。又觉得人心里总是要装着一些恨的，于是就恨这时光，恨这悄无声息的时光，把大地还给了草木，让村庄变得荒芜；于是就恨这时光，悄无声息的时光，偷走人年轻的容貌，给他疾病，给他痛苦，让人无法直立行走在这世间。

原载《黄河文学》2019 年第 2/3 期合刊

花儿与少年

　　立春一过，吹几场风，村子里那些叫不上名字的花儿就渐次冒了出来。村庄缺水，野花每年却都是按节令赶来，它们还从体形上理解了干旱所带来的尴尬。村庄里的野花，一个个都长得小而巧，为了省水它们中大多看起来像是没有茎只有叶子，在野地里，几瓣细小的叶片贴在地面上，花瓣简约又突出。也有全身是茎没叶片的，瘦瘦的一根或者一束，顶着几瓣花。

　　土是村庄的主色调，野花随便把自己扔在某个地方，远远看起来，村庄就成了一张画布，风一吹，长出许多彩色的图案来。村庄里的女人们，模仿花朵的颜色，给自己扯来红的绿的粉的紫的布，做一身衣服，逢年过节回娘家穿在身上。这时候，她们是画布上流动的元素，走到哪儿，哪里就有一朵花。

　　村庄的调色板上，缺黑和白，人们最怕的也是这两种颜色。村庄里的人对黑和白敬而远之，最大的可能是出于对死亡的敬畏。夜晚占去村庄二分之一的时间，整个晚上，村庄像是被泼了墨一样，所有的色彩被黑所遮蔽。黑把一切东西都涂上自己的颜色，人从屋子里出来，抬头望望天，再望望地，啥也看不见。回到屋子里，就昏昏欲睡，身体处于一种近似于死的状态，松弛、乏力，恐惧趁机而入。在村庄里，很多种死亡都是在一片黑中悄悄发生的。

不知道出于什么样的启示，村庄里的所有人，都深信不疑地认为，死神是一黑一白两个，黑色的潜伏在夜晚，白色的潜伏在白天。因此，人不怎么亲近黑，也不敢亲近黑色，在黑夜里待得太久，即便是相安无事，对一切黑的物体还是保持着厌恶。而白是黑的反面，顺其自然被嫌弃。奇怪的是，嫌弃白色，人要是死了，白却成了他离开世上时最后的颜色。

大门上贴出的白对联上，黑色的字无力又沉重，越看它们越像黑白无常，有点得意洋洋。一尺白布再往活着的人头上一缠，村里的人就知道，这家人失去了一个亲人，从此他们变成了可怜人。我曾经头戴白孝身穿白衣，混在送葬的人群里。大人哭我也哭，大人停下我也停下。送葬的队伍就像一大片的白，把村庄的路铺满，我们这些可怜人是一朵又一朵走动的白色花朵，走过的地方悲伤弥漫。母亲就躺在白色的花朵中间，红色的棺材像花蕊一样，缓慢被送进土中。这颗种子被种到地里，每一年我们都会去看看，头戴白孝身穿白衣跪倒在坟前，但是不管怎么磕头，母亲却一直也没有发出过芽来。

从此以后，我成了一个可怜人。逢集的下午没有资格混在孩子群里在村口等母亲，新年的第一天没有资格穿上母亲买的新衣服……我这朵白色的悲伤的花，孤零零地长着。母亲下葬之后，我内心就有一块巨大的空洞，人们忘记了给它培土填满它，它就这么一直空着。我和村庄里的所有人一样，忌讳白色。我恨白色带走了母亲，恨母亲这个称呼成了一片空白，我喊出来这两个字的时候，它们在空中连个回声都没有。

奇怪的是，后来，在很长一段时间里，我竟然和一个穿着白色衣服的孩子成了朋友。他叫堆金，在村庄里流行男孩子穿灰和女孩子穿红的那些年里，他已经放弃了土得掉渣的颜色，穿上了具有忌讳意义的白色衣服。有人避而远之，有人拿他的白衣服开玩笑。滑稽的是，大家穿的都是刚到屁股的短衫，堆金的白色衣服却盖过了膝盖，胸前还有一个深深的 V，露出褪色的毛衣前襟。一直没闹明白他这身衣服是从哪儿来的，但是那身布料的颜色和质地，多年以后，我在医院里找到了答案。我的手指头被菜刀切断，大量出血导致我深度昏迷，等我醒来的时候，已经躺在了医院里，睁开眼睛的时候，身边是一些穿着堆金当年穿过的颜色和质地的白大褂。难怪和堆金在一起总感觉他身上有一股怪怪的味道，后来才明白，那是来苏水的味道。

我很多次地回想和堆金认识的过程，但是却没办法还原任何的细节。不过可以确定的是，他是那种不怎么爱到人群中去的孩子，和他身上宽大的白色长袍一样，在村庄里他总显得空荡荡的，似乎内心也有一个巨大的空洞一样，随时都有可能飘起来飞走。

大抵是两个内心有空洞的孩子彼此吸引吧，后来我们还真黏在了一起。一起在悬崖下的草滩放牛，一起看蚂蚁搬家好不容易到洞口恶狠狠朝着蚁群撒一泡尿，一起把狼毒花编成帽子扔得满河都是看它们漂在水上的可怜样……

堆金送给我的第一样东西是一支烟，我给他的是一块两毛钱的泡泡糖。那年春天，我们躲在学校的半截土墙后面，学着老人的样子，靠在墙上，晒着还有些寒意的太阳，抽烟。

刚开始，很不习惯这种呛人的东西，感觉有人硬生生在我嘴里塞了一根棍子。哆哆嗦嗦地点燃，照着堆金的样子吸了一口，胸腔内马上有一种被填满的感觉，有东西一个劲地往肺里钻，想咳嗽又有一种奇妙的欲罢不能的快感。抽烟的过程极具有仪式感，当时我的感觉和桃园三结义的情形是完全一样的。抽完烟，我们就算是结盟了，嘴里嚼着泡泡糖，从墙角起来，从此就形影不离了。

我明显地感觉到，心里那个空洞，在香烟和泡泡糖的粘连下，一寸一寸被缝合。奇怪的是，它在不断收缩的过程中，又空出一大块来，上面长满了杂草一样的东西，乱乱的，说不清楚。这种乱一直从春天持续到来年秋天。那天下午，我们躺在草木开始收紧的树林里。一只麻雀把另一只踩在脚下，树枝有些颤抖。我正对这一切好奇的时候，堆金从口袋里掏出几张卡片来，神秘兮兮地递过来一张。到现在，我都还记得我被血脉偾张的羞愧瞬间包围并且全身变得僵硬的震颤和畅快。躺在树叶上，我身体的某些部分就毫无征兆地半截树枝一样翘了起来。我眼睁睁看着青春期的那张窗户纸，就这样被一张卡片硬生生捅破了。从此风鱼贯而入，杂草被吹得东倒西歪。

和杂草一样疯长的，还有躲起来的白色野花。它们是村庄里少有的白色的花。花瓣像铃铛一样，风吹过来，有一种花蕊碰撞花瓣的声音。但是，白色是危险的，是忌讳的，谁碰它们白色的铃铛，谁家就招来灾难。不知道谁从哪里引来了这样的谶语，人们对这种白色的花带有恐惧的敬畏，不管在哪里，看见它们，就一铁锹下去，连土拔起，然后翻转，花被凌乱地葬在土里。

每年的清明，人们会买来白纸上坟，被裁成条的白纸，这时候是以冥币的名义出现，它们被土块压在坟地里，风一吹哗啦啦的，像是有人在一遍一遍数着它们。这个说不清楚寓意的风俗，让我们有机会收集这些白色的纸，并悄悄将它们订起来，当作作业本。我和堆金沿着田间小道，到坟地里去捡白纸条的时候，遇到了那些白色的野花。在墓地，它们小心翼翼地活着，清明前后的风不大，铃铛形的花瓣摩挲着，有一种孤零零的意味。

我们忽略了它白色的铃铛形花瓣所具有的恐惧意义，将它们拔起，对着阳光猛烈地摇晃。我们以此为乐，好像要把这白色的铃铛摇出声响来才罢休。后来，这种叫铃兰的白色野花不知怎么就出现在班上最漂亮的女孩子的课桌里，蔫蔫的，铃铛形的花瓣耷拉着，和那女孩的脸一样，煞白煞白。女孩子的课桌里突然出现忌讳的白色花朵，没有人把这当成爱慕，忌讳的恐惧笼罩了教室。事情严重到，堆金的示爱被直接忽略成诅咒和耍流氓，他为此在旗杆下站了一个下午，他手里拿着那束花，更蔫了。

谶语并未灵验，班上最漂亮的女孩子一切如故，但是堆金却突然死了。他往自己十二岁的胸腔里，灌下去了至少半瓶子劣质白酒，村里的几个少年给了他半盒烟作为奖品，但是还没来得及抽，他就倒了，被抽空了一样，躺在地上，软塌塌的。

按照村庄里的风俗，早夭的娃娃是进不了坟地的，亲人也不会给他披麻戴孝。堆金就被裹在一块白布里，用一扇门抬着，一个手持铃铛的阴阳，念念有词，引领他到了沟底。在我们坐过的崖下，选了一块平地，挖出土，把堆金放进去，又填了回去。草丛里多了一个小小的土包，它把堆金收藏了。

堆金就这样消失了，这个世界上再也找不到那个叫堆金的孩子。我一个人孤苦伶仃，内心的空洞开始慢慢变大，一度似乎要破掉一样。我的眼泪下来的时候，在空洞里流成了河。

埋着堆金的沟里，再也没有人去放牛了，除了我。我把牛赶到沟边，坐在崖畔上。我大喊一声，看崖上的鸽子窝里惊慌失措飞出几只鸽子。再喊一声，这一声是补给堆金的，但是鸽子窝里却没再飞出鸽子来。我有些懊恼，把土块扔得很远，想着堆金肯定在某个地方悄悄藏着，看着我喊，看着我扔，看着我孤零零的一个人在沟里。

趁着我目光游离，牛已经走到了崖畔上，再往前走一步就有掉下去的危险。我看到它的时候，一只前蹄已经提了起来。我慌了，大喊一声。牛像是被按下了暂停键，蹄子悬在空中。它意识到自己的处境，身子往后一倾，前蹄落在地畔上。

牛是被我喊住的。牛是被我喊住的吗？

如果我真有喊住一头牛的本事，是不是可以把母亲喊住？让她从弥留的土炕上爬起来，带着十岁的我去赶集，过年从街上扯回新布给我做衣服。这样我就可以把蔓延过村庄的悲伤还回去，撕掉门口的白色对联，从一个可怜人重新做回一个有母亲的幸福孩子。

如果那头牛真是我给喊住的，我是不是也可以把堆金喊住？在他往自己十二岁的胸膛里灌酒的时候，我要是大喊一声，他是不是就可以停下手中的酒杯，这样就能像往常一样，把我带到土墙下，从皱巴巴的口袋里摸出两根烟来，然后划一根火柴把两根烟点着。我们狠狠地吸一口，像是把整个世界吸进肺里一样。一吸一呼，整个世界还在，并且完好无损，堆金却再也不能给我一支烟了。

现在，母亲和堆金躺在地面之下，像一颗种子和另一颗种子。我喊破嗓子，他们却从来没有给过我任何回应。母亲的坟头野草蔓延，已经无法分辨哪一棵是替母亲站立在人间。

我怀疑少年的堆金，有一天顶破了土，把自己长成了白色的风铃一样的野花。他睡着的地方，一大片一大片的白色铃兰，一簇一簇的，铃铛形的花瓣，朝着天空，风一吹，真的发出声来一样。我想起了埋堆金那天的那个口念经文的阴阳先生，他手持的招魂铃铛和铃兰很像，我记得他要摇起来的时候，崖下的鸽子竟然一一回了巢……我经常去母亲的坟头，可已经很久没有去崖下了，我怕那些白色的铃铛一样的野花，一摇一摇，把我内心的那个空洞捅破。

原载《散文》2015 年第 11 期

第二辑

时光的陷阱

长腿的风什么都知道

如果仔细听，就能听到一株草顶破土的声音。它弹开一块土的瞬间，是那么努力，使出这辈子最大的劲似的。而更多的时候，我们是听不到这一切的。我们都走得太过匆忙，完全忽略了一株草所具有的力量。

想听见破土的声音，还需要一场风。入冬之后，人也需要在一场风之后才能渐渐苏醒。立春一过，风开始透过渐次变薄的衣物，慢慢渗进身体，把春天、把绿、把舒展、把芬芳一股脑灌进人的身体里。

这时候，人和大地一样，缓慢地被打开。疏朗起来的身体，连毛孔也有了抽芽的错觉。风就这样，把人唤醒了，让人和万物有了一样的气息。风让一切苏醒，当然也就掌握了一切事物的秘密。

你别不信，长腿的风什么都知道。疾风知劲草，其实，除了草，它还知道河流的一切、树的一切、村庄的一切、路的一切……甚至连城市的一切，只要它愿意，也能轻而易举地得到。

芒种前后的一天早上，我赖在床上翻手机，冷不丁听到一声"布谷，布谷"。毫无疑问，这来自一只布谷鸟。不过，它是怎么出现的呢？我住的小区里，树是刚栽下去的，还没有鸟儿在上面筑巢。而这个城市，也没有让布谷鸟留恋的东西。不算高的楼房，将一些孤单的树裹挟在其中，有些树，偏僻得连风都吹不到，更不用说一只布谷鸟能找到它，并将它作为自己的筑巢之地。

再说了，别看布谷鸟叫声洪亮，其实它天生就是个胆小鬼，我在村庄里住的时候，从来没有见过布谷鸟接近人和村庄，它们躲在成群的树中间，冷不丁一声"布谷，布谷"，你想找到它是何其地难？它怎么会突然出现在城市里，并且叫这一嗓子呢？我对这一声突然就来了兴趣，放下手机，起身，立在窗户边静静地倾听。

可惜的是，随后的很长时间里，这一声再也没有出现。它一闪而过，没有留下任何蛛丝马迹，我找不到它的出处，也看不见它的去处，只能对着窗外发呆。

我一直想弄明白它的来历，于是就想到了风，肯定是它路过带着湿气的树林时，见到了这只正在啼鸣的布谷鸟。风被它所吸引，但是鸟是带不走的，风就把它的叫声带走。于是，这叫声，穿过草地、溪水，绕过几条土路，就到了城里。风跑累了，就把布谷鸟的叫声卸下来，留在了我的住处。

风能带来布谷鸟的叫声，就能带来它的秘密。这么想来，还有谁的秘密是可以在风面前守口如瓶的呢。它们每到一个地方，就带走这个地方上所有的秘密。秘密越来越多，风背不动了，就停下来，随意地卸下来一些。于是，我就在一个清晨，听到了一只布谷鸟的叫声。

这事已经过去半个多月了，我还时不时会想起那一声"布谷，布谷"。想它的来历，想它的出处，想它抵达城市的路径，想它让我听见的意图。我一度怀疑，这一声被风带来的叫声，是要启示我的，可是到底要启示什么？

这一切，风没有告诉过我。而我也没办法向它核实。现在，我连带来这声"布谷，布谷"的那阵风去了哪儿都说不清，更别说向它追问答案。我陷入一种焦虑当中。

有一天，读陆游的《嘲布谷》，有了找到答案的舒畅。他说："时令过清明，朝朝布谷鸣。但令春促驾，那为国催耕。红紫花枝尽，青黄麦穗成。从今可无语，倾耳舜弦声。"布谷让风带来的这一声啼鸣，原来是要提醒我。

可是，它究竟提醒我什么？要是在我的村庄，听到布谷鸟催耕的啼鸣，再懒的农户，也都开始拾掇闲了一冬的农具，但是，这一声对于一个已经告别村庄蛰居城市很多年的人来说，意义何在？

后来，我想明白了，这一句无意间被风带进城市的啼鸣，是让我记住时令，记住村庄，记住来时的路。风也是煞费苦心啊，原本以为随意卸下的一声啼鸣，却带给我如此多的思考。在我看来，不是所有风都会为一声啼鸣或者一个人带路。相反，它们只会使劲地吹你走过的路，要么把一切吹得一干二净，要么把一切吹得乱七八糟。

我开始相信，有些记忆是风吹来的，有些记忆是被风吹走再也没有回来的。

我在万千人中走着，风吹过来的时候，还在低头赶路，想着接下来要发生的事情，丝毫没有注意风正在向我靠近。就这样，它击中了我，我再也走不动了，站在原地。这些带着味道、尘埃和温度的风，其中的一些东西唤醒了我记忆中沉睡的部分。于是，我就想着自己也成了一阵风，不停地吹，吹过我刚才走过的路，吹过我以前走过的路，吹过我出发的地方……风就这样一直吹，一直吹，直到把自己吹旧。而那些被风吹来的记忆，还像当年一一经过时那般新鲜。

风从来都是你第一次见到的样子，它一直没有改变过，它就这样一直吹，把野草从嫩绿吹到枯萎，把麦芽从破土吹到抽穗……吹啊吹，吹瘦了河流，吹老了村庄，那里住的每一个人，都不是活着活着老的，而是被风吹老的。人一老，记性就不好，不像野草、河流，还有下一个轮回，人只有一世，所以需要记住的东西太多，但是又太过健忘。

我曾经小心翼翼将那些散落在童年里的碎片收集起来，写进日记，装进盒子里，或者藏在记忆中。但是有一天，当我想着翻检它们时，却突然找不到任何与之相关的信息。健忘让我很苦恼，我回想起某些事情，就找到当事人，试图还原当时的情景，可是时过境迁，我们忘掉的细节太多，已经无法描摹当年的情景。我想起钟爱过的某一件物品，或者一口吃过的最可口的食物，就找来替代品，但是，不管有多像，替代品就是替代品，无法让我回到过去，而食物，即便是吃到了以前的味道，那时候味蕾的感觉已经完全找不回来。

这时候，就需要一场风，把被我遗忘在过去的东西一一吹回来。风像一个庞大的黑洞，装着我们所有人的过去，每一个细节它都一一替我们保管，就等着我们来找的那一天。我抿着嘴，不断收缩着鼻孔，面朝天空使劲地吸气，可是，风中没有任何痕迹。风不来，我担心有一天全部的回忆就这样渐渐模糊了，到时候，我们就真的回不去了。找不到来路，也没有去处。

原载《散文》2015 年第 8 期

《青年文摘》2015 年第 20 期选载

《读者·乡土人文版》2015 年第 11 期选载

入选《散文 2015 年精选集》

一个人的果园

　　寂静是有毒的，它不动声色，泊在某一处，悄悄睁开眼睛看着你，就等着你靠近。好奇的人，总是被它营造出来的气氛所迷惑，毫无戒备就走向它，进入它。而一旦被吸引过去，寂静便会先从我们的肌肤纹理之间渗透，然后是血管肌肉被迷惑，时间长了连骨头都觉得酥软起来。

　　此刻，我就沉浸在这寂静之中，不能自拔。阳光从树梢间跌落下来，溅起的细小灰尘都带着光。春日的果园，像一幅将要着色的油画一样，摊开着。我作为一个闯入者，躺在一堆枯草之上，等着上帝之手，将我画进这幅油画中。

　　在村庄里，土地是最金贵的，人们恨不得在除了居住地以外的所有地方都种下作物，可偏偏有人不珍惜土地，在一块宽阔而又肥沃的土地之上围起一座大大的院子，既不种庄稼也不居住，而是养了几十棵果树在里面。在这里之所以用养这个字，是有说法的，在村庄里只有人和牲畜是住在院子里的，以小麦和五谷杂粮为食，肉身经不起风吹雨淋，所以得住在院子里，住在屋子里，住在有遮挡物的地方。在所有人看来，植物是不用躲起来的，也不用围起来，更用不着那么大的院子，它们很大程度上依赖阳光和雨水生长，而偏偏有一个人，却把果树请到了院子里。

这在别人看来一定是脑子坏了，但是果园的建设者却不这么认为，他我行我素，把牛羊赶到集市上卖掉换来梯子剪子树苗和肥料。下种的那天，村里所有人都来看热闹，果园的墙头上爬满了一张张好奇的脸，他们都想看看，这个把果树当牲畜养的人，到底要干啥？他跟种地一样，把果苗放进土里，然后培土浇水，一棵两棵三棵……树苗一字排开，每一棵和另一棵之间留出很宽的距离来。这和种庄稼没什么两样，但是这间距让众人看得心疼，这可是寸土寸金的土啊，就这么白白浪费了。

树苗种下去，故事就要从书的第一页开始讲下去了。第一年，村里丰收，众人们扎紧粮食口袋后就绕到果园去看收成，满院子的树苗已经超过一只羊的身高了，树叶也快绿过劲，就是枝杈上找不到一颗果子。第二年，村里大旱，每亩地里都起着一层厚厚的虚土，营养不良的麦子蔫蔫的，带着些对不住人的羞赧，它们不奢望雨水，只努力地活着。而果园里，每一棵树苗每天有一口水喝，有人觉得这简直不可思议，人都喝不饱天天给树喝水，果园的主人依然不以为然，每天从果园里出出进进忙碌。

第三年，果树到了院墙一样高的时候了，具体有多高呢，这么来说吧，高到已经需要依靠梯子才能够得着的份儿上，我们想着粉嘟嘟的花儿开过一茬后，今年就能闻到苹果香了吧，可是他偏偏拿着剪刀剪掉了那些长得看起来很强壮的枝杈，用石头将树枝压弯，村里的人不知道他在干吗，似乎他种这些果树也并不是为了等它们长出果子来，而是给村里的人看看他怪异的行为。

众人都快对他的果园失去耐心的时候，他还像对待牲畜一样对待这些果树。我隔一段时间就去看看这些被养起来的果树，感觉它们像一个行为艺术家手中的艺术品一样，处处都带着神秘气息。嚯，没错，这果园的主人可不是这村里最早的行为艺术家吗？别人种庄稼，他养果树；别人把土地当作这辈子的信仰，他却让大片大片的土地荒着；别人一年收一茬粮食，他三年了也不见一个果子。这么想着，就开始向往这种不一样的生活，哪怕只是看看他一个人在果园里走来走去，也觉得这是世上最美妙的事情了。别人想不通村里为什么会有这样一个人，把不务正业当成这一辈子最重要的事情来做，但是在我看来他是村里唯一一个找到自己乐趣的人，他已经熟悉了小麦的成长规律，掌握了牲畜们的喜怒哀乐，村庄里所有的事物对他来说已经不具有挑战性了，他需要更新鲜的东西来寻求刺激，或者满足自己的好奇。

越想越觉得他不可思议，越想越觉得他似乎是另一个我，做着我想做而不敢做或者说做不到的事情。其实，在村子里，很多人觉得除了种地之外，其他事物都是来自上天的馈赠，没得到神的旨意和高人的点化就不敢贸然创新。但是在果园主这里，想要有个果园，就围起墙种上果树，不用烧香也不用等黄道吉日，这真是一种大自在和大境界。

我在这种近乎崇拜之中等到了果园里丰收的样子：早熟的桃子粉嘟嘟的，捏一下会掉粉不说，还有亲一口的冲动；秋天成熟的苹果比拳头大，打到我身上的话一定会全身酥软，那香气是村庄里其他事物所不具备的……不能再说了，再说要流口水的。总之，果园里的水果让整个村子香了大半年。

后来，很多人就模仿他将地圈起来，种上果树，时不时还到他这里请教。可是，谁知道他却在果园门上落了锁，卷了铺盖进城了。有人说他给公园剪树去了，有人说给火车站当保安，还有人说在工地上见过他，总之他的下落我已经不关注了，我只关心他留下来的果园。一园子果树，说扔下就扔下了，荒草趁机重新占领地盘，干净的园子回到了它的原始状态，草木荒芜。不过那几棵果树并没有荒芜到哪里去，每年还是会定期开花结果，只不过，果子再也不会被那个男人小心翼翼地摘下来了，而是被竹竿敲，被土坷垃打，被大手摇晃。大个的果子带回家，小点的就枯在树枝上或烂在地里。

我来的时候，树上已经没啥果子了，只留下满园子的酸味。我很享受这村庄里新出现的味道，正如我享受这午后的阳光一样，我一会儿躺在枯草之上，一会儿爬到低矮的树杈中，一会儿又坐在墙头上。躺在枯草里，我会想起班里那几个像桃子一样慢慢熟起来的女同学，我偷偷看她们一眼心里的兔子都会乱跳，别说跟她们说话了；爬到树杈上，我会想起穿裙子的美术老师那迷人的小酒窝，一笑，像装着酒一样，能把人灌醉；坐在墙头的时候，我看到村庄里的人们，像机器一样，重复着，劳作着，田野里到处是一些满脸尘土的吃土豆者。

而我像凡·高一样，躺在果园里。我才不愿意和他们一样呢，果园的主人走了，我就是这里的新主人，我看着桃子想班里女孩子成熟的事情；看着苹果，想到在教室里闻到的体香……我还能遇见两只连在一起的蜻蜓，或者一只踩着另一只的麻雀，一切都微妙得有一点风人就会颤抖。果园成了我的第二世界，我沉浸在其中，像草一样野蛮生长，寂静之毒已经让我的心思病入膏肓，不思进取，而那双上帝之手，却迟迟未将我画进那幅等待着色的画卷里。

原载《朔方》2017 年第 11 期

把一个人种进土里

我们家没有杏树，这个事实一度让我在别的小伙伴面前抬不起头来。家里没有杏树，这就意味着看到别人家的杏树上挂满了金黄色的小果子就要把口水往肚子里咽，也意味着下雨天别人在家里睡大觉我会淋着雨在杏树下等待突然落下来的杏子。

到了杏子成熟的时候，我内心嫉妒的种子也就萌芽并疯长了，于是我想过很多种办法解决家里没有杏树这个问题。最原始的想法是种一棵杏树出来，于是我像狗一样，低着头在整个村子里走来走去，就是为了找到合适种植的杏核，我把最大的那颗埋进了院门口的空地上，用棍子编一个小栅栏把鸡挡在外面，告诉所有可能经过那里的人那里不许有脚印也不许撒尿。虽然我每天起床第一件事就是去看它，几乎把一个少年所有的精力都用在了等它发芽这件事上，现实是，我等到村庄里所有杏树的叶子都掉光了都没见那颗杏核把土顶出一个包来，我从夏天开始的期待被秋天的凉风吹过以后在冬天变成了失落，我想不通为什么那颗杏核毫无动静，蒲公英的种子被风吹起来随便落在什么地方都会发芽，狗尾巴草的籽掉进水泥缝里都能长出野地的气势，野火舌头一样卷过的地方还可以见到冰草野蛮生长的样子，偏偏这颗被我小心翼翼种下的杏核就没有遵循万物生长的规律，胎死腹中。我为此兴师动众的努力没有得到应有的回报，反而有一种被嘲笑的感觉，我更加渴望将拥有一棵杏树这个梦想变成现实。

我下了功夫种不出来的杏树，被别人随便扔一颗杏核轻而易举就种出来了。我跟着母亲去山上锄草，她在地里和一棵又一棵的稗草作战，我追着蝴蝶和蚂蚱漫山遍野地跑。你猜我在一堆新土隆起的田垄上看到什么了？天哪，这不是我守了大半年都没等住的杏树吗，在没有杂草的土堆上，它像一个出落得刚刚好的姑娘一下子就吸引住少年的目光，我有一种马上扑过去抱住它的冲动，我慢慢靠近它，生怕脚下的动静大了它会一下子飞走，我简直要控制不住自己了。我确定，这是一棵无主的杏树，它既不靠近谁家的地，也不在谁挖出来的路上，如果按照开发新大陆的国际惯例，谁发现就是谁的，也就是说我终于有了自己的杏树。突然有一种种子破土发芽的欣喜，我就当我种在院门口的杏核在这里发芽了，现在只要给它时间，就会结出黄澄澄的杏子来。

问题来了，它长在半山腰上，为了让它变成我的杏树，我每天都去看它一次。刚开始，我躲过所有人，悄悄上山。后来，去山上的人越来越多，我就装得像个没事人一样，在山路上拐来拐去，然后迅速靠近那棵杏树，看一眼它还活着，就恋恋不舍地离开。我怕有人知道我在山上拥有一棵杏树的事，于是就准备将它移栽到我家院子里。是一个早晨，露水还没有退干净，梯田里还冒着气，我学着大人的样子扛着一把铁锹就上山了。

　　一锹下去，那棵树就是我的了。我在院落的犄角旮旯儿挖了一个坑，把杏树栽进去，培上土就开始做吃杏子的梦。梦还没醒来，杏树就耷拉了头，叶子卷曲，病恹恹的了。我沮丧得饭都吃不下去，母亲笑话我，我就埋怨她不早早给我种一棵杏树，别人家啥都有，啥都好，我们家连个杏树都没有。母亲不说话，吃了晌午饭，就戴着草帽出去了。

　　我双手抱膝坐在地上守着我的杏树，像个小林黛玉一样，内心简直快要绝望死了。这是我最成功的一次拥有杏树，但是好景不长。杏树的叶子渐次卷曲，我小小的心思里，对这个家的怨气却慢慢膨胀起来。我家什么都有，为什么就没有一棵杏树呢，我反复想着这个问题，想着想着，趴在膝盖上竟然睡着了。

　　是杏子的味道把我叫醒的，我睁开眼睛的时候，已经躺在炕上了，炕头是母亲的草帽，那里装着满满的黄杏子。怨气已经完全散去了，我抓起杏子就往嘴里塞。咦，这不是我熟悉的味道。李家湾的杏子小，但是甜；豁岘里的杏子大，但是涩；沟渠里的杏子，扁扁的，吃起来像煮得恰到好处的土豆一样松散。草帽里的杏子甜中带涩，似乎是外村来的。我问母亲，这是哪里来的杏子，母亲笑着说野地里捡的。我再问，母亲只扔下一句"杏核别扔"，就钻进厨房了。我把一草帽的杏子吃完了，杏核一个都没扔，母亲把它们摆在窗台上晒干，然后用水浸泡了，带上我去了离家最近的那块地里。

　　这是家里的坟地，说是坟地，地里一个坟堆也没有，家族里的老人们都还活着，问他们为啥这块地叫坟地，说是埋着祖先咧，初一清明在老人们的带领下，我们三五成群来这里对着平平的地磕头。母亲这是第一次带我到坟地，她把浸泡过的杏核一个一个塞进土里，然后让我盖上土，说明年就可以吃上杏子了。那么多杏核被种进土里，总会有一两棵杏树长出来吧，这样我家就真的有杏树了。于是，坟地就成了我常来的地方。

熬到了秋天，坟地里那一块地一直没动静，我按捺不住急切的心，扒开土看看它们到底长到了什么程度。坚硬杏核还完好无损地躺在土里，我就愈发着急了，整天想着它什么时候能够发芽。我都恨不得自己也种进土里，陪它们一起破土。

土哪能那么容易破啊，秋都快尽了，我还没等到杏核变成杏树从土里钻出来。这时候，母亲却出事了，她被一车刚从土里挖出来的土豆压在身下，等从医院送回来的时候，蔫蔫的，气息微弱，仿佛一盏油燃尽的灯盏风一吹就要灭。风没来，灯盏还是灭了，母亲成了家族坟地里第一个隆起坟堆的人。下葬那天，我趴在坟地里撕心裂肺地哭着喊着，看着人们一锹土一锹土把母亲埋在土里。

我喊着要母亲，埋了她我就再也见不到她了。可是没人听我的，他们像种下一颗杏核一样，把母亲也种在坟地里。我想起母亲种杏核的事，哭得更凶了，我开始后悔，为什么家里非要有一棵杏树，为什么要冲着母亲发火，为什么不问清楚那一草帽杏子是从哪里来的？为什么不给母亲留几个尝尝？为什么……我再也不想家里没有杏树这件事了，没有母亲比没有杏树更让我绝望，更让我在人群中抬不起头。家族里的其他人，初一清明去坟地上坟，照样对着平平的坟地磕头，他们家没有新亡的人，多好，而我和父亲却要对着新坟堆抹眼泪。回去的路上，我看见母亲种下去的那一排杏树早已经长出来了，可是再也没有我家有了杏树的激动，我只希望，种进地里的母亲，也能早一点发芽，回到人间。

原载《朔方》2017 年第 11 期

不是每一次发芽都会结果

那些芽似乎是一夜之间长出来的。惊蛰前后，灰突突的地面上残留的雪都没融化，蛰伏在土里的虫子和种子，按兵不动，等待着春风带来远方的消息。

盼望着，盼望着，春天的脚步近了……我们不明白教科书上为什么会用"盼望着，盼望着"这样的句式来描写迎接春天的心情，难道不盼望的话春天会赌气不来？这些句式背后的事老师从来没打算告诉我们。不过，为了让我们确切地感知春天，语文老师给我们每人一颗昙花种子，重点交代一定要观察生物发芽的过程。

我把它们种在装过罐头的瓶子里，这是我第一次将一颗种子亲手种进土里，虽然此前我种过鱼，种过蚂蚁，也种过硬币和橡皮，这一次却最像一个种植者。每天松土、浇水，然后就静静等昙花发出芽来把土顶破。

可是，我们种进土里的土豆冒出了嫩嫩的芽，睡了一冬天的麦子也渐次绿了起来，柳树也被裁成了一条一条的，那颗被我种在土里的种子却丝毫不像种子的样子，它不应该在春天冒出地面吗？不应该给我以惊喜然后让我一天几十遍地围观，甚至把玩吗？

这世界不应该的东西太多了，这一件我最在乎却又让我无比失望，我都不好意思跟大家提起我将昙花种子种进土里这件事。在村庄里，随便扔下一把种子，不用几天，地面上就会扑满各种植物，根本不用去刻意理会，可我种下的那颗种子，在享用了我的关切之后，像个走失在春天的孩子，毫无音讯。

有很多东西会莫名其妙就不见了。我的母亲，被埋到了地里，就再也没回来。我一直觉得，母亲并没有抛弃我们，而是等着发芽的那一天，于是，每年初一清明我们都会去看她一次，我以为总有一天能遇到她发出的芽，可是坟头的杂草长了一茬又长了一茬，她却纹丝不动。

你看，春天，很多植物都发芽了，阳洼梁上的桃花，风一吹就粉嘟嘟地开了，梅家岔的梨树上，远远看起来像雪还没有消融，河湾的蒲公英，也成片成片黄了，整个村庄像十七八的姑娘喷了香水一样好闻。春天里能发芽开花的，基本都发芽开花了，当然也包括我的姐姐。她和好多被叫做桃花、杏花、梅花的同龄女孩子一样，一到春天，窄窄的绿道旧衣服像被种子顶破的地面，风一吹，似乎能开出花来。

说起来我的这些姐姐，她们不光拥有和花儿一样的名字，她们这一辈子就像花开了一季一样，躲在山上默默开了又默默败了，花开得漂不漂亮香不香无人知晓，她们自己掌握花期，自己欣赏自己的美丽，风不吹她们不动，蜂蝶不来她们静静等着。

阳洼梁上一山坡的桃花开过之后，隔壁村的一辆拖拉机就莽莽撞撞开进了村里，拖拉机的车头部位绑着一面镜子，车身上贴着桃花一样的喜字，那浓烟随着吧嗒嗒的发动机声，好是神气。

　　我的姐姐就是坐着这辆拖拉机出嫁的，她的花期到了就会引蜜蜂和蝴蝶来。按照村庄里的习俗，出嫁的姑娘是要哭着离开娘家的，姐姐就自己揣摩了时机开始哭，刚开始把握不住，号啕起来，有人劝别使劲哭，要不一会儿嗓子就哑了，姐姐就收了声，小声啜泣起来，又有人提醒要惆怅一些，不然人家看笑话，姐姐就有些无所适从了，索性又放开哭。

　　拖拉机掉转车头，吧嗒嗒的发动机叫声压住了姐姐的哭声，我们跟在拖拉机后面跑啊跑，全身有跑不完的劲，姐姐这一路也哭啊哭，一辈子的眼泪准备一天流完。

　　咋可能流完啊，我的姐姐虽然在春天开花了，却没办法结出果子来。她平坦的肚子和歉收的薄田一样，引来怪异的目光，有人在她背后指指点点，有人在她面前含沙射影，姐姐都知道，姐姐啥话也不说，眼泪把枕头都浸透了。

　　姐姐嫁出去第三年，肚皮还是瘪瘪的，没有收成。娘家人坐不住了，去山神庙里烧香，从送子观音的雕像上抠一块土，悄悄撒进水里喝；三月八庙会上算卦，请阴阳到家里打整，姐姐还是像失水的土地，寸草不生。娘家人亲戚也不敢走，像是做了什么见不得人的亏心事。庄稼人种接受阳光雨水滋润的土地还有个十年九旱，人吃五谷杂粮自然有个这病那病的，既然病了就得治，于是姐夫带着姐姐四处奔走。

　　跑了几年，也都跑不动了，亲戚越跑越远了，邻居跑得见了面就躲开了。想着不跑了就没那么多事情了，自己过自己的日子，门一开，那些闲言碎语就又回来了。姐姐和姐夫看得开，公公婆婆到底是心有芥蒂，说不行出去躲几年，寻一个没人要的娃娃回来，也好有个交代。他们就卷起铺盖出去了，再回来的时候，怀里就多了一个丫头。

　　丫头还是没堵住众人的嘴，姐姐姐夫怕孩子过早知道自己的身世，就在镇上租了门面做起了小买卖，这么多年跑来跑去，钱没跑多，经验是有了，小两口的生意也就做得像模像样。众人知道了，就去她那里，不买东西，也不说啥事，就坐着聊。刚开始是一个两个，后来村里的人只要来镇里赶集，都来这里坐坐。他们觉得在镇上有个认识的人多好，姐夫的烟被抽掉了几箱子，茶叶喝掉几罐子，账本上开始有长长一串名字，姐姐就不愿意了，要吵架，姐夫说人的关系都是维护下的，你不让人来，以后有个事咋向人张嘴？姐姐倔强，过不去一些坎，就把那些人拒之门外了，她的道理很浅，阳洼梁上满山的花全开了看着美得很，但不是所有开花的树都能结出果。其实，她最怕的还是那些人的那些话，影响了家里那个将来要开花的女娃娃。

原载《朔方》2017 年第 11 期

扛着铁锹的人

在我的村庄，总会见到这么一个扛着铁锹的人。他戴着泛白的草帽，穿一件磨得看不清楚原本颜色的的确良上衣，布鞋上的补丁参差不齐，像一些陈年的旧叶子，更像一些被遗忘的老日子。

我每一次看见他的时候，他都是扛着铁锹从山上下来，似乎他就住在这只有几棵老树几株枯草的山上。好几次，我都想在他还没有来得及从山上下来的时候，在山上的某个地方截住他，看看他到底是从哪里下来的。

可是，不知道为什么，我每一次都是在山下遇见他，并且每一次遇见他，他不是唱着歌，就是脸上带着神秘诡异的微笑。我开始对这个人有所戒备。要知道，一个扛着铁锹的人行走在田野里，是一件多么危险的事情。

在田野里，这个人走着走着就会突然停下脚步来。他停下来思考自己下一步要把脚印留在哪里的时候，说不定就会毫无征兆地用他那磨得光光的铁锹，砍倒一棵刚刚抽芽的小树；或者会将一泡热腾腾的尿水，浇到一群正在往回走的蚂蚁身上，那群蚂蚁爬了半天才回到它们前几天走过的地方，他一泡尿就让这群蚂蚁晕头转向前功尽弃了；还可能会一铁锹将一些开得正好的狗尾巴花铲掉，然后扔到远处，还在他铲出来的新土上狠狠踩几脚。

他的毫无征兆，甚至连自己都说不清楚。有时候，人就是这么奇怪，连自己也说不清楚自己究竟要干什么，或者为什么做出这样那样的荒唐的事情。那个扛着铁锹的神秘的人也是如此，不过他似乎从来没有为那些被他砍倒的植物，为那些被他弄得头昏眼晕的小动物想过。在村庄里，他没心没肺地活着。这个村庄，还没有一个人，像他这样豁达过，或者说还没有一个人能像他这样豁达。豁达究竟不是所有人能够拥有的品质啊。

不过，仔细想想，有的时候，一个扛着铁锹的人行走在田野，也许还是一件有趣的事情。你看，在这个缺少新闻的村庄里，这个扛着铁锹的人本身就是值得玩味的，更何况他又是那么地神秘，不可窥测。

黄昏时分，那个扛着铁锹的人正好走到村庄里来了。当他走到人们身边的时候，突然唱了起来。声音洪亮，音色纯正，但是他所唱的内容，没有一句是这个村庄里的人能听懂的。开始，人们以为他遇到什么值得高兴的事了，问他，他只是笑笑，继续走，继续唱，全然不管那些睁大着眼睛看热闹的人。

于是，人们开始猜想，有说他在野外捡到了一笔数量可观的钱财的，有说他的媳妇给他生了个大胖小子的……不管人们做出什么样的揣测，那个扛着铁锹的人就是不说，他的行走似乎是一件比他自己本身还神秘的事情。其实，在我看来，这个人是不是对钱感兴趣、是不是有一个可以给他生个大胖小子的女人都是一个谜，有什么必要为他那些没有来路的事情做出猜想呢？可是在村庄里的那些人眼里，他有没有女人、喜欢不喜欢钱，似乎并不重要。重要的是，人们在没有活计可干的时候，这个人的诡异举动，给他们提供了一些可以自由发挥的想象空间。

人们继续猜着，那个扛着铁锹的人继续走着，继续唱着。他肩上的铁锹在别人的目光里一闪一闪地，发出耀眼的光。

他就这样沿着田埂之间的小路，在村庄里走着。太阳渐次收起昏黄的光，云隙间溢出的一抹残阳，暗暗收起余晖。村庄里，四起的炊烟一律向西，追赶太阳。一些风从东边出来，又吹去。山坡、树林、田野，一片苍茫。

在人们渐次退回到各自的小屋的时候，那个扛着铁锹的人在地埂上停了下来。炊烟和风也停了下来。从山坡上看，村庄里暮云晚山、烟雾迷离。那个扛着铁锹的人，就坐在烟雾里。

村庄上笼罩的烟正从一座山蔓延到另一座山上。此刻，村庄里只有几声咳嗽。村庄在扛着铁锹的那个人眼里，慢慢地暗下来了。远处的灯盏一跳一跳的，向上的火苗，试图撑破村庄里最初的暗。

那个扛着铁锹的人站起来的时候，星子已经布满了夜空，一颗一颗地闪烁，让夜晚的村庄生动起来。那个扛着铁锹的人，沿着田埂上那条小路继续往回走。只是脚步明显地比先前慢了许多。

一个人扛着铁锹就这么行走着，他走过田野，走过人们的目光和议论，走过黄昏，走过季节。他一直没心没肺地走着，走着。你相信吗？总有一天这个扛着铁锹的人，会把自己走没的，哪怕就是不走没，至少也会把自己走成一堆尘埃。

到那时候，不知道他肩膀上的那柄铁锹还会不会闪着铿锵的光，会不会一锹一锹地把他走过的土铲起来，给他挖出一个不深不浅不大不小的坟。这个，谁也不知道。就像不知道那个扛着铁锹的人，究竟从哪里来，要到哪里去一样。多年以后，一直没有答案。

原载《朔方》2017 年第 11 期

一条狗的几种死法

　　说起来有些残忍，不知道为什么，我突然就关心起一条狗的死法来，此前这可是一点征兆都没有。不过从表面上看，这和此时此刻我所处的环境，以及所思所想都没有任何交集，但是把记忆捋一遍，还是会发现某些蛛丝马迹。这个想法应该和我之间是有关联的，比如，我一定是在某个瞬间想起了当年毫无准备的情况下，被一条狗咬了腿肚子的糗事。那一口着实吓坏了我，也把那条狗吓得够呛，还不等我反应过来，它就嗷嗷叫着跑开了，准确地说应该是逃了。从此，我就开始讨厌狗，对狗有了一种恨之入骨的感觉。应该说从那天开始，我就想着弄死一条狗，不管用什么方法，只不过二十年来，第一次有这么强烈的报仇欲望罢了。

　　我是在半山腰上被那只狗袭击的，所以，狗的第一种死法应该在山上演绎。那时候，我们大多时间是在山上过的，所有的乐趣都跟山有关。我们赶着牛和羊群去山上，把它们聚集到草地里，就开始干自己的事。我们把还没长好的玉米掰下来，把还来不及长大的土豆从土里捂出来，在地埂上挖个坑，再垒起一座小火炉，填上牛粪就开始烤土豆玉米。浓烟变成青烟的过程中，我们开始掏地鼠，只要它们在洞口探出头来，我们就有办法把肥硕的地鼠抓到手。先用棍子捅，再用铁锹挖，实在不行就用水灌，总有它们受不了的时候。地鼠突然蹿出来时，我们早就布下了网，它们无处可逃，它们用哀号和牙齿对抗，但是没有任何效果，我们手里的棍子和土坷垃随时准备要它的命。土豆玉米烤熟了，我们就开始在死去的地鼠身上糊泥巴，掏干净灰烬里的土豆玉米，余火用来焖地鼠。鼠肉在火的作用下，散发出浓烈的香味，这是我们抓地鼠最大的动力。

好了，现在把地鼠换成一条狗，换成一条偷偷躲在人身后时刻准备咬人的狗，或者目标直接准确到那条咬过我的狗身上。这条狗得具备以下条件：无主，它应该是不受主人管教才跑出来的，因此才会如此没有礼貌去咬人；脏兮兮，只有脏兮兮的狗才对人有戒心，它们内心有仇恨，所以才会疯了一样去咬人；最后一点就是凶狠，如果一条狗看上去一点都不凶的话，你还好意思对它下手？现在，这条无主的脏兮兮的又看上去很凶的狗，就站在我们中间。我们的火坑里正烤着土豆玉米，接下来就到了烤地鼠的时候，而这条狗看上去又很像个大地鼠，这让我们无比兴奋。我们把藏在内心深处的原始人状态拿了出来，嘴里嗷嗷地喊着，手里的家伙跃跃欲试，只等这条狗发起攻击，我们就能一招制敌。这条无主的脏兮兮的又看上去很凶的狗，可能怕它以一种惨不忍睹的方式死去，眼睛里竟然流露出恐惧来，它一直盯着我们，我们一直等它攻击。对峙了一会儿，就在大家都快失去耐心的时候，这条无主的脏兮兮的又看上去很凶的狗，瞅准一处漏洞跑掉了，狼狈得一声喊叫也没留下。这是一次失败的演绎，这条狗竟然落荒而逃，留下我们面面相觑，好在还有别的方法置狗于死地。

　　一条狗的死法中，一定会有杀戮这种传统的方式。其实长这么大，我只经历过一次杀狗事件。村里的一条土狗消失了大半年，人们几乎快忘记它的存在了，它却突然出现，病恹恹的，看上去不像个狗的样子，头部的毛发黏黏的，快要遮住眼睛了，但透过毛发能看得出来它满眼充满愤怒和怀疑。它究竟遭遇了什么，没有人能说得清楚，不过可以确定的是，它已经不再是原来走失的那条土狗，它的主人早就把对它的宠爱全部转移到一条刚出生不久的小狗身上。它成了一条可怜的老狗。可怜之人必有可恨之处，可怜的狗也一样，它开始和原主人家的小狗抢吃的，被打断一条腿之后，它开始整夜整夜嚎叫，于是挨打的次数越来越多。它终于受不了了，在夏日的午后疯狂地开始乱咬。它追着孩子咬，孩子们反过身就是一顿乱石；它追着牛犊咬，老牛迎头就是一记牛角。它就像个打了败仗的勇士，不服气但又不得不服输。它开始威胁村庄安全的时候，村里的人决定对它下手。几个壮汉拎着绳子去逮它，可是根本无法靠近。他们去叫屠夫，这个只有在腊月才动刀子的男人，突然受到了邀请，既渴望又惶恐，一把快生锈的刀子终于可以出鞘了。可是杀一头猪容易，杀死一条狗这种事，他还真没干过。他想尝试一下。他把刀子磨了又磨，觉得足以了结一条狗的命才出门。他循着吵闹声来到人群中。壮汉们还围着那条土狗，它看上去已经快没力气了，只能气势上吓唬人，可是叫出来的声音出卖了它。屠夫的到来，让整个村子的气氛都紧张了起来。众人给他让出一条缝，那把尖刀泛着光就滑了出去，再回来的时候，那条土狗已经躺在地上了。一摊血中的老狗奄奄一息，嘴里的嘶吼很快被喝彩声压下去。没有一个人注意那条土狗最后的表情，只知道屠夫的笑把一双眼睛挤得看不见了。从此，村里少了一条狗，屠夫家里多了一条狗皮褥子。

这条狗皮褥子我是睡过的。那时候，我得了一种尿床的怪病，夜里经常梦见尿憋得到处找厕所。其实村子里到处都可以撒尿的，梦里偏偏在一座我没去过的城市里，到处是楼房，街道上到处都是人，我不好意思在街头解决，好不容易找到了厕所，脱了裤子一阵猛浇，身上就变得热乎乎的，等醒来我一定睡在一摊尿里。我为此懊恼、难过、羞愧，也想过很多办法解决这件事。我整天不喝水，睡觉前还用红头绳勒住下身，闹钟也是每隔一个小时响一次，但是所有的努力都无济于事。我几乎都要绝望了，村里的老人给我开了个土方子：吃狗肉，或者睡狗皮褥子。可以确定，狗肉是吃不到的，在村庄里，狗和牲畜的地位差不多。农人们虽然并不像城里人把狗抱在怀里，却也会当家里的一口人对待，吃饭总会给它们留一口，半夜了门也不关，就等它们回来。谁都不会杀一条狗吃肉，即便是杀过狗的屠夫也没吃过狗肉，他把狗皮剥下来只是为了给自己留下纪念。他并没有吃狗肉，而是把血淋淋的狗埋了。

所以，我只有借狗皮褥子这一个方法。父亲把狗皮褥子从屠夫家借来之后，铺在我睡的地方。我睡在上面，尿床并没有明显的改观，相反每夜的梦都会有莫名的紧张恐惧。我继续梦见找厕所，不过就快要找到的时候，那条被屠夫杀死的土狗就会出现，它追赶我，我无路可逃，又一门心思想尿尿，实在没办法，就转过身来冲着它尿。睡狗皮褥子的方法没有治好我尿床的毛病，却让这张狗皮带上一股尿臊味，后来屠夫把它收回去，挂了起来。而我的病越来越严重，我整日活在尴尬和恐惧中，怕尿床被人知道。后来是哥哥把我彻底治好了，他趁着雨夜偷偷拐进隔壁村子里，把一条成年的狗装进袋子，然后这条狗就变成了我的药引子。

村里的狗最普通的死法就是勒，据说这种方法能最大限度保留狗血，这样狗肉就能起到药用作用。哥哥就是用绳子结束了那条狗的命，不知道从哪里学来的手法，总之，一条狗命在他手里终结，他也成了村里为数不多的几个弄死过狗的人。我能想象到哥哥把一条狗装进袋子里时的得意，也能想象到他被发现后让人追打的紧张，就是无法想象他被发现后是怎么死扛着宁可挨打也不还狗的恐慌。这条狗是怎么被勒死的，我也不得而知，我只知道吃了哥哥带回来的一疙瘩狗肉，我再也没尿过床，梦里倒是经常有狗的影子。

村里人一般不会对狗下手。不过有一种人完全不遵从这条规则，他们怕狗，所以必须对其下手，并且肯定是一招致命。于是，狗的死法就多了一条：毒死。这种死法多少有些冤，因为狗根本没法选择，一旦去了家境富裕的人家，它的生命极有可能会因毒而终结。通常是这样的，贼盯上这家，就想着在合适的时候翻过院墙，拿走不属于他们但是又特别想要的东西。就在他周密部署之后，发现这家院子里竟然还有一条狗，这可是个不小的麻烦，再厉害的贼也不可能在一条狗的眼皮子底下完成一次盗窃，最好的方法是让这条狗永远也睁不开眼。于是，他首要对付的是这条狗。当然，他也想到了打和勒，这两个风险都太大，经常是还没靠近，狗就叫了。毒药是让一条狗闭嘴闭眼睛最简单的方法，一根带毒的火腿肠，或者半个抹上农药的馒头扔过去，狗三两口吃下去，还没等叫出声来便口吐白沫，一命呜呼。贼偷偷摸摸翻墙进去窃走自己想要的东西，临走还要骂已经死了的狗，叫你多管闲事。

这些年，村里的狗越来越多，狗死亡事件倒是越来越少。毒狗这种让人不齿的行为，也奇怪地消失了。不要以为是狗和人相处得好，或者说贼改邪归正了，你到村子里走走就知道原因：偌大的村子，寂静无声，人要是有个动静，门口探出头的不是人，而是狗。成群成群的狗，它们守着人遗留下来的院落，每个院落的大门上几乎都落着锁，锈迹斑斑，一看就知道好久没打开过。门推开着一条缝，狗正好出出进进，从门缝里能看见被人们留下来的铁锹、架子车、犁铧、镰刀……他们把吃饭的家伙都丢了，更别说带走一条要吃他们饭的狗。村子的人离开之后，狗就成了留守者，失去主人的狗，很快就变得没有狗的样子，或者说回到狗原来的样子，它们自生自灭，没有人宠它们，也没有人会拿起棍子冲着它们凶。狗们像一些被遗忘的旧时光，被放逐着。它们不再练习摇尾巴的本事，已经没有人在意那一团毛茸茸的东西所传递出来的信息，不过它们继续保留了这项原始动作，说不定哪天又用得上；它们也不用担心被扔进来的毒馒头和火腿肠所伤害，留守的院落里已经没有值得翻过墙去寻找的物件，不过还是双爪着地保持着警觉，这是一条狗的本分。

狗就一直守着这些慢慢失去意义的东西，它们想着主人们有一天就会突然回来，这和留守的老人孩子等着打工的人一样。不过老人孩子们能等得到，狗却永远等不来任何人。迎接它们的，是衰老和死亡。每次回村庄，我看到的狗的数量和上次离开时的似乎是一致的。有人告诉我，这茬狗生得快，死得也快，它们躲在属于自己的地方出生，走完一生后又躲在别人看不到的地方死去，所以你永远也不知道那条狗是啥时候死去的。

我突然就想起一个场景。在寂静的黄昏时分，一条感觉自己快不行了的狗，不露声色，拖着羸弱的身子穿过巷子，穿过村庄，躲在一个无人知道的地方，静静地等待死神来临。它一定会像一个将死的人一样，回忆起这一生，它也渴望跟身边的所有事物一一告别。但是一条被遗弃的狗，在临死之前，仅仅只有回忆，没有人也没有狗在它身边，它也不想让任何事物看到它垂死的模样，它只能想想人对它的好和不好，想到这短暂的一生最灿烂和最悲惨的经历，想到那些走了再也不回来的人，想着想着眼睛就睁不开了，而它的身边，只有呼啸的冷风和苍白的天空。

你不觉得，这是狗最残酷的一种死法吗？

原载《朔方》2017 年第 11 期

作为神祇的牛

在我意识里，似乎一出生就和牛在一起了。家里几间房里，厢房住着爷爷奶奶，偏房分别住着父母、我以及妹妹，另一个屋子里，住着一头四蹄着地的庞然大物，那就是牛。深夜里，院子里除了父亲的鼾声、我的梦语之外，就是牛反刍的声音。

基本上，村庄里的每一家都是这样的配置，牛像家里的一口人一样存在着，因为亲近，它们有着人一样的生老病死和悲欢离合。一头牛的轨迹，有时候还能折射出一家人的品质。

下牛犊是一头牸牛最神圣最尊贵的时刻。按照农人的智慧，他们决不会让一头牛在夏秋收获时节生育，农人们算准了时间，等冬天人闲下来的时候给牛接生，迎接新生命。那时候，爷爷会把牛圈收拾得像个产房，生起火，地上铺了干净的土和草，然后支一张床，睡在牛圈等着牛犊出生。到了半夜，躺在地上的牸牛焦躁不安，爷爷就起身准备接生。听见羊水哗啦一声流出来，借着昏暗的灯光，看到牸牛喝了羊水，然后左右翻滚，最后一使劲，牛犊子就滑了下来。爷爷有些迫不及待想打开小牛犊身上的包裹物，但又忍住了，看牸牛一舌头一舌头舔掉这层膜。全身舔过一遍后，小牛犊就颤颤巍巍站起来，爷爷顺手抱进怀里，恨不得搂着睡一夜。第二天天一发亮，爷爷就把牛犊的胎衣挂到门口的树上，炫耀似的，向村庄宣布，我们家又添了一头牛。

那个时候，光景不行，一家是养不了两头牛的。小牛犊长到适当的时候，就有人上门来买，其实早在牛肚子鼓起来的时候，家里缺牛的人就会找上门来，像订婚一样把小牛犊订下。牛犊离家，老牛能叫一夜，一阵接一阵，撕心裂肺。爷爷的屋里灯也亮一夜，他任凭牛叫着，不呵斥一声。一般情况下，嫁女儿怕到了婆家受罪，卖小牛犊子也一样，怕它离了母牛不习惯。

其实，小牛犊到了新家是会受到最高待遇的。第一天进门认牛圈，油渣拌在草料里，家里吃完面条剩下的面汤当饭后饮料，吃得肚皮圆鼓鼓的。等到了能犁地的时候，又是烧香又是放炮，第一犁往往被鞭炮吓得乱了阵脚。有一年，我们家的小牛犊第一次下地，父亲扶犁，爷爷牵牛，我放鞭炮，结果炮声响起，小牛犊受到惊吓后，扔下我们爷孙三个带着犁跑了。半山腰上，人家都在犁地，我们三人追着一头牛犊满山跑，惹得犁地的人停下来看起了热闹。牛犊跑累了，停下来，父亲举起鞭子就要打，让爷爷喊住。

通常，牛一旦进了家门就会终老在这家。如果谁牵了牛往集市上走，就会有人凑上来打听。如果听说是去给牸牛找好事，就会说哪个村谁谁家的牤牛品种好，百分之百能下牤牛。村庄里的人，养牛跟生孩子一样，都喜欢大胖小子。如果听说是去卖牛，就知道这家人遇上了难肠事情，要不怎么会把家里的另一口子卖掉呢。通常，去给牛配种的人，脸上是一种喜悦又有点不好意思的表情；而去卖牛的人，则丧着脸一路低着头，像干一件丢人事一样生怕遇到熟人。

那时候，我觉得，爷爷和父亲就像两头牛一样，一声不吭拉着我们一家人往前走，没有过不去的坎，但是他们也有拉不动的时候，关键时刻是牛帮了我们家一把。有一年春上，我和妹妹上学要交学费，家里种地要买化肥，但是过了一个年之后，家里实在拿不出钱来，父亲就动起家里那头牛的主意。他的想法是，牛养了好几年牙口也老了，去集市上卖掉再买一头小牛犊，这样剩出来的钱就能交学费买化肥。要卖爷爷的命根子，就得他点头，但是对于父亲的意见，爷爷却既不支持也没有反对。父亲等了一天，实在等不住了，一大早就叫上我赶了大犍牛去集市。

牛被拉走，牛圈里空着的那几天，爷爷一没事干就去打扫一遍。我跟着爷爷去牛圈，才明白牛和爷爷一样是有脾气的，只不过它习惯了用温和的外表压抑狂躁的内心罢了，要不牛槽为啥都磨得滑溜溜的，那头牛被拴在牛槽上，得有多难受。新修的牛圈用不了半年，牛槽磨得锃光瓦亮，地上的土凹下去半截，那都是它一脖子一脖子磨下去的，一蹄子一蹄子挖下去的。我在一个夏天的午后观察过牛，除了卧在地上之外，它站在槽边一动不动。牛虻落下来，它也不急不缓，等吸到血才将黏糊糊的尾巴甩上来，可是落到身上的位置并不准确，牛虻也是不紧不慢飞起来，换个地方再落下。牛会持久做的事有两件：一是反刍，一是用角顶着墙，给我的感觉是，它有吃不完的草料，也有使不完的劲。

牛也有吃错东西的时候。村子里有孩子把牛牵到刚抽芽的苜蓿地里，自顾自玩去了，牛低着头吃了一晌午苜蓿。等大人发现时，牛肚子已经鼓得不像样子，还没等牵回去，就訇然倒地，眼睛瞪得铜铃一般大，嘴里吐出来草青色的唾沫，然后蹬几下蹄子，连哞一声都没来得及就不动弹了。牛四蹄朝天，给来牵牛的大人下了死亡通知书，但是很明显他接受不了这个现实，手里死死拽着缰绳，想拽牛起身，又想扑到一边朝哭鼻子的孩子扇几个耳光。最后，他啥都没做，蹲在牛身边自己抹起来鼻涕。很长一段时间里，村庄里的人是不吃牛肉的，在他们朴素的想法里，牛是家里的一口人，这口人不说话，但是一旦有个三长两短，家里人也会难受很久。通常情况下，人们会用埋人的方法将牛留在耕种了一辈子的土地里。让一头牛有尊严地死去，成为村庄伦理的一部分。

牛也有顶错人的时候。那一次我穿着件红色的背心给它添草，背篓刚倒干净，还没等转过身去，牛就猛一下扑过来，结结实实把我顶到墙上。我感觉自己的胸腔要炸了，手伸出去朝牛的头部一阵乱摸，无济于事，我快喘不过气来时，爷爷听见动静，大喊一声，才留住我的命。

牛留住过我的命，也给我留下一些神秘的待解之谜。那时候我体弱，动不动毫无征兆地晕倒，又莫名其妙地痊愈。爷爷请来的高人看出我阳气弱，就给出一个方子：离牛近点，牛身上有煞气，可辟邪。从此，放牛、添草、喂水、拾牛粪就成了我的事，那怪病也竟然悄悄根除了，很多事情就这么奇怪。

这只是牛身上发生的神秘事件之一，还有更离奇的。三年前爷爷去世，出殡前的晚上，全家人沉浸在悲伤之中，齐刷刷跪在他身边，守爷爷最后一夜。庭院里木匠忙着赶制棺材，厨子准备着第二天的饭菜，所有人都忘了牛的事。最爱牛的人此刻就躺在冰冷的地上，再没有人操心夜里是不是有风吹进牛圈里。凌晨时分，所有人都入睡，只等天亮送爷爷入土。那一夜，静得出奇，能听见奶奶躲在被窝里抽泣的细微声响，能听到牛的喷嚏声。快天亮时，奶奶突然就醒了，说是做了个梦，梦见爷爷一声不吭，看着一头牛越走越远。奶奶赶紧往牛圈跑，门打开，里面却啥都没有，不过能感受到牛的热气。一家人慌了，爷爷即将入土之时，他心爱的牛却不见了，这让悲伤有了一层神秘的色彩。所有人暂时收起悲伤开始找牛。耕种过的几亩地里没有，喝过水的涝坝里没有，下沟水草茂盛的地方没有……能找的地方都找了，就是寻不见牛。天快亮的时候，众人重新聚集到院落里，行跪拜礼、奏哀乐、放鞭炮，准备送爷爷上路。这时候牛却出现了，它站在路中间，一脸悲伤，我看见它的眼角，有两行泪痕。没有人知道，它是怎么从关着门的牛圈出去的，然后又去了哪里，在找遍村庄都不见踪影的情况下怎么就突然又独自回来了。这一切没有人给出答案。后来奶奶说，她再也没有梦见过爷爷，关于那头牛当天晚上的去向也就成了一个谜。

我深信，在村庄里，牛不光是和人一样存在着，它们还是护佑众人的神祇。

原载《朔方》2017 年第 11 期

象征意义的鸡

这辈子我最对不起的禽畜是鸡。你不知道我吃过多少颗鸡蛋，啃过多少块鸡肉，挨过多少次用鸡毛扎成的掸子的打，却从来没有坐下来好好观察一下鸡的样子。还是我的语文老师告诉我，鸡的头转起来脖子是一跳一跳的。

我决定好好和我生命中遇到的那些鸡谈谈。要先从春天奶奶用半袋子秕麦子，跟鸡贩子换来的十几个毛茸茸的鸡崽说起。用爷爷的话说，半袋麦子换十几只鸡，看起来是奶奶赚了，但是细算下来，这些鸡一年要吃掉多少麦子？

奶奶从来不这样算账，在她简单的常识里，一只鸡一年到头都有的赚。平日里吃鸡蛋，到了年底，既可以去庙里供奉，也可以给儿孙们做好吃的大盘鸡。

于是，从我们离开的那天起，奶奶就将本应该给我的关爱，相应地分配到她的每一只鸡崽身上。它们的吃喝拉撒，就是我的吃喝拉撒。鸡崽们饿了，不等自己叫唤，奶奶就会抱着自己精心配制好的土饲料去喂它们。鸡崽们出门时间久了，奶奶就会踮起她的三寸金莲，倚在院门口咕咕地召唤。

在这群鸡面前，奶奶的细心和关切，一点也不亚于对我的照顾。不信你看，当鸡崽们三五成群地回来之后，奶奶就会一遍一遍地清点鸡数，边清点边像奚落我一样，有一句没一句地批评着。这个时候，奶奶看上去很生气，其实她的内心里，全是鸡崽安全回来的欣喜。

一次，有一只鸡病了，于是奶奶便坐立不安，想着我在外面是不是也病了，于是，一边操心照顾鸡崽，一边让父亲给我打电话确认我是不是一切都好。当父亲的电话打过来的时候，我正在睡午觉，他问我，你可好？我回答慢了点，奶奶就着急了，拿过电话说，你没生病吧？他们娘俩的电话让我半天没反应过来。

鸡就这样在村庄里生活着，它们代替着我，在奶奶的眼皮底下晃悠着。要是鸡下了第一个蛋或者哪一只鸡长肥了，奶奶就会高兴好一阵；若是某一只鸡失踪了或者生病了，她就会好几天没精神。

其实，我知道，在奶奶眼里，这群鸡就是她的一群被放出村庄的孙子。而这几只鸡到该吃肉的时候，我们也就一个一个从外面回来了。鸡是我回家的那个晚上，被奶奶从鸡圈里抱出来的。在被抱出来之前，它已经被绑住双爪单独关了好几天。从我打电话告诉家人我即将回家的那天开始，这只鸡自由自在的生活就结束了，它的厄运到了。

知道我要回来，奶奶就把最肥最大的一只鸡单独关起来，给它吃平时它们吃不到的饲料，让它在短时间内，再肥再大点。奶奶说这样的鸡能比鸡圈里的鸡多出好多肉。具体能多出多少肉，我是从来不会注意的，不过我知道，被奶奶单独关起来的鸡，这些年以来，光我一个人，就吃了不下十只。

　　那只被单独关起来的鸡，从它吃到第一口独食的那一天起，它就知道吃独食意味着什么。于是，它便毫无怨言地在小小的范围内生活，奶奶送吃的东西来，它只顾低头啄食，从不去注意别的鸡羡慕的眼神，也没有以往和别的鸡抢食吃的神气。

　　奶奶把它从鸡圈里抱出来，解开系在它双腿上的绳子，从鸡屁股上揪下一撮羽毛。将漂亮的羽毛收起来之后，把鸡交给爷爷。那些羽毛，将会成为留守在村庄里的孩子们手里的毽子，或者变成鸡毛掸子。将鸡交给爷爷，大概是因为奶奶不忍心亲手将自己养了一年的鸡杀死。

　　于是，杀鸡的差事就交给了爷爷。爷爷拿出平时刮胡子用的刀片，用最短的时间，让鸡停止了呼吸。过程是这样的：爷爷先在鸡的头顶摸了摸，确认血管之后，将鸡的整个头和脖颈部分折叠一下，噌的一下子，刀片划过鸡头的某个位置，就看见血流下来了。

　　我拿着一只碗，将鸡血收集起来。这些血，性味咸平，补虚活血，一般庄户人都舍不得丢。

　　在收集鸡血的过程中，我看见鸡被刀片划开之后，甚至连呻吟的机会也没有，两只爪子在空中徒劳地蹬了几次之后，便安静地躺在了事先准备好的热水盆里。接下来，它成了我们餐桌上的美食。

　　其实，鸡除了传递着我们一家人的情感，还传递着我们一家和土地神的感情。在我所生活的村庄，人们一遇到大事，就会去村庄西头的土地庙里。不管好事坏事，一进庙门，先烧香磕头，然后将事情的原委一五一十地报告给土地庙里的神，最后以一句"祈求您老人家帮忙让事情顺利，我将以一只低头凤凰（村庄里对鸡的一种美好比喻）还愿"结束。

　　在随后的日子，不管给神汇报的事情成与不成，到了年底，曾在土地庙里祈过愿的人们，都会抓一只鸡，到土地庙还愿。这只鸡，一般是鸡群里最肥最大的。

我亲眼见过爷爷在土地庙里向神还愿的场景，具体是还什么愿我记不清了，只是那只鸡在神面前的镇定样子，牢牢地烙在了我脑海。那一次，爷爷从鸡圈里挑出鸡群中最肥最大的那只鸡之后，扫去鸡身上的泥污和粪土，装进一个干净的蛇皮袋子。袋子事先戳几个洞，鸡可以伸出头来喘气。爷爷让我提了装着鸡的袋子，他装上烧纸用的香火，我们避开人群，去了土地庙。

进土地庙之前，鸡被我们从蛇皮袋子里拿了出来。刚拿出来的时候，鸡因为在袋子里闷得慌，便扇着翅膀乱叫起来，可是一进庙门，它便安静了下来。

爷爷将鸡放在土地庙里的供桌上。不知道是爪子落地的原因，还是鸡看到土地庙的神像的缘故，它的双爪缓慢地分开，像个孩子一样，蹲坐在供桌上。

爷爷一边抚着鸡，一边说着一些类似于感谢的话。鸡似乎听得懂，又似乎听不懂，只是安静地蹲着，等爷爷将说给神灵的话说完。烧了纸钱和香火，这只鸡的生命便永远地属于了神灵。爷爷把鸡抱出庙门，在庙门口的一棵松树下，用之前熟练的方法，终止了这只具有祭祀意义的鸡的生命，然后将鸡血留在松树下的土里。

当然，这只给神灵还愿的鸡，后来也成了我们的腹中之物。

转眼又是春天了，到了离开村庄的时候。临走之前，奶奶把年前就准备好的秕麦子装进袋子，在鸡贩子那里，换回了十只小鸡，说是等我们这些孙子回来的时候，这些鸡就长大了。

我看看这些鸡崽，再看看奶奶，眼泪簌簌地就下来了。奶奶，我不知道，等有一天，您老到无法照顾一群鸡的时候，谁还会从春天开始，为我圈养一窝鸡，然后把它们当作孩子养着，等我从远方回来。

原载《朔方》2017 年第 11 期

隐喻的麦子

在大地上，人和麦子一模一样。

一

麦子这一辈了只有站着的份。从破土出芽那天起，它就站在田野里，风一遍一遍地吹，它的芽被吹成了叶子，还在原地站着，空空的茎秆还生出节来，细小的根须使劲往土里钻。

麦子想把自己和草区别开来，就长出穗，结出麦粒。其实，草也是站命，只不过，它们一辈子就站在同一个地方，而麦子一旦长出了穗来，不管麦芒有多尖锐，都要等待收割，换一个地方站着。

在村庄里，收割是一桩仪式感很强的大事。麦黄六月，一进农历六月的畔畔，人就不停地往山上跑，像观察敌情一样，根据麦子成色的变化，估摸出哪块地的小麦先熟。

麦秆干透，麦穗裂开的时候，鸟雀就着急了，那只被我们叫做"算黄算割"的鸟，不停地提醒人们，该上山割麦子了。闲了大半年的人们，赶紧找出落了灰的镰刀、绳子和麻袋，再去集市上买回来新磨石和刀片，端一碗凉水坐在屋檐下给刀片开刃。

等待他们的是一场盛大的战役，所以没有人敢懈怠。不管是阳洼梁，还是滚牛坡，只要有一块麦子先熟透，一家人就一字摆开，镰刀深入小麦根部，拉开这场既残酷又神圣的战役。

麦黄时节村庄里没有闲人，刚出生的小孩也不例外。一大早，孩子们还在酣睡，就被装进背篓，摇晃到麦田里，大人们就割两捆小麦立一个人字形凉棚，把孩子们放在里面。

那些年做的梦里，总有窸窸窣窣的割麦声，每次醒来的时候，眼睛睁开看到的不是房顶，而是两捆麦子，麦子码成的人字形麦草码，和椽码成的人字形屋顶比起来，还有些相像。

等磨石中间的部位凹下去，站着的一地麦子就全部溃败了，它们向磨刀霍霍的人们缴械投降。作为战俘的小麦，两两相靠，码成一排人字形，远远看上去站着的麦捆还像是长在地里。它们就等着人们像迎神一样，一架子车一架子车把它们接回家。

我见过很多人割麦子的样子，自己也蹲在麦茬前学着大人收过麦子，不过多年以后，记忆最深刻的还是大妈一个人大中午割麦子的情形。午后的滚牛坡上，没有半点云彩，太阳晒得土都喘气，不断冒出白烟来。大妈顶着个破草帽，挪过去一点，麦地就动一下，如果她不站起来，你会以为是风在吹麦子。大妈的动作连贯，却缓慢，镰刀碰到麦秆上，听不到很脆的那一声。

大妈是个苦命人，她的命，从某种意义上甚至不如麦子。收农业税那几年，卖相好的麦子一包一包送进粮库，被大卡车拉着去了我们听都没听说过的地方。而大妈出嫁之后，从一座村庄被接到另一座村庄，从此轨迹就固定在这两座村庄之间，多少年了，最远就是去镇上，连县城也没去过一次。

站着就要受欺负的。麦子还是种子的时候，埋在土里怕虫吃了，长出芽又怕嘴长的羊羔一嘴吃掉，或者被牛犊一舌头舔走，甚至人一脚下去也会致命。好不容易熬到收割，又怕一场冰雹把麦粒提前埋进土里。难怪脱粒之后的麦草垛一股神气的样子，它们是在庆祝自己的正常死亡。

同样提心吊胆的还有大妈，大伯爱喝酒，每次必醉，醉酒后最受气的就是大妈，骂都是轻的，动辄就是一顿打。在村庄里，摊上脾气不好又嗜酒如命的男人，女人们大多像麦子一样，逆来顺受，看似隐忍其实是没有任何办法。你看，麦子站在田里，风吹过来，它们最多摆动一下，牛羊的舌头舔下来，它们躲也不能躲。大伯醉酒之后，大妈就是一株麦子，被风摧残，被雨蹂躏，在两个孩子面前还要一声不吭。

麦粒收进了麻袋，麦秆还是摆脱不了站着的命运。人们把光溜溜的麦秆，堆成馒头状的一个垛，秋冬时节作为牲畜的草料。刚脱粒的麦草垛，不是很瓷实，我们掏一个洞钻进去，捉迷藏，谁也找不到。

麦草垛里藏过我们的童年，也藏过大妈不堪的往事。一个雨天，人们发现大妈不见了，我的哥哥和姐姐也不见了，而大伯烂醉如泥，躺在炕上流口水。能找的地方都找了，没有任何消息。后来，我顺着大妈家门口的三行泥脚印，在麦草垛下发现了三个抱头痛哭的人。日子不好过，大伯醉酒后就拿老婆孩子出气，而麦草垛就成了一个走投无路的女人和她的两个孩子的临时避难所。那一天，雨下得很大，大妈坐着的地方却是干干的，这站着的麦草垛，不忍心让三个流着眼泪的人，湿漉漉的。

多年以后，和我一起钻过麦草垛的孩子都已经有了自己的孩子，他们中大多人像我一样，并没有掌握种植小麦的技术，他们也不需要蹲在麦田里收割，种植对于我们而言，已经变成遥远的事情。留在村庄里继续操持庄稼地的大伯，依然酗酒，只不过不再宿醉，也没听说动手打人的事。大妈的头发已经全白了，守着三个在镇上上学的孙子和几亩地。

这些年，麦子一茬一茬收割掉，再一茬一茬种下去，它们看似简单的轮回，给生活在村庄里所有的人以营养，给离开村庄的人以念想。其实，有很多人都盼着能像麦子一样，割一茬再长出一茬，有一年大妈却亲口告诉我，她活这一回就够了。大伯醉酒的时候，大妈也不止一次当着众人的面说，最大的愿望是能早点死，她再也不想做人了。好在这几年，她不怎么说这话了，还时不时去镇上，把那一头白发染成黑色。

二

小麦不光养人，还毁人。用我爷爷的话说，我的三个叔老子就是吃的白面馍馍太多，才没有上进心，因此一辈子只能种庄稼，捯饬一亩三分地也没闹出啥名堂。

爷爷的话是有根据的，我到现在也都记得那场将我的家族带向衰落的撤退，可以说这是我们家族一件具有代表性的事件。一个大雪纷飞的日子，我们一家将油坊里所有的家具搬到一辆牛车上，将一把油乎乎的钥匙交给房东，就告别了经营了十几年的油坊。

牛车在空无一人的马路上慢慢悠悠前进着，我趴在一袋子胡麻籽上，看着爷爷和他的三个儿子推车。他们低头使着劲，嘴像是被风吹走一样，说不出一句话来。

按照爷爷的布局，当过兵的大伯做乡村电影放映员，读书稍微多一些的父亲经营镇上的砖瓦厂，平时话少的三叔接他的班捯饬油坊。如果一切按照爷爷的规划走，整个家族将会摆脱种地的命运，而靠一技之长维持，可惜事与愿违，爷爷的三个儿子最终都回到田垄里，一生和土地打交道。

大伯酗酒，丢了放映员的好差事；父亲无能，被人排挤丢了砖瓦厂的股份；作为唯一的希望，爷爷把全部筹码都押到他最小的儿子身上，可惜，牌局还没分胜负，三叔就早早地投降了。这油坊原本是爷爷留给三叔养家糊口的，但是很明显，三叔志不在此，并且缺乏经营头脑，好好的家族产业在他手里终结了。至此，爷爷对三个儿子的安排彻底以失败告终。总结原因，爷爷说三个儿子白面馍馍吃多了。

吃大锅饭那些年，爷爷作为村庄里的第一任村长，一边想着办法让村里的人吃饱，另一边和规定斗智斗勇私下做点小生意。因为脑子活泛，胆子大，他曾经在禁止自由买卖的年代，成功地避开各种监视，将一车猪拉到陕西，换来一车的小麦。一村人靠着小麦，挨过了饥馑。

后来包产到户，容许自由买卖，爷爷大展手脚，走南闯北，拉着骡子、猪等等活物，换回来粮食。虽然制度放开了，但是村子里还是很多人吃不饱饭，甚至白面也是吃了上顿没下顿，我们家却顿顿能吃上白面。

因为这个，复员的大伯和初中毕业的父亲，在结婚这事上没费任何周折，能吃上白面这一个条件，让周边很多大家庭希望和我家攀上亲事，可以说大伯和父亲是挑着拣着才定下的婚事。

年龄最小的三叔上中学那会儿，爷爷为了让这个掌上宝有出息，可没少费心思，而最大的也最实际的付出是让三叔吃好。别的孩子窝窝头都不一定天天能吃上，爷爷却每天早上都会骑着自行车给三叔送白面饼子，有时候是油津津的油饼。三叔上学吃白面馍馍的事成了当时镇上的一条新闻，以至于关注度太高而引起校方的不满，一次校长很直接地告诉爷爷，你这样做会害了孩子。

一语成谶，天天吃白面馍馍的三叔，在学习上并不是很上心，到了中考的时候，担心自己的成绩会对不住那些年他吃掉的白面馍馍，考试那几天他甚至玩起消失来。没考上高中，爷爷就把自己经营了半辈子的油坊交给三叔，希望他能有出息，没想到经营不到一年，以这种形式收场。后来，我想爷爷之所以将搬家的时间选在风雪交加大路上没有一个人的日子，肯定是不想让别人看到他和他的三个儿子落到如此下场，虽然和大家没有啥不同，毕竟整个镇子上曾经流传过田家顿顿吃白面的事。

随后几年，我的三个叔老子安安稳稳种地，再也没有人提白面馍馍的事。

三

衰落给整个家庭带来的最大的影响是分家。三个儿子重新回到农民身份的时候，就需要地，需要家具，需要牲畜和劳动力。爷爷请来村子的几个长辈，把自己那点家底一分为三，自己则根据村里的习俗，跟了最小的儿子。

分给我们家的，是一头牛和四面地。分了家，公粮就得自己交，刚做农民的夫妻，还没有多少经验，经常是种多少到地里，只能勉强收回一家人的口粮。因此，最难熬的事就是交公粮。

究竟什么样的小麦才能算公粮，自己说了不算，得听收购员的。按照以往的经验，新麦子下地，晒上几天，等彻底干了，就能当公粮。问题是我们家的麦子只够一家人吃，如果要交公粮，就得挨饿。

父亲想了个办法，一半干的麦子下面掺一半潮的麦子，这样既可以蒙混过关，也能剩些口粮。一切妥当之后，天还没亮起来，我们就赶着牛把作过弊的几袋子小麦往粮库送。一路上，我们还故意让架子车从沾着露水的地方过，这样麦子会重一点。麦子拉到镇上，粮库前已经排着长队。我和父亲紧紧盯着前面的长队，看着他们从长变短。轮到我们时，父亲竟然开始紧张，打开口袋的手明显在颤抖。收购员手先是摸了几粒最上层的麦子，放进口里嚼几下，听到嘎嘣声后就吐出来。本以为就这么过关了，没想到他把手使劲地伸进了袋子深处，摸了一把，喊了一声："麦子太潮，晒干了再过秤。"

父亲的脸原本是红的，听到这话就唰一下子灰了。他心里有鬼，没敢向收购员求情，把架子车一拧，在粮库一块空地上开始晒麦子，我们将麦子铺得很开。天气不错，不出几个小时，一半潮麦子很快就干了。

我们蹲在麦子边上，守着它们。谁知道，没多久天跟父亲的脸一样灰了，还有下雨的意思。看天的脸色不对，我们开始收拾这些摊开的麦子。雨落下来的时候，最后一袋子麦子还没来得及收进口袋里。刚开始，雨滴像麦粒，一滴一滴把粮库偌大的晒场填埋，并很快汇聚到低处，眼看着快要冲走那些麦子了，我下意识地爬到麦子上，原本想堵住快要被冲走的麦子，没想到这么一来水更多了，晒干的麦子漂起来，顺着低处跑。

半袋子麦子就这样被吹走了，剩下的也因为躲雨不及时进了水，这下粮库更不可能收了，只能把它们拉回家。我拉着牛，牛拉着架子车，父亲跟在牛后面，一路上一语不发，我们就像护送着病入膏肓的亲人回家等死一样沉重。

过水的麦子，像闯了祸的少女，没多长时间就顶了个大肚子，我们眼巴巴看着麦粒从瘦变胖，然后冒出白色的芽来。公粮没交成，麦子却孕育出了新生命，这让一家人尴尬而又不知所措，如果不做处理，三五天它们就茂盛起来，而处理了它们要交的公粮不知道从哪儿去弄。

母亲最先按捺不住，她把发芽的小麦，变成了芽麦面烫饼。发过芽的麦子磨出来的面粉其实并不好吃，芽面洗不出面筋，用酵头和的面不发，蒸出来的馒头烙出来的饼子是死疙瘩。但是母亲却让它们变成了可口的烫饼。

一盘子热饼端上来，我们几个吃腻了白面烙饼的孩子有些按捺不住，可蹲在炕上的父亲，脸却一直阴着。我们一会儿看着父亲，一会儿看着寡淡的生活里突然出现的变故带来的烫饼，等一道圣旨一样等他开口。结果，烫饼的热气都快冒尽时，这个国家余粮不足的国王才开口说话，迟缓地扔下一句"你们好好吃吧"就退朝了。我们嚼着有淡淡甜味的饼，吃出了生活的苦味。

四

有一年，车过庆阳，客车走在盘山公路上，收割之后犁过地的清一色梯田从眼前掠过，你会觉得这黄褐色的土地，像一个慵懒的艺术家画了半截子的油画，有点荒凉的意境，终因着色不够而显得死气沉沉。

这一路上，我本来是准备睡觉的，又担心临着悬崖的盘山公路会突然把车子甩出去，因为心里不踏实，闭上眼睛，脑子里就会出现各种惨烈的车祸现场，索性就把头别向窗外，看着那些不断被扔在身后的梯田。

那慵懒的艺术家一定是有很深功底的，要不梯田的线条怎么会如此匀称，又错落有致。高处和低处的过渡带，不多不少点缀着一两棵树和若干的草；地里除了土，没有任何植物，你可以清晰地看到同一个平面上属于不同人家的地之间立着一个矮矮的地垄，两块地之间的界线变得分明，老死不相往来。

一路都是相同的景致，我几乎要被这无趣的场景催眠了，昏昏欲睡。这幅油画突然就冒出不同来，有一亩地里，并不是光秃秃的只有土。拐了一个弯，我才发现，一块麦田里竟然还有一地小麦，它们尴尬地站在那里，带着麦穗和叶子，一簇一簇的，有麻雀落下来，埋头啄着，那块地似乎就生动了起来。

看着这些等待收割的麦子，我突然就想起了那些离开村庄的人。不知道出于什么样的隐喻，我总觉得他们，当然也包括我，就像被撒出去的一把把麦子。运气好的，落地生根，顶破坚硬的土抽芽长穗，在经过一个成长季之后，用淀粉、蛋白质、脂肪、矿物质元素和 B 族维生素，喂养自己，讨好这个世界。运气不好的，一把撒下去，胎死腹中或者半路夭折，有一些甚至连被扔到了哪儿都无人知晓，它们的生死似乎交还给了上天，没有期许，没有惊喜。而更多的人，就像那一地被遗忘的麦子，在城市里好不容易熬到成熟，却等不到收割的那个人，只能尴尬地站立在那里，被风一遍又一遍吹过。

有时候，在大地上，人和麦子真的一模一样。人用智慧和精力经营大地，让麦子成长；而麦子用营养回赠人。作为被隐喻的麦子，我们谁也躲不过岁月的收割。

原载《朔方》2017 年第 11 期

一棵核桃树

打花花手，卖凉酒；
凉酒高，闪断腰；
腰里别了个黄镰刀。
割黄草，喂黄马；
把黄马喂得壮壮的，老娘骑上告状去……

我们在院子里拍着手唱到这段时，老三扛着把铁锹就进来了。

他看也没看我们一眼，径直往堂屋走，那把铁锹直愣愣就把门帘掀了起来，不过很快老三就把自己退出来，立了铁锹再进屋。

一进去，就扔出一句话：舅舅，我要告状。

他嘴里的舅舅，就是我的父亲，这个村的村支书。不过村子里的人更喜欢叫他村长。

听到这一句，父亲有些惊讶，他放下正准备灌进嘴的酒，红着脸问了一句：你说啥？

老三又重复了一遍：我要告状。不过这一回没有叫舅舅。

一起喝酒的几个人都不再说话，酒杯子

晾在桌子上，他们也想听听老三要告啥状。

父亲当村长这些年，酒喝了不少，不过有人找他告状还是第一遭。在村庄里，理往往比镇上的规定要大，谁家遇上难事，都找当赤脚医生的三爷处理，一般也到不了村长家里。老三去了好几次三爷家，问题还是没办法解决，才来找的父亲。

老三说，村上再不管就真的出事了。

说这话的时候，他本来就有点歪的嘴角很夸张地翘了起来。

父亲说，你慢慢说，到底出啥事了？

老三回了句，还不是那棵核桃树，这两天三个媳妇子天天吵，这会儿在树底下亏先人着呢。

其实，就在老三进门前，那棵核桃树所在的地方确实很热闹，只不过我们在院子里唱我们的，父亲他们在堂屋里喊他们的，院子里的两拨人谁也没听仔细而已。

老三接着说，老先人走之前，几亩薄地分得一清二楚，连棺材板也分别放在三家，偏偏却丢下一棵核桃树，这下好了，几个媳妇子天天嚷着分树，天天吵架，这日子没法过了。

老三说的几亩薄地，还是爷爷给分的。包产到户的时节，爷爷当村长，分地的时候为了撇清关系，给自家人和亲戚分了水渠以上的地。老三的父亲是个上门女婿，按说血缘不近，爷爷还是把他当成自己人，六亩地全部在水渠以上。为了分地，很多人都找爷爷理论，上门女婿势单力薄，几个孩子还没长起来，嘴上不说啥心里实实地埋怨了爷爷好几年。后来村里挖梯田，爷爷给上门女婿家在水渠下安排了两亩地，埋怨这事才算解了。

上门女婿感觉自己快不行的时候，叫了村里威望比较高的几个老人，把三个儿子聚在一起，分家。按照老礼，两个老人跟最小的儿子过，八亩地弟兄三个一人两亩，肥一点的给了老三，水渠下的两亩留着葬父母，牛和猪都只有一头不好分现场估了价一人分了几十块钱，粮食分到最后以碗为单位，连屋檐下的棺材板，也是分成三份，不过这东西三家都没动，搬走还得搬回来，嫌麻烦。

新分的这两亩地没想到留下了后遗症。上门女婿老两口死了，水渠下的两亩地一左一右添了两座坟。老人们下葬了，三兄弟就叫来赤脚医生三爷分水渠下的地。三爷怕今后出事，分之前尺子量完又踱了几个来回，最后划出两条线来，这两亩地就成了三块。

抓阄前，老大媳妇言语快，上来就说掌柜的在煤矿上家里没有劳力中间的地给她好收拾。老二老三碍于大哥是公家人这个事实，以后还得人家帮衬，不能明着得罪，也就没啥意见应承了下来。

老二领了埋着父亲的那块，老三领了埋着母亲的那块。地分好，三家就各自准备耕种，老大媳妇的一个过激行为却把老二老三两家惹了。本来分好的地是用两块石头当界的，老大媳妇把两块石头铲了，在分界线上挖出两条地垄来，原本就不乐意的老二老三这下不干了，两座坟本来就占了不少地，这两道地垄竟然又占去一部分。

两个男人不好出面说嫂子，蹲在地畔抽闷烟，两个刚嫁进来不长时间的新媳妇就扯开嗓子骂，别人家在地里忙着种地，这三家子忙着吵架。其实，没分家前，几个壮劳力一起干活，别人看着别说有多羡慕，现在整天吵不嫌丢人。

老三说，地的事还没说清楚，现在三个媳妇子守着一棵核桃树没完没了。

这棵树长在老大和老三两家院墙的中间，有意思的是，核桃树离院墙还有一段距离，看不出来到底是在谁家院子里，平时三家人就当是公共的。不过，核桃树结核桃的时候，老是偏老大家，朝老大家的那股树杈上，核桃繁密，挨着老三的这边稀稀拉拉。连核桃树都知道谁家光景好，这事让老三媳妇接受不了，她就撺掇老二媳妇，闹着分树。老二家离核桃树远，没啥便宜可占，想着树砍了还能分点柴火，吵架的时候老二媳妇比老三媳妇还有劲。

两家嚷着分树，老大媳妇坐不住了，捎话让掌柜的回来，说是家里有重要事。老大从矿上请了假就往回跑，到了家听说是分树的事，摁住扇了媳妇两巴掌。到水渠下的两亩地，给两边地里的父亲和母亲磕了头，就流着泪走了。

挨了打的老大媳妇闹起来更凶，一副要和树共生死的架势。麦子上场，核桃满瓢。麦子收到口袋子里，父亲一起喝酒的酒友就来找他喝酒，村里的其他人也都趁着空当休整，糜子玉米和洋芋收起来可得费一阵子工夫。

不过老大老二老三家的媳妇们似乎一点都不觉得累，一有时间就在核桃树下骂。不过也就是骂骂，大家都不动手。祖宗几代亲戚朋友能捎带的都捎带了，话要多难听就有多难听，经常有经过看热闹的，也被捎带着骂一个狗血喷头。

第一颗核桃裂开皮的时候，这三家憋了很久的气也裂开了。老二家的小子爬到树上摘下那颗熟透的核桃，刚从树上下来，老大家的两个儿子上去就是一顿揍。三家的媳妇瞅准这个机会，扑上去就是一顿撕。

老三犁地回来她们三个刚好撕完，几个娃娃哭得不像样子，三个媳妇子头发乱乱的，脸上一道一道的血印子。老三把自家的和老二家的喊回去，就来找父亲告状。

几个喝酒的人听到这里，喝酒的兴趣一下子没了，他们从炕上下来，倒踩着布鞋到核桃树下去断官司。老大媳妇一个人在核桃树下连哭带骂，看见当村长的舅舅来了，哭声更凄凉，说掌柜的在外面上班孤儿寡母在家受欺负没人做主。

几个喝得醉醺醺的人，上去就是一顿数落，老大媳妇识相也便不哭了。老二老三的媳妇却又跑出来嚷着分树。结果喝酒的人现场商量出一个办法：砍树。只有把这棵核桃树砍了，这事才能有个了断。

老三一听这话，赶紧回去提了斧头出来，照着树根的位置就是一通砍，碎屑溅出好高。老大媳妇要拦，却被几个喝酒的给生生拽了回来，只能眼睁睁看着树被一斧头一斧头砍。父亲嫌慢，又让看热闹的人找来锯子，三下五除二，这棵核桃树訇然倒地，树杈把地砸得生疼。

核桃树倒地，半熟的核桃滚了一地，看热闹的却不去捡，倒是三家的几个孩子疯了一样往口袋里装核桃。锯子把核桃树粗大的树杈分成一截一截，父亲和喝酒的几个人一起，分出三份来。老二老三家的那一堆，当天晚上的时候就搬完了，老大家的一根棍子也没动。

多少年过去了，每次哼起这段童谣的时候，就想起老三扛着铁锹来告状的样子，他有点歪的嘴角，翘上去的时候，让人有点为他感到着急。春节回家，遇到老三，他已经不种地了，在县城干粉刷工。问起老大老二的事，他就摇摇头，说一句不太知道。

后来父亲告诉我，核桃树砍了没多久，老大就在矿上出了事，老二和老三把他的尸身拉回来后埋在了水渠下的那块地中间。老大的坟头长出草的那一年，老大媳妇就带着几个孩子搬家去了移民点，老二也在城里买了房，一辆大卡车把家里能拉的都拉走了。据说，两家搬家时，柜子里还倒出了黑乎乎的干瘪的核桃。

老大老二两家门上都落了锁，再也没有回来过，剩下的老三也没心思种地，在城里租了房子，一边打工一边陪着孩子学习。春节清明上坟的时候，老三会把两家的大门打开，拿了备好的香火，替他们到坟上磕头。

　　春节上坟，经过水渠的时候，发现水渠下那块地里确实多了一个坟头，三座坟头离得不近，又不远。远远地看，坟地明显被两条地垄分开，不过坟头上长到一起的蒿草，像是一开始就长在一起从来没有分开过一样。

　　我站在水渠上，看着老三孤零零的，先到左边给父亲磕了头，再到右边给母亲磕，到老大坟头的时候，一屁股坐在地上，半天都没起来。

原载《青年作家》2016 年第 11 期

时光的陷阱

　　一条坝把村庄分成上沟和下沟。上沟是一汪水，人绕着水居住。下沟是看不到头的沟壑，草木躲在那里。上沟放水的时候，下沟就有一条小溪，水不深，在水草之上流着。运气好的话，能抓到鱼。我们挽起裤腿，猫着腰，眼睛死死盯着水草，发现有动静，就猛一下子把手伸出去，手从水里出来的时候，一般掌心里会有一条两指宽的鱼。

　　每次下雨或者坝上放水，去下沟摸鱼就成了我们的乐趣。水不深，可要抓住滑溜溜的小鱼儿却并不容易。得有陷阱，我们在水草平坦的地方挖一个坑，在坑的边上设计一个半圆形的槽，就算是陷阱。陷阱里的水明显比周边的水深，它们只会往水深的地方游，如果鱼儿不小心游到槽里，想退回去就难了。一个下午，陷阱里会捉半筐子鱼。

　　夏天我们用陷阱摸鱼，冬天我们用陷阱抓麻雀。雪落下来的时候，就开始筹划着去哪儿设置陷阱。一定要在一个开阔的地方，最好有树或者半截墙，人就可以躲在后面，手里拉着一根绳子，绳子一头绑在半截木棍上，棍子支着一个筛子，筛子下面扔一些玉米和小麦。雪盖住村庄，筛子下面的玉米和小麦就成了唯一的粮食，也是最好的陷阱，饥不择食的麻雀看到它就激动不已。

我们屏住呼吸等着，有时候，一天都等不来一只，运气好了，不一会儿就会有一群麻雀飞来。它们躲在筛子附近，小脑袋转来转去，或者飞起来不靠近原地落下。反复几次，确定没有危险，就开始靠近筛子。第一只麻雀钻了进去，第二只，第三只……许是饿了太久，这些小家伙刚钻进筛子里，小嘴就不停叨着地。急性子的伙伴就要下手，被摁回去了，大家齐刷刷盯着筛子，要等至少一半的麻雀进去。一网打尽是不可能的，狡猾的小家伙总不会傻到一股脑全部钻进去。看地面上的玉米和小麦吃得差不多了，猛地把绳子拉回来，棍子离开了筛子，几只麻雀就这样被装进了陷阱里，飞走的几只，落在不远处的树上，叽叽喳喳叫个不停，我们哪能听得懂它们说什么，麻溜地包围了筛子，手伸进去掏出陷阱里的小麻雀。

有时候，陷阱还会用在小伙伴身上。把牛赶到下沟，牛闷头吃草，我们就分成两队，一队攻一队守，各自占山为王开始战斗。守是最不保险的，老是被一锅端，得想办法阻止进攻，就开始在攻击的线路上挖陷阱。一般陷阱会挖在草比较茂盛的地方，草皮铲下来，在原地挖一个能把一只脚埋进去的坑，用棍子把草皮轻轻支住，然后埋伏在附近，就等着对方冲上来。只要一脚踩空，这个倒霉蛋就被"活捉"。我们乐此不疲地埋伏、挖坑、活捉，以至于下沟里到处都有我们挖的陷阱，后来还把牛也陷了进去，一只前蹄踩空之后，硕大的身子随之倾倒，一头牛因此失去了一条腿，最终失去了整个生命。

鱼抓住后上游还会下来另外一些，麻雀抓住后树上还会飞下来一些，草地上挖出来的坑过不了多久就又被新长出来的草皮遮盖，牛死了再也回不来。把它陷进去的陷阱一点责任都没有一样，待在原地，我们突然开始憎恶陷阱，憎恶曾经挖出来的水槽和支起来的筛子，这些陷阱，把我们带到下沟，带到半截土墙背后，我们站在水里躲在墙背后的时候，陷阱也躲在某一个地方盯着我们。

我们抓住过那么多鱼，抓住过那么多的麻雀，总觉得没有什么是我们所抓不住的，但是偏偏却抓不住给我们布下陷阱的时光。当我们沉迷于用陷阱抓小鱼儿和麻雀的时候，它已经把陷阱挖好，就等着我们一步一步靠近。而我们每一个人都排列整齐，朝它布下的陷阱走去，一个一个掉进去，却迟迟不见有人来收网。

原载《伊犁河》2016 年第 4 期

《散文选刊》2016 年第 11 期选载

入选《2016 中国年度精短散文》

稻草人

它站在田里，潦草、破败，身上的旧衣服和草帽已经遮不住它的伪装。一条腿近乎优雅地站立着，双臂伸直，想要把过往的风抱住，其实它连自己都抱不住，只能在寒风里瑟瑟发抖。

我从山上下来的时候，见到的第一个人就是这个稻草人。它像是早就知道我要回来一样，一直等在那里。我出现之后，它却只能远远地望着，没办法给我一个像样的迎接。但是，可以确定的是，就在我们相遇的那一瞬间，它却把我带回到了过去。

刚开始的时候，稻草人是被隐喻的。村庄里有人得了怪病，久治不愈又找不出病因，通灵者就会抓一把草，照着这个人的样子扎一个小人，然后在患病的相应位置扎针。这个方法很灵验，我就曾见过卧病的人在扎了小人之后又重新回到田里干活。

不过按照老一辈人的说法，如果有人背地里照着谁的模样扎个小人藏起来诅咒的话，被诅咒者就会中邪，严重的甚至会因此丢了性命。说是这么说，但是村里没有一个人是被诅咒而死的。倒是有了这个说法之后，很多人对这小小的稻草人敬而远之。直到鸟雀来捣乱，这稻草人才有了新的用途。

村庄里的鸟雀野惯了，想吃啥就吃啥，想怎么吃就怎么吃。人起早贪黑种下的糜子，还不等收割就被鸟雀吃掉了一大半。地少人多粮食薄的年月，填饱人肚子的粮食怎么能让鸟雀偷吃？于是，人们就开始收拾捣乱的鸟雀。

跟鸟雀讲道理是不可能的，最简单的方法就是驱赶。我曾经跟着父亲守在糜子地里，看到有馋嘴的鸟雀落下来，就大声喊，用土坷垃扔。很多人都这么干，闲的时候，地垄上就会守着一堆人，鸟雀们看着乌压压的人，远远地躲起来。人散去了，鸟雀就又重新聚拢过来。

是稻草人解决了这个麻烦。不知道是谁的主意，扎一个稻草人，让它穿着旧衣服戴着破帽子，然后替人站在糜子地里，鸟雀飞过来的时候，看见有人站着就乖乖躲起来。

我穿过的一件宽大的深色外衣，就曾被穿在那个站在我家地里的稻草人身上。夜里，我就梦见我站在麦田里，单腿站立，双臂伸直，不吃饭不睡觉不走动。我从糜子还是嫩芽站到糜子三月怀胎，等待收割，纹丝不动。

有一些耐不住性子的糜子，没有任何征兆就掉在了地上，我为此着急。鸟雀们偏偏在这时候成群地飞过来了，它们专找那些秆上有很多糜子的，两只爪子死死攥住，小脑袋不停地晃动。

看着它们这么肆无忌惮地吃糜子，我想大喊一声，嘴里却发不出声来，胳膊也使不上劲，不管怎么用力都没办法让那些讨厌的鸟雀知道我在吓唬它们。一着急，我就想起用尿来引起它们的注意。我朝着鸟雀最多的地方浇过去，它们"哗啦"一下子就不见了，可那些尿却并没有落在糜子上，全浇到了土炕上，梦就这样被尿惊醒了。

小时候喜欢吃甜食，如果闹到一块糖，我会先忍着不吃，而是一直把玩它。忍不住撕开糖纸，就舔一舔，再舔一舔。放进嘴里后，不搅动舌头，也不咀嚼牙齿，让它混在津液里慢慢融化，吃完还要舔了手指头和糖纸。

这样的机会一年只有少有的几次，甜菜的出现，某种程度上替代了我对糖的巨大渴望。可惜在我的父亲眼里，甜菜却并不能算作粮食，家里仅有的几亩地里，麦子糜子玉米土豆挤得满满当当，甜菜自然是没有位置的。为了让家里能多出一些地来，父亲闲了就经常扛着铁锹去地垄上开荒，他垦荒的时候，有一种恨不得把整个村庄都变成自家地的野心，而我一心只想着吃甜菜。

在这里，我要坦白 件藏在心里许久的事。等不到父亲在自家地里种甜菜的那段时间，我曾趁着中午山上没人，一个人去别人家的地里挖甜菜。此前，我在山上转了好几天，才盯上那块夹在糜子和玉米之间的甜菜地。

五月的糜子和玉米都长得不高，一个人大中午钻到甜菜地里很容易暴露，但是为了吃到甜菜，我已经顾不上这些了。我猫着腰，从玉米地的地垄上慢慢挪到甜菜地里，把几棵稍微长点的玉米当掩护，蹲下去，拨拉起甜菜宽大的叶片后就是一顿挖。你不知道，我紧张到竟然忘了拿铲子，一手提着叶子，一手卖力地挖。

挖到就剩半截，有个声音喊了一声。坏了，肯定是被发现了，我怔在那里，一动不动，其实是不知道该动还是该不动。想着把那还剩半截的甜菜埋起来，这样就不会留下任何证据，可是手却不听使唤，我也只能定定地蹲着，等那个声音靠近了再说。

可是，被我挖出来的土都要晒干了，甜菜的叶子眼看着蔫了，那个声音却一直没有走过来。我慢慢地把头拧向玉米地，那里没人；再把头拧向糜子地，妈呀！原来喊了一声的那个人在糜子地里。

我不敢再看了，可是奇怪的是，我明明就在他眼皮子底下，那个人就是不过来，也不吭声。做贼心虚，我就这样白白在甜菜地里蹲了大半个中午，当我看清楚那里根本就不是一个人而是穿了衣服戴着草帽的稻草时，整个人就像个泄了气的气球一样，一下子就瘪了，瘫在地上，手里还攥着甜菜宽大的叶子。后来才发现，那一声原来是放羊的人喊的。

从此之后，我再也不嚷着让父亲种甜菜，见到放羊的人也躲得远远的，更别说稻草人。我以为我再也不会想起这些事，但是说来也巧，我再一次回到村庄的时候，竟然是一个稻草人迎接了我。

就在我被稻草人带回过去而沉迷其中时，还是一个放羊人将我喊了回来。他赶着一群羊往山上走，看见我走下来，远远地就扔出一句话来："回来了？"我回过神来，连声应着："回来了，回来了！"

羊群走远，地上只留下一串羊粪疙瘩。我继续想稻草人，没在意就踩到了羊粪上去。哦！对啊，不在意的事情多了去了。比如现在，谁会在意一个稻草人在寒风里有着这样的心情。或许鸟雀会吧？也只有那些已经识破了稻草人伎俩的鸟雀，还会时不时回到稻草人身边。这一定不是依赖，仅仅是出于习惯。

原载《伊犁河》2016 年第 4 期

捉迷藏

有些人藏起来，你永远就找不到了。

我们说好的，你背过身去，从三开始倒数喊到一再转过来。那时候，你身后只有土墙、树和房屋，我们像被收回去一样，无影无踪。你朝东走去，东面是一排树，那里最容易藏人，可是树背后却没有人，树的背后还是树，没有你要找的人。你撤回来，到西面去，西面是一堵墙，你本来一眼就能看清楚，偏偏要走过去，似乎觉得我们应该隐身于土墙之内。我们怎么能在墙上呢，只有人死了照片才会挂在墙上。你死死地盯着墙，好像我们真的躲在墙缝里，突然就会草一样弹出来。然后你去了南边，那里的草垛里肯定藏着人。草从一开始就和人分不开，要不人死了为什么要落草之后才能入土为安。你半个身子钻进草垛里，两只手在里面乱摸，然后索性把整个人都塞了进去。在草垛的身体里，除了一枚热乎乎的鸡蛋，你什么也没找到。拿着鸡蛋身上沾着草，你就去了北边，到一堵连着一堵的院墙跟前，这里住着村子里的所有人，你想着我们肯定也在那里。你挨家挨户敲门，喊着我们的名字，没有一个人答应，大人们都在山上干活，牲畜们在圈里打着盹，你手里的那个鸡蛋还热乎乎的，就是没人回应你，这个世界上就剩下你一个人了。

你回到原地，不喊，不叫，也不打算找我们。盘腿坐着，琢磨起手里的那枚鸡蛋来。你把它举起来，这小小的坚硬的壳里，有一块红红的东西，有些混沌，你盯着它的时候，那枚鸡蛋正好挡住了太阳，鸡蛋就成了太阳，壳泛着淡淡的光。你看得眼睛都疼了，起身，钻到草垛里不出来。

我们实在沉不住气了，就从屋子里出来，开始找你。我们去了树下，去了墙根，去了那些院子里。我们也去了草垛，但是我们却没有钻进去，有一只鸡在那里，我们就想着那里肯定不会躲着一个人。我们找不到你，就回到游戏开始的地方等你。

我们几乎每隔几天就会捉一次迷藏。在沟里放牛的时候，我们就藏在牛的身后，藏在拾粪的背篓里，藏在长长的水草中间。在山上抓兔子的时候，我们就藏在山洞里，藏在玉米地里，藏在立起来的麦垛中间。找我们的人总能像捡麦穗的人一样——把我们揪出来。但是我们就是乐此不疲，把藏起来和被找到当成一件大事。一直到水草、牛背、麦垛再也藏不住我们了，我们才把捉迷藏这档子事忘在脑后。

不过，我们学会了藏起别的东西。比如，醒来的时候床上的地图要先用被子遮住，等到没人的时候再拿出来晒干；收到女孩子回复的纸条要偷偷躲到没人的地方看。不过，我们始终没学会藏起来的秘籍，晒干的地图总是会留下痕迹，读过纸条的脸上始终有一坨是红红的。我们还是一遍又一遍地藏了找，找到再藏，仿佛藏起来是一件要用一生来干的事，同时还要时刻提防被人抓住。

藏起来有时候也会成为一件很危险的事。就像你的父亲，被人藏在水里一个晚上之后，再被找到时，就成了一个永远也回不来的人。他被捞水草一样捞上来，剥光了被泡得发胀的衣服。他赤裸裸晒在太阳底下，平日里被衣服藏起来的事物全部暴露在众人面前。看热闹的人围了一圈又一圈，他们不放过任何一个细节。你却看不见任何东西，眼泪把太阳都晃得有些眩晕。村子里的人帮着你们母子将你的父亲藏在一个大家都知道的地方，为了让你远远地就能看见他，人们给他培了高高的土堆。

再后来，你就失踪了。这么多年，我以为你是把自己藏起来了，忘了提醒我们去找，也忘了回去的路。从此，我们再也找不到你。是啊，捉过迷藏的人，只要不想让人找到就会永远都找不到。可是我不死心，我去你家找你，门上却落着锁。我去我们曾经藏过的地方，却一无所获。

这么多年了，我都快把找你这件事给忘掉了，你却出现了。那天在集市上，我远远地看见一个像你的人走了过来，你慢慢靠近，我竟然有些不知所措。我喊了一声你的名字，你停下来，一抬头就认出了我。我抓住你的手，生怕你再藏起来。

我一直想问你这些年把自己藏在了哪里，可是却没有张开嘴。我不知道说什么，你也不知道回答我什么，我们就拉着手站在人群里。可能是很久不捉迷藏了，我们忘记了藏起来之前要先喊三二一，分开时说出嘴的却是再见。

原载《伊犁河》2016 年第 4 期

南墙根下

每个村庄都有一个南墙根，而南墙根下，肯定坐着一群老人。他们慵懒，闲适。坐在阳光下，不用举目，也无须动腿，村庄就被他们用嘴皮子翻了个遍。

他们有能用几句话总结一座村庄前世今生的本事，也有几句话说清楚一个人一辈子的能耐。他们还能给村庄摁下暂停键，让一切都停止，甚至倒回去。

一座村庄，从最初的粗犷荒蛮到垂垂老矣，一堵墙接着一堵墙站起来，一座房屋连着一座房屋立在村庄里，这些都没能躲过他们的眼皮子。但是，说起一座村庄的成长，他们又是如此地轻佻傲慢，像长者审视一个不懂事的孩子，轻蔑地眯着眼，慢慢悠悠抽口老旱烟，慢条斯理地开始说。这时候，你会觉得，村庄的一草一木一砖一瓦，似乎是他们你一言我一语构建起来的，和阳光、劳作无关。

一个人，从嗷嗷待哺的婴孩长成耄耋老者，一生的经历是多么漫长而又曲折，但是在他们的嘴皮子上，这一切显得如此简单，甚至不值一提。在他们那里，一个人的一辈子似乎不是靠消磨时光度过的，而是在嘴唇的一张一合之间完成的，生老病死这么重大的命题，在他们嘴里就是一句话的事。

还别说，仔细琢磨，一座村庄，可不就是一句话说清楚的事情，一个人的一辈子也不就是一句话而已。村庄就在那里，人来了，然后又走了，至于中间这长短不一的几十年当中的各种细节，谁又能记得住多少呢？再说了，人活一世，无非就是在生活过的地方留下烙印罢了，能在南墙根下的老人们唇齿间活着，死了又以另一种形式活下去，这样多好，何必在意过程呢。

其实，我是那个不甘心遗漏细节的孩子，蹲在他们中间，试图从他们的唇齿间挖出一些什么来。在南墙根蹲的时间长了，也就听出门道来。其实，如果你有足够的耐心，就能在南墙根下的老人们描述村庄时，听见村庄拔节的声音，像幼苗破土而出，又像水撞破春天的薄冰，声音里还夹杂着浓重的旱烟味。

这些细微的声音，将空气一点一点顶开，我脑子里突然就出现了一些画面：这些声音，像倒带一样，先是将村庄一笔勾销，然后再一帧一帧还原成现在的样子。这个过程中，我看到了村庄原来的样子，荒草间的兔子来回跳跃，突然草就没了，露出土来，随后土之上又露出了地基、露出了墙、露出了屋顶。有了房屋之后，也就有了院落，再后来，村庄就像粘贴复制一样，迅速繁殖。

我曾经推倒过一堵墙，还将一条路挖出一道口子来，想在其中找找村庄生长的痕迹，可惜一直没有任何结果。没想到蹲在南墙根下，在老人们的絮叨中，竟然找到了和村庄有关的诸多线索，那些许久未解的问题就这样有了答案。

没有高兴多久，新的问题又来了。现在，人一拨一拨地离开村庄，草重新回到原来的位置，一洼一洼的草，像埋伏在村庄之外的军队，趁人不注意就将农田和许久没人走的道路占领。树这个叛徒，里应外合，遮住了院墙，草木从根部开始反击村庄，在只剩下老人和小孩的情况下，草木疯狂繁殖，土地荒芜院墙坍圮。那些关于村庄的细节，正在被风吹远，让阳光沥干。

没有人在意这场村庄从一开始就注定要失败的战争。人们从离开村庄的那一刻起，就做好了不再回来的准备，这样，草木就有机可乘，随时准备占领村庄。我也是偶然回去才发现的这一切，还为之忧心忡忡。我用了一个上午，清理掉院子里的杂草，爬上墙，将一层已经盖满了草籽的墙皮掀掉。我汗流浃背的样子，在那些南墙根下的老人眼里，似乎有些多此一举。

我也明白，即便现在收拾得再干净，人走了，草木还是会爬上院墙，这一切只需要一场风和一些雨水。于是，我从墙上下来，脸上的汗都没擦就回到南墙根的老人中间，我准备从他们那里学到一些记住村庄的方法，即便是有一天我再也不回来，或者回来看到村庄已经不成样子，我也有办法还原它。

刚蹲下来，就有路过村庄的人在村口问路，过路人还没有开口，老人们就已经指明了方向。在南墙根下，不光村里人没有秘密，连村子以外的人，都被理得清清楚楚。老人们能弄清方圆几里外的人，以及他们和村庄里的人的辈分及关系，这些被储存在大脑里的信息，随时都会被关键词检索出来，并且准确无误。

南墙根就像网络的后台一样，连接着村庄和村庄以外的地方，它的存在，不至于让分散在沟沟岔岔里的村庄显得孤单。而老人们用嘴巴编织起来的那张硕大的网，以血脉、婚姻、亲属等方式，串联起一个又一个村庄。如果一个人找不到自己的归宿，如果一座村庄突然消失了，只要来南墙根问问老人，准能定位到源头和去处。

这几年，也有一些南墙根所无法掌握的信息。那些曾经蹲在这里凑热闹的毛头小子和丫头片子，突然就不见了，他们背着书包离开村庄。多年之后，他们成了村庄的漏网之鱼，活在别人的城市里。他们改变了口音和饮食习惯，躲在密不透风的建筑里，扮演着不同的角色。

这是老人们的舌头所无法搜索到的，躲起来的人不会走漏任何蛛丝马迹。想了解他们，只能等到腊月。他们的祖先留在村庄里，所以每年到了这个时候，走出去的人就会拖家带口赶回来。老人们不会错过这个机会，早早等在南墙根下。

按照老人掌握的方法，陌生的孩子只要看清长相，一张嘴就能被准确说出来自哪家，随后他的父辈的信息被一一说出。可惜的是，这批回来的孩子，总是把头埋在手机里，顾不上看看这些老人们。老人们一声叹息之后，重新回到熟悉的老故事里，不过脸上有了些沮丧的表情。

我背着书包离开村庄时，南墙根下的老人还没有现在这么老，现在，他们头发花白，口齿不清，耳朵已经没有以前好使，但是看到我再一次回到他们身边，声音明显大了许多，腔调里也多了几分卖弄，他们乐此不疲地给我讲这些年的人和村庄。

坐在一堆老人中间，突然发现，故事的开始还是那些和姓氏、家族、伦理有关的信息，唇齿相传的过程中，又不断有新的内容加入。老故事生根，新故事发芽。而那些曾经坐在南墙根下的老人，最后又成了故事的一部分，他们的子孙，代替他们回到南墙根，给我讲过去的故事。

突然觉得，老人们像是韭菜一样，被种在了南墙根下，岁月割了一茬，又长出一茬，真不知道，哪一天，这一茬被割掉之后，会不会再也长不出新的来。

再不去南墙根，听老人们说话，村庄的秘密就真的要被带进黄土里了。

原载《湖南文学》2015 年第 10 期

跟在一条狗的后面

　　说起来，这应该算是一件有意思的事情。

　　有那么几次，我突然很想弄清楚我住的这个村庄究竟是什么样子。跑到西头最高的山上看时，我发现在一座山上是无法看清一个村庄的完整模样。跑到比西山低一些的南山上，还是看不完整。而且，在南山上看到的村庄和在西山上看到的村庄完全不同。等有一天我跑遍了村庄周围的山头，村庄在我的脑海里就有了好多个样子。西山上看到的村庄长而狭窄，一条河把村庄切成两半；南山上看到的村庄宽敞而茂盛，里面似乎全住着一些树；北山上看到的村庄则全部是些屋顶，还有走动的人群；东山上看到的村庄是我的祖辈居住的村庄——那里是一片新坟旧墓。

　　这下更让我耿耿于怀了。一个住在村庄里的人竟然不知道自己村庄的完整模样，如果当我走出村庄，或者当我转世的时候，我应该如何辨别我回到的是我的村庄，而不会把别人的村庄当作自己的村庄呢？如果我老了，被孙子们围住问我一些关于村庄的事情，或者外人问起我的村庄，我该如何向他们说清楚村庄的样子，就像说清楚我当年喜欢过的一个女孩的样子呢？

一条狗解决了我的困扰。

那条狗毛色杂乱而长，瘦瘦的骨头包在比骨头还瘦的皮囊里。它从我记事起就已经在村庄里了，那时候它高大威猛，大叫一声，全村的人都能听到。每次遇到它，它都会冲我吼几声，我生怕小小的我被它一口吞下，它让我很是怕了好几年呢。现在我不再怕它了，再说它已经老了，老得像南墙根下的老人一样，鼻涕都吸不住了，还怕它做什么。

不过它还很能走，但凡在村庄里遇到它，都会看到它一边走一边嗅着地面的样子。被弃之后，它整天从东走到西，从南走到北，最后住在北边土地庙里的草窝了。土地庙是神仙居住的地方，平素很少有人去，它不用操心半夜里谁的手伸进来。再说，村庄里有个讲究，狗太老了肉是不能食用的；再说，看到它那狗样，谁还惦记一身病的狗肉呢。

有那么一天早晨，我在村庄里闲溜达。转到村北头，那条狗正好从土地庙里出来，我一时没认出它就是那条老狗，还以为是邻村的野狗霸占了庙里的草窝呢。那狗低下头开始嗅地面的时候，我才从它的毛皮和走路的姿势上认出了它。它比平素精神多了，像个年轻的小伙子。看来，睡到自然醒的狗和整夜谨慎地看门护院的狗就是不一样。

它似乎没看见我，从庙门口开始一边嗅地面一边向前走。它走到我面前的时候，我本能地后退了几步，它抬起头看了看我，继续往前走，就在它看我的时候，我发现它的目光里含着一些让我捉摸不透的东西。没走多远，它回过头来又看了我一次。这次我似乎明白了，那些捉摸不透的部分应该是愧疚，许是它知道站在它面前的这个人曾经对它有着深深的惧怕，为自己年轻时吓唬我的轻率而内疚。

　　就是这么一个眼神，我决定跟着这条狗走一走，或者它能让我看清我们一起居住的村庄。

　　它一直低着头，用已经磨出茧子的鼻子不停地嗅着村庄。有时嗅到一个地方的时候，它会停一停。走到河边的时候，它就停下来不走了，在离河不远的一块草坡上，它一直嗅来嗅去，眼神看起来和那年三爷爷坐在三奶奶坟头的眼神一模一样。我想着，那块草坡下是埋着一条曾经和它一起在这个村庄里走过咬过的兄弟，还是让它难忘的爱妻，要不然那条狗脚下的草怎么那么茂盛。肯定是有一条狗在那里，身体变成了土和水，喂养着一些花花草草，现在这些花花草草以一条狗的名义，填充着另一条狗心里逐渐被尘封的记忆。

　　狗在草坡上转悠了一会儿，继续往前走，它一直没有理会我这个跟在它后面的人，它已经习惯了"一个人"走。

　　走到村庄中央，它又停下来，找到一个高一些的地方跳上去，伸长脖子叫起来。这里平常是村主任发号施令的地方，村庄里一有要事，村主任只要站在村庄中央扯一嗓子，全村的人就都知道了。现在，这条老狗站在这里喊着，声音低沉、悲凉，不像是叫，像是哭。这时，村庄里的狗陆续地叫起来，每一条狗的声音从不同的地方传过来，传到老狗的耳朵里，传到它日渐荒芜的心田上。当它结束了叫喊，村庄也逐渐安静下来，它的眼眶里有泪水流下来。我想，它这是在清点村庄里的狗数。在村庄里，它是最老的狗，也就是所有狗的"村长"，它每天都要点数一下村庄里狗的数量，再顺便听听谁过得如意谁过得狼狈。一声一声地迎合，是一些还活在村庄里的狗在向它们的"村长"汇报。今天这些狗的迎合肯定又少了几声，老狗的眼泪是在为逝者默哀吧。

　　老狗继续往前走，不过它明显地萎靡了，走起路来有气无力的样子，也许它已经承受不了自己的村民逝去的消息了，从当上"村长"那天开始，它肯定听了很多关于死的消息，如今它越来越老，听到这些消息的时候，内心不会再像以前那样平静了。老狗带着悲伤继续走着，时光就这么被它走掉了，或者说走回来了。谁能说清楚一条老狗一遍一遍地走着的路，是昨天的还是今天的，或者是明天的呢？

那天，我一直跟在老狗后面，把村庄转了一个大圈。人们都说我魔怔了，让一条狗牵着魂转悠，可是谁能理解我跟在一条狗的后面看清了村庄的欣喜呢。他们一直住在村庄里，可是他们从来也没有弄清楚村庄的样子，而我在一条狗的指引下看清了我们的村庄。

原载《四川文学》2009 年第 12 期

抱紧草就抱紧了村庄

　　抱紧一棵草就抱紧了村庄，就抱紧了大地。这是我最近才发现的秘密。

　　这么多年以来，我一直在试图寻找一种抱紧村庄的方法。我曾经从村庄的一头走到另一头，从村庄的低处走到高处，我试图抱紧白云、风和流水，试图抱紧村庄里最老的屋子（当然只能是一小部分），抱紧刚出生的婴孩，抱紧轱辘、锄头、铁锨和连枷，可是我除了抱紧过村头那棵老槐树和一头瘦驴子之外，其他什么也没抱紧过。

　　飘过村庄的白云太高，我的双手甚至连村庄都伸不出去，更不要说伸上天空抱紧云朵了。吹过村庄里的风，无形、诡秘，我看见它们吹过来了，可我张开双手抱紧的却是比风还瘦的自己。流过村庄的河流，整天急匆匆的，当我伸手抱它们的时候，我抱住的部分已经不是我当时想抱紧的那一部分了。而那些老屋和婴孩都是别人家的，我不敢抱得过紧，抱得过紧了他们会以为我要将他们的东西占为己有。那些轱辘、锄头、铁锨和连枷，比我还瘦，我生怕抱太紧了它们会受不了。

我抱紧过那棵树和那头瘦驴的事纯属偶然。那一次，我打算离开村庄到外面去，经过村口的时候，那头瘦驴正好被拴在一棵老槐树上，它像童年时期的我一样不老实，一会儿用前蹄在地上挖坑，一会儿又用一排大板牙啃那些老了的槐树皮——人活一张脸树活一张皮，可是在一头瘦驴哪管你什么皮啊脸的，只要自己心里舒服，管你人有没有脸树有没有皮呢。

它一个劲地啃着、挖着，就一小会儿时间，地上就散落了许多的树皮和尘土。看到我的时候，那头瘦驴还在啃着树皮。起初，我本不想管它的，一头驴啃一棵树这样的事情每天都会在村庄里发生，可是这一次，我却执意想吓唬吓唬它，叫它现在以及以后都不要再啃那些已经老得不能再老的槐树，它已经没有多少皮了，再啃就啃断了。可是奇怪的是，我吓唬完一头瘦驴之后，不知道为什么就莫名其妙地抱住了那棵老槐树，抱完之后还抱了一下那头驴。后来我想明白了，那个冬天实在太冷了，我抱紧一棵老槐树它就不会冷了，而至于抱那头驴，我怎么想也没想明白过，不过我确定那头驴当时肯定被我吓得够呛，它从来没有被人那么紧地抱过。

我抱紧一棵树和一头瘦驴之后的几天里一直都在想，要抱紧一个村庄是不是应该从花花草草、飞禽走兽入手？当我抱紧那棵槐树和那头瘦驴的时候，我明显地感觉到了村庄的脉动，感觉到了村庄细小的声音，那么抱紧一些比树更低比驴子更安静的东西，会不会能将村庄的脉动和声音听得更详细呢？

于是我开始观察花鸟鱼虫，开始观察每一个在村庄里能见到的生物。我发现，在村庄里，只有草的根是和大地和村庄紧紧地连在一起的。树不行，水不行，房子更不行。树只自顾自地一个劲往天上长，从来不低下头来看一看脚下的村庄，它们的世界里，只有白云和飞鸟，只有风和雨水，村庄里的一切好像和它们没有关系，它们只是生活在村庄里的某一块土地上的过客，总有一天会在人不知不觉的时候离开村庄的。水比树好不到哪儿去，它们从来到村庄的那天起就随时准备着离开村庄，一滴水离不开，就一滴又一滴地集合起来，以河流的形式离开，以雨水的形式离开。屋子稍微好一些，它们从出现在村庄里的那一天开始，就一直陪着村庄，陪着村庄从年轻到老去，可是它们却无法一直陪着村庄，终有一天，它们会趁人不注意轰然倒坍，说不好还会把一家子人压在自己身下呢。

有一年，村庄里的那座老庙突然裂开了一条缝子，人们都想着那座已经几百年了的破庙，这一次肯定站立不了多长时间了，好多人开始筹划着在村庄的另一个地方建新庙，可是裂开缝子的庙至今还挺立在村庄里，风吹不倒，雨淋不透。有一次，我路过那座庙的时候，好奇心突然发作，想看看这么一座破庙究竟为什么一直不倒。当我的目光从土墙裂开的部分穿过去的时候，我发现了一些缠绕在一起的草根，是它们紧紧地抱在一起把两堵裂开了的墙紧紧地连在一起的。

几棵草就可以将两堵墙抱紧，那么是不是抱紧草就可以抱紧整个村庄了呢？你看，在村庄里，那些草安静、细小，从没想着长到天上，也没想过离开村庄。它们无处不在，和尘埃一起，和路一起，和村庄里每一个行走着的人一起，构筑着整个村庄的春夏秋冬、生死轮回。它们的根深深地扎在泥土里，不像树，浅浅地把自己埋起来，只要机会成熟随时都准备离开；也不像房子，靠几块石头和土块把自己拢起来，住不了几年就破败坍圮了。它在地下的根就是另一些向下生长的草，朝着大地的心脏朝着村庄的最深处蔓延，直到风吹不走，雨冲不垮的时候，它们才停止向下，安静地和生活在村庄里的一切生物生活在一起。草知道村庄之上我们所经历的事情，也知道村庄之下我们所无法经历无法感知的事情，它们是连通地上地下的使者，将村庄里的事情汇报到地下，将地下的讯息回馈给我们，可惜我们谁也没有静下心来倾听一棵草的声音，那么多的秘密就这么被我们忽略了。而那些草，一如既往地下地上地传递着，当它们心中的秘密越来越多的时候，它们就用露水、用嫩芽分解内心世界溢出来的部分。一直以来，草都被脆弱的同义词修饰着，看来，它们的坚韧丝毫不比我那些受苦受累却没有半点怨言的乡亲们弱。

在我的村庄，草们沐浴清晨的第一缕阳光，吸收地之下我那些先辈们的骨殖和经年的树叶变成的水和土壤。其实，村庄里的草已经不是传统的草，而是村庄里流逝的岁月，它们以一些草的名义存在于村庄，生怕被我们遗忘；而是我那些住在地下的父老乡亲，他们的灵魂轮回之后，躯体变成了草，和我们生活在一起。

现在，我不得不相信，抱紧一棵草就可以抱紧一个村庄了。那些在低处的草啊，这个冬天，让我把你们抱得更紧些吧，就像抱着我越来越老的亲人。

原载《四川文学》2009 年第 12 期

河流给不出答案

谁都猜不透一条河有着怎样的秘密。

这么多年，它一直在村庄里。最初的时候，我并没想过一条河会有什么样的秘密。至于为什么会突然想去打探一条河的秘密，我给不出一个合理的解释，但是总觉得有些事情必须弄清楚。我准备向河流开口。

走到河边的时候，我却不知道从哪里下手。在河流的入口，一小股河水慢悠悠地流淌着，像一些少不更事的孩子，它们连奔跑都没有学会，能说出什么有价值的秘密？河流的中间位置又太宽广，我的一只手放在水里，就像一粒沙子扔到了大海，我问它们一句，连个回音都没有，更别说得到秘密。

我守在河流的底部，打算把秘密堵在出口。但是，水流出来的时候，我慌了神，不知道哪一滴或者哪一股水里有秘密。其实，对于河流本身来说，我连它的长相都没搞清楚，想要得到秘密，难度可想而知。

于是，我想到了岸，或许它能给我答案。从一开始，岸就一直陪着河流，常年和河流在一起，岸就理所当然地认为自己就是河流的管理者。既然如此，河流有什么样的秘密岸应该最清楚。

但是河流从形成那一天，就有自己宏大的理想：冲破一切阻碍，奔向大海。在它朝着理想前进的过程中，它一直将岸视作桎梏。也就是说，河流并没有将它看作领导者。

为了打败岸，河流使出浑身解数。它们东突西破，将岸冲出一道道的豁口，不过河流每进一步，岸都会如影随形。河流受够了岸的束缚，便派使者水汽与雨水合谋，决心与岸决一死战。

在一个秋天的午后，雨水如期而至，看到援兵，河流早已按捺不住自己，开始膨胀、上升。没有多久，它便冲破了河岸堤，越过村庄，把房屋连根拔起，把人逼到村庄的高处……

一切都被打乱，河与岸的位置发生了变化。岸上的东西变成了河里的，生活在岸边的人，变成了生活在山上的人。他们与水为伴，但从来没有想过这个邻居会突然来这么一出。

现在，整个村庄都成了河流的河床，树只剩下顶部，农具和庄稼以及来不及逃跑的牲畜们，漂在水上。它们是河流逆袭的牺牲品，但绝不会是战利品，河流从来就没有真正胜利过。

河流回头一看，身后全是水的子民，它自以为胜利了，准备宣布主权时，抬头却发现岸还在眼前。其实，河流曾经很多次悄无声息地浸没岸，并且占领了一个又一个村庄，但是最后，总会有新的岸等着它。即使汇集到了大海，河流也始终没有逃脱过岸的手掌心。

和岸斗了一路，又败了一路，河流不死心，但是又无能为力，它整天郁郁寡欢，心思越来越难以捉摸。从山谷里出来的时候，它像女王一样傲慢，一路有众多的水的子民追随，但是当它集荣华与大气于一身的时候，却还是得不到岸的宠幸，别说河流，给谁心里也不会舒服。

河流开始与岸势不两立。后来，它试图用绕指柔瓦解岸的钢铁之心，便主动靠近岸，并提出要握手言和。岸既往不咎，对河流保持了一个管理者的大度和姿态。即便如此，过往的纠葛，也不可能让河流对岸亲密到连秘密都没有。

其实，做惯了统治者的岸，对河流的所谓秘密一直很不屑，它甚至对河流也视而不见，不管河流忧伤还是高兴，岸只对水面之上以及自身之上的东西保持兴趣。因此，想从岸那里得到河流的秘密，要比从河流本身得到还难。

岸对河流的冷漠，被豁口看在眼里。处于河流与岸之间的过渡地带，豁口对自己的身份一直没有一个清晰的界定，但是很明显，它的出生与水有关，它们是河床的一部分。这些被河流冲刷出来的豁口，知道河流的坚持和沮丧，但是对于河流的秘密却一无所知。

但是，趁岸不注意，河流有时候会悄悄地和豁口、河床联合起来搞一次策反。如果成功，此前压制河流的岸就变成了河床，被河流压在身下；如果计谋被识破，河流便会知趣地一走了之，于是，此前参与策反的河床和豁口，被岸遗弃，它们既不靠岸又不靠河，裸露在阳光下，时间一长就变成了路。

有了前车之鉴，豁口和河床明显乖巧了很多。经过认真的反思，它们决定跟随河流，河流到哪里，哪里就有它们的容身之处。而为了考验河床，河流用尽手段：冲刷、泥沙堆积、漩涡……于是，河床便变得千疮百孔，被恩宠的地方，宽阔笔直；被嫌弃的地方，坑坑洼洼，身上带着一条条的划痕。而豁口，最终被泥沙填满，成了河床的一部分。

河床经受住了考验，哪怕是被遗弃，它们也一直等在原地。后来，河流接纳了河床，让它们扶持自己完成理想。与河流待在一起，它们多多少少知道点什么，但是为了证明忠诚，河床一直替河流保守着秘密。它们每天扶持着河水，河流走到哪里它们就跟到哪里，虽然有时候也暗流涌动，但是从来没有出过格。现在，它们是河流彻彻底底的追随者，你会指望一群没有骨气的奴隶泄露什么样的秘密？

河流处理好与岸以及河床的关系之后，开始经营自己的内部。它召集到一众的水草、鱼和蛙类。像一个母亲一样，用氧气和阳光喂养它们，水草、鱼和蛙类长大后，又开始喂养自己的子民，一代一代繁衍生息，让河流的内部变得生动起来。

兴许，河流内部的这些物种能提供一点关于秘密的蛛丝马迹。于是，我便开始琢磨着和水草、鱼以及蛙类对话。遗憾的是，浸润在河流里时间太久，水草已经熟悉地掌握了河流的内心，它熟悉自己主人的脾气，因此对我的打探圆滑而巧妙地予以了拒绝。青蛙由于带着祖先给的性格，一直游走在河流与岸之间，它没办法确定自己到底是河流的忠诚者还是叛徒，因此，对我的提问避而不谈，呱呱呱地卖弄着自己的嗓音。

如果说河床掌握着水的半斤八两，那么鱼就熟知河水的深浅。我很早就羡慕一条鱼，能时时刻刻待在水里，永远属于河流。而河流又把那么多的秘密都告诉了鱼，有时候我在想，那一串串的泡泡里，会不会有河流的秘密。

要命的是，为了让鱼保持对自己的忠心，河流给了鱼一个离开水就必须死的信条。为了活命，鱼学会了守口如瓶。别看它每天都吐出无数的泡泡，没有一个是和秘密有关的。我理解鱼的处境，决定不为难它们。

树想打探河流的秘密，就把根伸进了水里。结果，树的半个身子枯萎，叶子还不到落的时候就全部落到了水里。刚开始，树以为是叶子背叛了它，最后才发现，是水用自己的方式，将树的阴谋揭穿，并予以回击。

为了保全自己，树全身而退，守在河边。但是，树再也不敢琢磨河流的秘密了，它不想以生命为代价了解一条河虚无缥缈的秘密。从水里回来之后，树对水敬而远之，因为心里有一份敬畏，久而久之树还成了水的追随者。你看，现在树连自己的模样都改变了，一条条树枝就像一条条细小的河流一样，脉络清晰。

芦苇本来生长在山上，因为好奇，它也想知道一些关于河流的秘密。于是，它们结伴来到河边，准备打探消息，但是刚一入水，就被河流收买。它们发现，河流有深厚的泥土和足够的水分供它吃喝玩乐。它们有去无回，也因此给生活在山上的芦苇留下了把柄。为此，水里的芦苇一直抬不起头，甚至连头发都愁白了，一到秋天，就早早地枯萎扬花，然后躲在冰面上暗自伤神。最后，它们想出了一个办法，借助水让自己长高长粗，以示和山上的芦苇有别。从它们长大的那天起，旱地芦苇便与水生芦苇老死不相往来。

这样一个连自己的祖宗都能背弃的物种，怎么会得到河流的宠信从而知道其秘密呢？你看它们，像竹子又没有节；中空，又底气不足。如果我没猜错的话，它们是河流专门安排在某个地方以监视地面上的一切，一有风吹草动，它们便会摇摆起来，把情报传递给河流。我要是向它打探消息，不是自我暴露吗？

有一天，一只水鸟引起了我的注意。眼看着它从天空中掉了下来，但是快到水面上的时候，它迅疾地翻了个身，同时将喙伸进了水里。它叼起什么东西之后，又很快消失不见了。水鸟应该能帮我找到答案，它不依附于河流，并且能迅速地从水里带走东西，让它找秘密，是最合适不过。不过，遗憾的是，一个上午，我都没看清这只鸟长什么样子，更别说跟它谈合作的事情。

为了寻找河流的秘密，我整天琢磨岸、河床和水生植物，就这么错过了童年。有一天当我面对河流的时候，被眼前的那个人吓了一跳。鼻子之下竟然有一些乱糟糟的不明植被。黑，掺杂着黄。我开始恐慌起来，它们是从哪儿来的？叫什么？到我的嘴上要干什么？难道是河流知道了我的行踪要报复我？

是镜子启发了我，当我站在一面镜子面前时，才确认那些不明植被是从我的内部长出来的，并不是河流在作祟。后来，大人们告诉我，不明植被叫胡须，是长大的表现，我才放下对河流的警惕，开始重新寻找河流的秘密。

河流不也是一面镜子吗？它能照出我的样子，就能照出树的样子，芦苇的样子，时间一长，它熟练地掌握了应付一切的本领。水鸟飞过，河面上便有一只一模一样的鸟，这时候，我看到的秘密或许就是一只鸟的秘密；白云飘过，河面变成了另一片天空，我看到的秘密就是白云和蓝天的秘密。我即便是通过水中或水上的东西找到河流的秘密，不一定就是河流自己的秘密，我决定转移视线。

人被河流折腾过几次之后，开始意识到水的重要性。其实，最初的时候，河流是在没有人的地方前进的，它们遇到山会拐弯，遇到人也一样，它们不想与用两条腿丈量世界的人为伍，河流喜欢全身心扑在大地上的物种。是人将自己的居住地定在河边的，也就是说，河水没有选择余地，只能被人所依靠，所利用。

有了人便有了村庄，而水就自然地被人当作村庄的一部分。河流为此做出过努力，但是不管它怎样改道，居民们就是喜欢沿河而居。在河流的眼里，人和岸一样难以对付，并且人和岸要是联合在一起，河流就没有好日子了。于是，河流开始习惯居民。

村庄里有人学会了打鱼，他们用绳子结网，用木头做成船，划着船到他们以为有鱼的地方。下网，然后是漫长的等待，网被捞上来的时候，运气好点，会有几条小鱼，一只破鞋什么的，运气不好的话，连水都捞不上来。

　　我突然有了用渔网打捞秘密的想法。如果河流有秘密的话，一定是漂浮在水中的，一网下去，是不是能多多少少捞上来一些？于是，我划着小船，将网撒到河的中央，等待的过程中，我设计了好几套与秘密见面时的表情。比如：惊讶。如果真的捞上秘密，这个表情应该是恰当的，并且能准确地表达我当时的心情。比如：平静。面对我苦苦寻觅多时的河流的秘密，我是不是应该矜持一些，至少不能让它看出我的急切，即便是秘密，它也是平常之物，谁还没有个秘密呢？比如：微笑。水知道答案，我要了解它，是不是应该给它一个微笑呢？

　　在所有的表情里，我单单没有准备沮丧，但事实是，它不期而遇。当网被捞上来时，我悬着的心一下子就掉进水里了，网里除了水，空空如也。几次三番，情况照旧。

　　在村庄里待久了，河流就有了人的脾气。深沉、隐忍、圆滑、狡诈……人有的性格特征河流都有，但是河流有的，人就不一定有。比如，它会很快干枯消失，又会在很短的时间内恢复原状。人不行，人一旦干枯了，就只能成为一抔土。

　　有一年夏天，村庄像是要被烤熟了，村庄里的井抛弃了所有的绳子和桶，消失得无影无踪。人们开始搬运河水，很快，河流也露出丑陋的底部，变成一汪浅浅的池塘。

　　池塘水面混浊，像一个绝望的女人流干了眼泪的眼睛。这时候，石轱辘露了出来、半个菜坛子露了出来、一只破鞋露了出来……人们发现，已经消失好多年的东西，躲过众人的目光，竟然一直藏在河流里。不过，它们终究躲不过时间，你看，它们身上的臃肿一点都没有遮挡住沧桑。

　　就在大家争相认领走失已久的旧物件时，我突然有了一个想法：这些老物件一直和水在一起，它们有没有发现河流的秘密？我的一厢情愿没有得到任何回应，那些在阳光下暴晒了几天的老物件，还来不及被带走，就皲裂、风化，然后和干涸的淤泥一起，变成尘土。

为了不让自己暴露，河流最终选择牺牲自己。于是，那一汪池塘也消失了，河流把所有追随者都抛弃了，带着它的秘密不知所终。我站在干裂的河床上，两眼空空，为自己没有抓住机会而沮丧。

秋天来了。几场雨，就让河流变得丰腴了起来。居民们也从干涸里回过神来，开始享受一年中最美好的时节。他们以自己的方式庆祝丰收，并在墒情不错的土地上播种。

人们只关心粮食和土地，几乎忘记了河流的存在，但是河流一直惦记着他们。它悄悄地恢复到此前的样子，并且甚至比此前要宽阔，要深邃。它神秘地消失之后，像是获得了无限的能量，再一次成为众多追随者的女王。每隔几年，它都会用干涸和丰腴告诫居民，既然选择河流，就必须重视它。但是，人们真的把河流遗忘了，直到有人被河流带走。

一个早晨，有人发现，河面上有一株黑色的植物，蓬松但似乎无根。起初，这株植物并没引起人的注意，最后是一阵哭声，将人们的视线转移到了河流之上。最后被证实，一个可怜的男人被人扔进了河里，河流来者不拒，带走了他。

河流或许是被漠视太久了，才带走了这个可怜的男人，但是，用如此方式引起人关注，这代价也太大了吧。人们开始恐慌，用自己的方式来抵抗。神秘的摇铃人对着河面嘴里说着只有自己能听懂的话语，牲畜们再次出现在河面上，不过它们不是被淹死的，是居民们专门宰杀之后，披红挂彩送来的。

大人们用牲畜抵消内心恐惧的空当，我有了个大胆的猜想：这个可怜的男人在生命的最后关头，是否与河水交换过秘密？他是不是第一个知道河流秘密的人？但是，想从一个已经死去的人嘴里得到答案，远比从河流自身拿到标准答案要难得多。

带走这个可怜的男人之后，河流没有一点愧疚，它领受了居民们的馈赠，但是对摇铃人以及他嘴里的话语置之不理。接下来的时间里，还会不断有人出现在河流里，他们有的是自愿的，有些是毫不知情就被带走的。他们可能是为数不多的知道河流秘密的人，但是他们永远都不会开口。

河流时而干枯，时而丰腴；时而平静，又时而暴戾恣睢；时而与人为善，又时而向人下手。它越是变化多端，我就越想知道关于它的秘密和真相。既然岸、河床、水、芦苇，以及鱼都给不出答案，那我就亲自到河流中看看。

这是我做了很久的一个决定，在下水前，我观察了好几天，排除了会被河流带走等种种可能之后，一个下午，我把自己脱光，一头扎进了平静的河面。

河流把我紧紧地抱住。河水温度适中，浸泡在水中的时候，我突然想起子宫，那个我已经无法再回去的地方，有着河流一般的温度。它的味道和河流的味道相似。我就像个婴儿，躲在温暖的子宫里，小心翼翼地，用手和脚划拉着。

涟漪一圈一圈向岸边荡去，我把自己彻底没在了水中。睁开双眼，我已经在一个完全陌生的世界了。我不确定这里和子宫内部有什么相似或者区别，但是总感觉似曾相识，却又说不上在哪儿见过。河流的内部清澈宁静，光打到水里时，潋漫而又有规则。我不认识的水草，随着水波摇曳，一听到动静，鱼迅速地钻进了草丛中。

我有点不知所措。进入河流的内部却不知道从何下手去打探它的秘密。我开始恍惚，开始有幻觉。我像一条鱼一样，不停地冒着泡泡。还来不及开口，水已经进入我的腹腔，整个身体也开始下沉。我踩在河床上，猛一下子钻出水面。河流像个阴谋得逞的人，用波纹将笑声传到很远。

我落荒而逃，从此离开村庄。但是，对于河流的秘密，一直保持着兴趣。多年以后，当我带着理论和帮手回到村庄准备对河流再次下手的时候，我被眼前的场景怔住了：河流呆滞无光，河面上堆积着大量的破鞋、塑料纸袋，河床发黑，散发着阵阵恶臭……

岸和河床已经分不清彼此，黑乎乎一片；鱼剩下了骨头，再也吐不出气泡，来不及说出口的秘密就这么被带走；蛙类把自己藏进了土里，毕竟跟随河流这么多年，它选择用这种方式悼念河流；芦苇和树去向不明，只留着一些叶子，漂在水面上，毫无生机。

我不知道我走后的几年，河流发生了什么。不知道是它太过于寂寞，最终自甘堕落，还是与岸、与居民搏斗，最后遍体鳞伤。我不愿意再多想了，眼前的这条河，还有必要兴师动众去了解它的秘密吗？看来，一条河要带着自己的秘密终老一世了。

原载《美文》（下半月）2014 年第 3 期

变老的村庄

　　我的村庄在一天一天地变老。这是个事实。

　　当我再次回到村庄的时候，我发现我上一次离开时的那个村庄，不复存在了。而我刚出生时的那个村庄，在我的视力所能及的范围内，已经连一点影子都找不到了。

　　这是一件多么可怕的事情。试想，如果在接下来的日子里，我多离开几次村庄，当我再回来的时候，我看到的村庄，将会是什么样子？我甚至担心，我一旦离开一切将无法挽回。

　　于是，我打算弄清楚究竟是什么让我的村庄变老了。这样，我就可以有办法不让她一天天地老下去。

　　在一个清晨，我踩着露水上山了。只有在那里，我才能看到整个村庄。

　　一路上，风一直吹着树哗哗地响。风每吹一次，树就斜一次，连续几次以后，树明显地和被吹之前大不一样了。它像我的村庄一样，被风吹出老相来。

我想，应该就是这些多情的风把我的村庄吹老了吧。这个世界上，风是除人为之外，最有可能使村庄变老的因素。在我的村庄，它们没日没夜地吹着。高兴的时候，它们将村庄东边的土吹到西边，再将西边的土吹到东边，一遍又一遍地玩弄着那些土，似乎只有这样才能显示出自己的强大。不高兴的时候，它们会把屋子上的瓦吹下来，把旷野地里仅有的一棵树吹折，把在风里赶路的人吹得东倒西歪，还会把埋藏着种子的肥土吹得一干二净。

我越来越相信，风就是使我的村庄变老的元凶。我开始恨起风来，恨它们在我不在村庄的时候，把我的村庄从少年吹成了壮年，更可恨的是，又将她从壮年吹成了老年。现在，我的村庄已经老得不成样子了，她甚至开始喘息，开始像一个垂暮的老人一样。你看，只要风一吹，整个村庄就像坟头的经幡，摇晃个不停。

可是就像你知道的，我对风却束手无策。我想打它，伸出拳头的时候，拳头上一股凉，而我却不知道该把拳头落在什么地方。落在土地上吧，我的苍老的村庄本来已经喘息不已了，她还能挨得住我这一拳吗？落在树上吧，我的村庄现在就靠这些树抵挡着风抵挡着岁月之河对她的冲刷，要是打疼了树不就是打疼了村庄吗？

真的，我对风毫无办法。它们就这么在我的眼皮子底下一直吹着。它们肆无忌惮地贪婪地吹着我的村庄，吹着我的心。时间都被它们吹落了，何况我的瘦弱的村庄呢。

继续往山上走，就能看清楚整个村庄了。村庄被一些树包围着。这些树，比村庄里的任何建筑都高大。它们用宽大的叶子遮住我的视线，不让我看到村庄苍老的面容。我越想看清楚村庄，树就越肆意地用它高大的身躯和宽阔的叶子遮蔽我的视野。我开始怀疑，树的这种行为似乎是一个阴谋，它们好像故意不让我看清村庄，故意不让我找到村庄变老的原因。

是的，我开始怀疑树。我怀疑是不是树让我的村庄老成现在的样子。

这不是没有可能。你看，从山上看下去，一棵又一棵的树，高大繁密，把我的村庄遮得严严实实，我连村庄的样子都看不到，更不要说找到任何与我的村庄变老有关的蛛丝马迹。

或许，就是这些在村庄里出生，在村庄里生长的树，把我的村庄弄成了现在这个样子。要不然它们为什么不让我看清楚村庄呢？

于是，我不再上山了，开始往回走。在下山的过程中，我已经想好了对付树的方法。对付风我之所以束手无策，是因为它们诡秘、无形，而树，只要它们还长在村庄里，我就有办法对付它们。

我找来斧子和锯，找来火柴，找来能对付一棵树的所有工具，开始对一棵树进行报复。我挑了村庄里最高最大的一棵树，照准它最脆弱的部位就是一顿乱砍。它在斧子的作用下，开始晃动。我砍一次，它就晃动一次，树屑就掉一次。当我在它的身上砍出一条缝子来的时候，我发现树哭了，我发现它的眼泪像泉水一样汩汩地流了出来。看到树流出泪水，我以为它疼，它已经被我征服了，于是我的心里便生出一丝的快意来，谁叫你把我的村庄弄成这样，疼死活该。

砍到一半的时候，我看见树身上一圈一圈的年轮整齐地在斧子下面一点一点变成碎屑。它们在树身下越积越多，堆不下的时候，它们便向树的周围蔓延，却始终没有离开过树。它们挤在一起，似乎想告诉我什么。但是要命的是我怎么会听懂一些树屑的话呢？

我停下手里的斧子，看着它们。或许真的是我错怪了树。细细想想，树怎么能让自己生活的村庄变老呢，要是村庄老了甚至死了，树自己岂不是没有生存的空间了？再说，要是没有这些树，风不知道会把村庄吹成什么样子呢？

真的是我错怪了树。我要想办法把我砍坏的那棵树的伤痕补上，这样树就有可能继续活下去，面对一棵树我也不会怀着深刻的内疚。

我想到了泥。在村庄里，泥是最好的黏合剂。我停下手里的活去找水去找绵绵土——和泥。我先在树周围弄好了绵绵土。到村庄中间的涝坝提水的时候，我看见涝坝里的水比以前少了很多，浑浊了很多。现在的涝坝已经倒映不出村庄里高大的建筑物和远处的山了，甚至连它身边的树也倒映不了。现在它只能倒映自己。

我想会不会是这水拔干了我的村庄，让村庄变老了。一个人要是变老的话，先从皮肤失去水分开始，那么一个村庄要是变老，是不是也因为没有更多的水分供它吸收、循环呢？

我发现，村庄的老是从涝坝开始的。以前的涝坝，水满满的，还清，还美。现在只剩下浑浊的一滩，泊在干涸的河床里。河床周围的土，也一层一层地起皮了，皴得像它们在冬天里的样子。这可是夏天，土怎么能在河边渴成这个样子呢？

看来，就是这水让村庄变老的。我已经忘记了自己还要补树的事情，开始计划着报复水。我捡起涝坝周围的土块往涝坝里扔。扔一次，浑浊的水泛一次圈，那些圈一圈接着一圈地向岸边漾。它们用最大的力气将一些小水珠漾到岸上来了，这些水一下子就让岸上的土湿润起来。我继续扔，水继续漾，直到岸上的一片土被水浸湿时，我发现这一涝坝水其实也不想让它身边的土干涸，也就说，涝坝里的水不会是村庄变老的原因。

难道我又错怪了水？其实想想，这水也和村庄一样，一天不如一天了。它们是村庄的眼，是村庄的心脏，要是哪一天它们彻底地消失了，那么村庄也就会很快地没了。水是不可能伤害村庄的，它不忍心让自己灌溉和滋润着的村庄变老。它对村庄的老也无能为力。

那究竟是什么让我的村庄变老了呢？不是风，也不是树，更不是水。究竟是什么让我的村庄变成了现在的样子？或者说究竟是什么力量让我的村庄变成了这样？谁能告诉我答案？

我不得而知。我只好提着水往回走，头低低的，像打了败仗的堂吉诃德。

往回走的过程中，整个村庄里似乎只有我一个人在一条曲曲折折的小路上，路上连一个小动物都没有，村庄有着我有生之年少见的静。这是早晨，人们应该从睡梦中醒来了吧？就是还有人睡着懒觉，那牛啊羊啊什么的早应该醒来了吧，至少应该走动一下一夜未动的身体，扯扯嗓子喊几声吧？

可是村庄却一直在一片巨大的静里。

我走得很轻，可还是听到了细微的脚步声。这时候，我的脚步声就是村庄里最大的声音。走着走着，我忍不住咳嗽了一声，这一声就像响雷一样，穿过小路穿过树林穿过破败的房子，向远处蔓延。

这一声以后，村庄里就慢慢地有了声音。不过，那些声音似乎很弱，像是担心吓到什么。仔细听，是老人的声音。一声接着一声，却一声比一声弱。

把水放下，我想到一户开着门的人家去看看，那家屋子里冒着烟，似乎有人。

我敲了一下门，屋子里没有动静。再敲，就见一个老人颤颤巍巍地从屋子里出来。他看见我时，没了牙的嘴突然张开了，脸上的表情就像见到他多年不见的老友似的。他把我迎进屋子。坐下，然后把炉子上的热水递给我。我们边喝水边聊了起来。

他说，娃，看你的样子，你好久没有在村子里转了吧？

我说，差不多四年了。我一直是在外面的。

他没接我的话，左手手指在右手手指上数来数去。我明白，他这是在算计这四年的光阴。

数了一会儿，他说，四年，这村子里就走了一茬人啊。

他又说：这四年走了不止一茬人。先是孙子辈的从村庄里出去了，接着是孙子辈的父亲辈，然后是孙子辈的爷爷辈。你看是三茬人吧？这人一茬一茬地往出走啊，村子就空了，村子一空下来，就会慢慢地老去。

话还没说完，我怔住了。我苦苦寻找了一个早晨的答案，被一个老人轻而易举地说出了口。

原来，是人让村庄变成现在这个样子了。我却一直没想到过。我知道，几年前村庄里只有一小部分人走出了村庄，他们在外面时间长了，就回到村庄，把亲人一个接一个地都带出去了。现在，村庄里剩下的，是一些离不开村庄和离开村庄又回来的人。离不开村庄的，是一些留恋村庄的老人和嗷嗷待哺的孩子，他们要么是在村庄里生活了一辈子等着终老的老人，要么是出去的人们又送回来叫看护和养育的孩子；而出去又回来的，不是身子残了，就是病恹恹的，要不是身体不容许，他们其实是不愿意留在村庄的。

留在村庄里的这些人，又怎么能让村庄鲜活起来年轻起来呢？难怪现在风肆无忌惮地吹着村庄，难怪很多树都高过了村庄，难怪涝坝里的水浑得没有了水的样子……

从老人的屋子里出来以后，我先去补好了那棵树，接着去给风和水道歉，最后回到我居住的地方，开始给走出村庄的每一个人写信。

我要把我在村庄里看到的一切统统告诉那些离开村庄的人们，我要让他们知道，是他们让村庄变老的。我要让他们知道，等他们老得不成样子的时候，再想回到曾经生活过的村庄已经不可能了。我要让他们知道，终会有一天，他们会成为一个没有村庄的人。

原载《散文》2010 年第 10 期

入选《散文 2010 年精选集》

入选 2011 年普通高等学校招生全国统一考试

语文猜题卷（新课标全国卷）

远去的尘土

是的，我生活的这座城市里已经没有真正意义上的尘土了。我要是想尘土了，就回到村庄里去。

这事还得从我刚来这座城市的一些片段说起。

我刚来到这座城市的时候，看见过好几只狗，它们走起路来，头高高地扬着，没有一点看路的意思，似乎在它们眼里，道路是不值一提的。

于是，我开始好奇起这座城市的狗以及它们走路的姿势。我发现，这里的狗，走路的时候从来不低下头去嗅大地。在没有见到它们之前，我固执地以为，城市里的狗，肯定被城市惯坏了，饭来张口的狗已经完全没有了骨气，它们走起路来一定是低头哈腰像个"狗腿子"。可是让我纳闷的是，它们走路的时候，从来不低着头，这到底是为什么呢？

后来在沥青路上跌了一跤，嘴里啃了些尘土之后，我才发现，问题出在这座城市最低处的尘土身上。原来，在这座城市里，我们所能见到的尘土，大多已经带上了沥青的妩媚，带上了汽油的气味，带上了车轮的圆滑，它们身上的味道，是这座城市所有味道的混合。

难怪这些狗走路的时候不愿意低着头，它们是与这座城市最低处的尘土保持距离。

城市里的土已经不是真正意义上的土了，而在我的村庄里，土仍然是土，是小到尘埃大到山峦的土。在村庄里，土的世界也分三六九等：一等土种庄稼，给人以温饱，并养育村庄里所有的生灵；二等土，和稀泥、打院墙、修房子，给人以温暖，并让村庄变得具体；三等土，既种不出庄稼又和不了稀泥，那就只能被当作路了，有了路，人与人之间，房屋与房屋之间，村庄与村庄之间就被联系起来了。人与人、房屋与房屋、村庄与村庄就不觉得寂寞了。

我一直很喜欢土生土长这个词，觉得它简约、质朴，用四个字就恰当地总结了一个人与某一个具体的地方的关系。不过，不是所有的人都能动用这个成语来总结自己与某一个具体地方的关系，要使用这个词，是需要一个特定背景的。

这个特定背景就是村庄。只有在村庄里，一个人才可以说土生土长，因他（她）的出生，是从一拱土炕开始的。当生命以最初的形式完成了在子宫里的旅行之后，随着一声"哇"，他（她）与这世界见面了。迎接他（她）的，除了父母和亲戚们洋溢着喜悦的笑脸之外，就是土炕和土炕上细小的尘土了。我把村庄里的出生称为"土生"。这个人生下来之后，吃着土里长出来的粮食，住在土垒起来的房屋里，走在土铺成的大小道路上，一走就是一辈子。这一辈子，无论活得好与坏、高兴与伤悲，他（她）的生活轨迹都注定离不开土。为了和"土生"对应，我把这注定离不开土的生活叫做"土长"。

哭过、笑过、爱过、恨过、幸福过、悲伤过之后，当他

（她）完成了所有生来注定的劫数，闭上眼离开这人世的时候，收留他（她）的，最后也是土，亲人的泪水和悲伤，只能安放一个曾经活过的人的回忆，而土，却能给他们一个不大不小的窝，不管这个人生前是好是坏，在村庄的某个地方，土总会给那个人另一种生活。

这样"土生土长"的生活，就这样在村庄里流转着。是村庄，让"土生土长"这个成语生动起来。但是，当强大的"工业文明"来临之后，一切都变了。

我是随着大流到城里来的。有一次，我正在这座城市的一个十字路口彳亍时，遇到了那些从村庄吹来的尘土。它们在来来往往的车轮和人流中，时而被带起来，时而被踩下去……站在十字路口，看着那些尘土，我想起了一个词：风尘仆仆。

这个词，也是我所喜欢的。如果说，"土生土长"恰当地总结了一个人与某一个具体的地方的关系，那么，"风尘仆仆"则简约地概括了一个从村庄里走出来的人的生活状态。

风尘，就是行旅，是辛苦的意思；而仆仆就是行路劳累的样子。在城市里，我们多像尘土啊，在城市里有限的空间里苟延残喘着，跋涉着，时不时还要注意着，不要沾染这城市混杂的气味。

其实，你不知道，看着那些尘土，我真想一下子扑到它们怀里。

原载《鸭绿江》2011 年第 5 期

煤油灯霸占村庄

据说我们村的最后一盏煤油灯，是二懒他们家的。他们家通上电的时候，村子里已经用了好几年电。二懒是两个人的合称，他们是夫妻，男人叫老二，女人叫平子，在村里懒出了名。具体怎么个懒法，我一句两句也说不清楚，不过村子里有个关于他们的笑话，足以概括和证明他们的懒。说是二懒结婚那晚，村子里好事的小年轻去听房，几个人伏在墙根听了半晚上，洞房里愣是没动静。后半夜的时候，新娘说了句话，听房的人听得很清楚，是"你去吹灯吧"。很明显，这是一句暗示的话，听房的人知道接下来的故事将会很精彩，可是这话说完很久，洞房里愣是没变化。于是几个人便悻悻地回各自家里了。第二天，有人问老二为什么不吹灯，老二说那天累得人快散架了，到睡觉的点头一落枕头就睡着了，没顾上那事。于是，人们便开始说老二懒得连"那事"都顾不上。开始说的时候，老二还辩解几句，说的人多了也就习惯了。

这个笑话出现的年月里，村子里的人家晚上照明用的还是煤油灯盏，当时我尚小，不懂这个故事里所暗含的意思。长大后，发现和二懒一起结婚的几家人的孩子，比二懒家的孩子能大出四五岁来。后来，我向村子里的大人打听这事的时候，大人们告诉我，他们两口子好几年晚上睡觉都懒得吹灯，更不用说干"那事"了，所以他们结婚五年后才有的孩子。

我听到这个答案的时候，似乎有些懂，又似乎什么也没听懂，不过我知道了，在新婚之夜，二懒他们两口子懒得吹煤油灯。之所以说起这个故事，只是为了引出煤油灯。这煤油灯，就是二懒新婚之夜没有顾上吹的那盏。那盏灯，一直在村子里亮着，一亮就是好多年。

在没有电灯的年月里，煤油灯就这么霸占着村庄里所有的夜晚。一小撮棉花，一个废旧的牙膏皮，一个小玻璃药瓶子，用农民朴拙的创意连起来，就是一个夜晚所有的光明。这光明，有时候豆丁般大小，母亲凑近它做针线的时候，墙上却能映出一个巨大的背影；有时候一座屋子大小，一家人围坐在它的周围，有一句没一句的对话，把一个沉默的夜晚填充得满满的。

细细想想，当那根细细的灯芯，从牙膏皮做成的灯引子里穿出来的时候，它独特的造型，已经注定了它要执掌这个村庄的所有夜晚。因为从来没有一盏灯，能像煤油灯一样，简约、朴素，还给我的童年带来那么多的美好和诗意。村庄里的夜没有诗歌里说的那么突然，也没有散文里描写的那么恬淡，村庄里的夜晚和其他地方的夜晚一样，一到时间就来临了。当夜晚带来的黑，把整个村子围得水泄不通的时候，那一盏一盏的煤油灯就渐次亮起来了，先是从村庄东边开始，接着是村庄中央，然后是村庄西边，那些灯盏亮起来的地方就是一家人居住的地方。要是站在村庄的最高处往下看，就会明白村庄之所以叫村庄的缘故了，白日里看不见的东西晚上在灯的作用下一一出现了。

最后一盏煤油灯被吹灭的时候，一村子的人就都睡下了。于是村庄陷入巨大的惯常的黑暗之中。这个时候，要是有夜鸟要飞过村庄，它们就只能凭借着白日里飞翔的记忆；要是有陌生人要经过村庄，他们就只能靠着时而被云遮住时而被风吹斜的月光；只有狗才可以大摇大摆地在村庄的暗夜里行走自如，因为这是它们的世界，白天人们霸道地呵斥它们，到了夜里，人都睡了梦里喊几句是影响不了狗的，所以村庄的暗夜是狗的暗夜。

偶尔，那灯盏，也会在半夜里亮起来的。有起夜的老人摸索着找夜壶，磕碰了屋子里的物什，老伴便会一边咕哝着一边划一根火柴，点亮头顶某处的煤油灯。也有睡不着觉的，一会儿把灯点着，一会儿又吹灭，一会儿再点着，一会儿再吹灭，这时候，睡在身边的人或者一个院子里的其他人就会看不下去，暗夜里传出几声怨言，大抵是败家子浪费火柴、浪费煤油云云。

这些灯就这么亮着，有意义无意义地霸占了村庄好几十年的夜晚。终于有那么一天，它们把自己烧没了……

原载《鸭绿江》2011年第5期

人亏欠着树

不知道为什么会有这样的想法，不过我觉得，人肯定是亏欠着树的。

在人落地生根之前，树的根就在大地上。村庄还没有形成之前，树就在村庄里。说不清树是不是在等着人来，但是可以确定的是，人到达之后，树虽然对两条腿走路咿咿呀呀说话的人保持着一定的警惕，但对于他们，却丝毫没有拒绝的意思，树还以自己的方式迎接了人们。

春天，树使劲地绿，宽大的叶子舒展开来，让沉重的黄土有了生动的气息；夏天，树让自己臃肿起来，将恶毒的阳光挡在外面，人到田地里劳作的时候，树荫是最好的休憩场地；秋天，树自知抵不过季节的变换，在枯萎之前，给人一树的黄；冬天的时候，树被风脱光了衣服，但是它将树叶归拢到一处，树知道，干枯的树叶能让人在冬天睡一个温暖的觉。

我偏执地认为，从遇到树的那天起，人就开始亏欠树。树给人留了很多条道路，但是，没有一个人想着到一棵树的身边去看看。人对树的种种表现视而不见。其实，人不知道，他们的祖先最先就是生活在树上的，只是祖先们还不及了解树，就学会了直立行走的，开始了在地上的生活。

人从树上下来之后，树就成了鸟儿们的世界。喜鹊和乌鸦有着人一样的智慧，它们用树枝和羽毛在树上搭窝，它们住在树杈上，它们比人更了解树，知道它的幸福和忧伤。人离开树之后，没有想着向树学习，还将树上的生活技能忘得一干二净，他们用双脚背叛了树。

离开树之后，人们开始凿土挖洞、种植庄稼。很快，土崖上一个个窑洞像一双双睁开的眼睛，注视着村庄；依照季节种植的稻黍，将荒芜的土地打扮得五颜六色。窑洞简单的入口背后，是一片和洞身同等大小的黑暗，虽然有了家的雏形，但是窑洞里到处都是土，它们保持着一贯的寒冷和坚硬。人们像他们的祖先一样，对黑暗和寒冷有着与生俱来的恐惧，最终祖先们用火抵御了它们，现在他们的子孙却遇到了同样的问题。

在取暖和照明设施出现之前，是树解决了这个问题。有人将树枯萎凋落的部分作为柴火，带进窑洞之后的树枝，毫无保留地将自己燃烧之后化成灰烬，用尽毕生的热照亮和温暖人们，但是人们并没有对此表示出谢意。

树带来了温暖，人就开始和树亲近。他们用一根绳子将驯服的牲畜拴在树粗大的枝干上，就放心地睡觉了。有人还像祖先一样回到了树上，开始辨认树的每一个部位，光溜溜的树干是杨树的，宽大的叶子和人摊开的手没啥两样；树皮像无数条道路的树干是柳树的，它的叶子像女人浓密的眉毛；松树的皮有着鱼一样的鳞片，这家伙全身是刺不好对付……

在树上待久了，人就开始对树动手动脚。人们将粗壮的直立的且带着一点弯曲的枝撅下来，用来挖掘和种植，这算是对树的作用的进一步挖掘，但是这一发现对树来说几乎是毁灭性的，在随后的日子里，人对树的利用无所不用其极。

虽然已经被人折腾得遍体鳞伤，和人刚到村庄的时候一样，树仍然没有拒绝任何人。后来，人变本加厉，将自己变成了靠砍伐和把玩木头为生的木匠。木匠是村庄里最早熟悉树的一批人，他们掌握了树的习性之后，开始琢磨着在树上做点文章，于是，村庄里最早的职业之一便诞生了。木匠整日陶醉于砍伐和雕刻等技巧之中。选中一棵树后，只需要对着它的根部砍几斧头，一棵高傲的大树连向根告别的机会都没有就倒下了。

一棵树瞬间就被木匠移走，只留下一个凸起的树桩。根不知道自己喂养的树已经和自己分离，还一个劲地给予水分和营养，很明显，一个树桩没办法接受根给予一整棵树的一切，而终有一天，根知道了这残酷的事实，悲伤是没有任何意义的，为了让树的生命得以延续，根在树桩之下重新生出芽来。

木匠在树林间劳作，他们带着难以名状的乐趣跟每一棵树较量，其实，用征服可能更准确，树不长腿看到樵夫没办法逃跑，它们只能任人宰割。最初，树可能反抗过，为了躲避人的追杀，有些树甚至跑到了山顶和沟底，跑到人找不到的地方，但是，这一切似乎毫无意义，当身边的树被悉数砍掉之后，人们盯上了山顶和沟底的树。

本来，在人没有出现之前，村庄是树的。人来之后，村庄就成了人的，作为村庄的一部分，树自然也成了人的。在发现了树的好处之后，木匠却要将树赶尽杀绝，但这并不是树最伤心的所在。让树难以接受的是，木匠征服了树之后，竟然让它们相互残杀。

木匠发明了斧子和锯，残忍的是，用树的一部分做斧子和锯的柄。于是，一些木头砍另一些木头，一些木头锯另一些木头。木匠从来没有想过，一棵树先被斧子砍来砍去，然后被锯子大卸八块的时候，斧子和锯的手柄有着怎么样的悲伤，它们的无奈和悲愤，被人的征服欲掩盖，就像一棵树的痛苦，被锯末掩盖一样。

好在后来树和人的关系得以缓和，树和人开始相依为命。为了彻底摆脱黑暗，人们离开窑洞，随后，他们用土堆起一座房屋来。土堆到很高的时候，人们发现，树可以让房屋有一个漂亮的顶子。于是，树第一次大面积搬家，成了房屋的一部分，日夜和人守在一起。

在随后的日子里，树的一部分变成门，变成窗，变成房梁和屋檐。后来，还变成了家具，收藏人的杂物和秘密。人的一辈子和树变得密不可分，甚至当一个人死去的时候，树就成了安放他们灵魂的所在。

这时候，树观察人的最好时机出现了。人每天有三分之一的时间在田里劳作，有三分之二的时间是待在屋子里的，人们去田野里干活的时候，没有被砍伐的树偷偷观察着他们。回到屋子里，门、窗、房梁等树的一部分便代替活着的树审视人。

那些在田野里忙碌了一天的人，回到房子之后，扫去身上的灰尘，扒拉几口饭就可以酣睡一整夜，他们安静得几乎连梦都不做。第二天，日出而作，日落而息。而那些整天对着树耀武扬威的人，一进门就迫不及待地脱下衣服，同时将脸上僵僵的笑容和虚伪也卸了下来。入睡前，他们会点数一天的收入，谋划着第二天的砍伐目标。他们很晚才入睡，并且入睡后显得疲惫无力。

在树的眼里，人除了神秘之外，更多的时候表现出来的是虚伪、贪婪，迷恋食物和金钱，还沉迷酒色。和一棵树比起来，他们的生命脆弱得不堪一击。表面强大的人们，没有办法抵制时间和病痛，他们中的很多人，从咿呀学语到终老一生，连一百年都不到就终结了。一些不幸的，生命的中途就遇到灾祸，肉身瞬间陨落，连一句遗言也来不及说。

树发现，一个人的一年，就是一棵树的一圈年轮，但是没等一棵树长出几圈年轮，很多人的一辈子就已经画上了句号，终了还要躺在一棵树的怀抱里入土为安，寻求下一生。根知道，埋进土里的人，没有一个能再次回到村庄里，因此，树开始理解人，甚至同情起他们来。

树对人此前的贪婪表示出了应有的风度，它宽宥了人所有的不敬。这弱小又强大的、善良又狡黠的、可怜又可恨的人，四处奔波，好不容易在村庄里落了脚，却抵不过时间，抵不过病痛，还要在树以及其他物种面前装出一副高傲的人的样子。这一切是多么地可笑啊。想到这里，树甚至同情起人来，它做出了一个决定，要一生守护着村庄和村庄里的人们。

但是，树的宽宏大量并没有挡住人的贪婪。他们厌倦了树之后，开始厌倦村庄。于是，越来越多的人离开了村庄，越来越多的村庄也就空了。树仍然信守誓言，替人看守着村庄。风要吹走村庄，树就把尘土挡在脚下；水要冲走村庄，树就用根将水引到低处……

这一切都是人所不知道的，他们每年只有很短的时间用来待在村庄里，短到连留在村庄里的亲人都没有走访就要离开。他们步履匆匆，连村庄的模样几乎都要忘记了，更何况树。

人们搬到水泥和钢筋组成的城市里，虽然明知道不能生根发芽，但还是一个劲地挤。被撞得浑身是血时，才偶尔想起树来，他们将自己灌醉之后，一个劲地扶着柏油马路两边的塑料行道树诉苦。那些暗夜里闪着光的树，哪里能听得进去人们的方言。

每一次遇到这样的场景，我就会突发奇想：树替人留守在村庄里，并且时刻希望人回去，如果要是再不回去的话，人就要亏欠树一辈子。但是，如果回去了，面对沉默着的树，人又能从它们身上得到什么启发呢？

《人民日报》大地副刊 2016 年 4 月 11 日 24 版

说不清的事

最说不清楚的事，是人为什么会死。人在肚子里刚有个人的样子的时候，就有人去庙里烧香拜佛，祈求他能平平安安降临人间，赤脚医生把他迎接到这世上，老人们朝裆部看了一眼，还顾不上高兴，就先给他戴上一个长命锁。按理说这长命咋都得百岁吧，活他个一二百岁，就和村口那棵大槐树一样成精了，也就啥都不怕了。可偏偏有人没这个命，半路就夭折了。也有人熬到七八十岁，比如我的奶奶，她就把自己熬成村庄里最老的老人，可是那又咋样，熬过了年岁，没熬住这些子子孙孙，一个个地都离开了，现在就留她一个人守着空旷的四合院，一个人在黑夜和白天煎熬，活着跟死了没什么两样。

活着的人都出去了，留下来的人就像奶奶一样熬着，她终有一天会把自己熬进东山的坟地里，那里住着我的见过的和没见过的亲人们，春节、清明我们都会去看他们，这个时候我就特别想闹清楚人为什么会死这件事。坟地里到处是坟，不过上坟有顺序，上香焚表磕头这些程序得先从死得最早的先人开始。我们一个坟一个坟地磕头，年纪长一点的长辈一个坟一个坟给我们做介绍，这是你的哪个太爷爷，这是你的哪个祖奶奶，他们是死于哪一年，因啥而死，死后子嗣如何如何。我们一边敷衍地磕着头，一边认真地听他们讲解，没有人觉得这有什么不对，他们睡在地下，和我们从未谋面，我们不知道他们叫什么，只知道他们是我们的祖先，我们的身上流着他们的血。突然就好奇，为什么年纪长一点的长辈们不给我们描述我们的祖先都干过啥有过什么样的荣誉，而是给我们说他们死于哪一年是因为什么而死的，我们问他们说他们的长辈就是这么介绍祖先的，他们也不知道为什么。这就无解了，不过我们记住了这个坟头上的祖先是死于疟疾，这个坟头的祖先无疾而终，而坟前有一棵松树的祖先是中年突然离世的，坟后长着芦苇的则是溺水而亡……我想要闹清楚为什么人会死，在祖先们的坟头上却更迷茫了，我只知道他们是怎么死的，死于哪一年，至于他们为什么会死，没有人能给出答案。

　　第二件说不清楚的事，就是人从哪里来。每个孩子或许都有过这样的好奇，自己从哪儿来的？关于我的身世，我的家族有两种说法，一种是牛粪里捡的，一种是母鸡孵的。为了求证这两种说法，我提着背篓拿一把铁锹守在村子里的水坝边上，每一头牛都会来这里饮水，上午一趟，下午一趟，我只要守着，就能等到它们抬起尾巴把积攒了一上午或者一天的草料以粪便的形式排泄出来。每次看到有牛抬起尾巴，我就冲上去，可接住的只有牛粪，很多时候还轮不到我接，似乎很多孩子都在求证自己是不是牛粪里捡的这个问题，他们也试图在牛粪里再捡一个自己，可是谁也没有捡到过，最大的收获是替家里捡了一堆又一堆的牛粪。我还干过蹲在草垛里观察母鸡孵蛋的事，最开始我躲得远远的，鸡看不见我，我能看见鸡，我直勾勾盯着一只慵懒的母鸡，它端坐在草垛上，像个弥勒佛一样，我想着它一定能孵出一窝我们一样的小鸡，可是大半天过去了，它却一点都不认真，不是跑出去抓虫子，就是咕咕咕瞎嘀咕，鬼知道它是在念经还是在祈祷，反正没个孵蛋的样子。我就这么守着，以至于奶奶喊我吃饭我也不理会，家里人觉得我魔怔了，没见过这么小的孩子盯着鸡屁股看的。捡牛粪看母鸡孵蛋都没有解开我的谜团，后来目睹爷爷替牛接生和杀鸡的过程我才知道，牛肚子里只能怀小牛，鸡肚子里也只有鸡蛋，不可能有我这样的小孩，我是从牛粪里捡的和鸡孵出来的这两个草率的答案被我轻易推翻。我从哪里来又成为一个新问题。其实大人们也纠结这事，如果问他们，他们也无非编出牛粪里捡的或者鸡圈里拾的这些一点都不浪漫的说法，还不如说自己是苜蓿地里长出来的或者是葵花地里蹦出来的有趣，你看无所不能的孙悟空就是石头堆里翻一个跟头横空出世的，他的出生多么富有传奇色彩。大人们也被这个问题纠缠，他们的父辈用同样的故事骗他们，读点书的都说我们是从山西大槐树下来的，我就想了，那么多人都来自大槐树下，那棵槐树该有多大啊？它的根岂不是遍布整个中国？哎，谁又知道呢。

　　第三个说不清楚的问题是，我们要到哪里去。这个问题是当下最迫切需要解决的，你看，村庄像个大海绵，到了腊月把水一样在外面漂泊的人吸回来，村庄变得充盈、热闹，有了村庄该有的样子。而春节一过，背着大包小包的人，又一个个退潮似的离开了村庄，他们走得比从山上刮下来的风都着急，比从高处流过来的水都着急，似乎慢一步就赶不上趟一样。那些来接他们的火车和汽车也着急，塞满人就启动，来不及问他们去哪里也来不及挥手告别，它们就一股青烟留给你不见了踪迹。我不知道他们去哪里，也不知道我要去哪里，可是我已经混在他们中间，背靠村庄，把噙在眼眶里的眼泪憋回去，迎着风走了。我不知道他们去哪里，也不知道我能去哪里，只知道我一定要走，一定要在春节的鞭炮声中走，这样多有仪式感，就像易水河边的荆轲，一去不复返。可是这么多年，我走过了那么多路，有些是用脚走的，有些是坐在车上走的，有些是坐在船上走的，有些是坐在飞机上走的，路很多也很漫长，我就这么走着走着，可是老觉得走过的那些路没有村庄里的土路舒服。在村庄里，每条路都有明确的指向，通往坟地的路宽敞开阔，这是朝圣的路，必须宽阔，因为路上要走好多人，好多人要走好长时间；去麦地的路笔直坚硬，这是伺候土地获得口食的路，毛驴要走，牛要走，人要走，架子车要走，不能弯路太多，这跟村里人的性子一样，耿直不拐弯；去外面的路绕着村庄转一圈，每转一圈你都能看一眼村庄，似乎在问你，确定要离开？如果你后悔，这时候可以掉头回。可是我后悔也没办法了，回不去了，只能走，走坚硬的柏油路，走深不可测的水路，走虚无缥缈的空中之路，似乎只有走才能让我安心，可是走了这么多年我还是不知道我要去哪里。

　　有一年，村里突然来了长长的车队，我们这些没见过啥世面的，趴在墙上看热闹。车上扎着黑色和白色的花，所有人表情肃穆，从车上下来的棺材在阳光下泛着刺眼的红光，后来才知道，这是一个走出去又回来的人，他走了一辈子，最后以这种方式回来了，接下来的日子，他再也不用走了，种子一样种在自己出发的地方，用一个小小的坟堆告诉所有人，这个人来过，走过。他来不及告诉任何人，这些年他都去过哪里，但是他用回来解决了我的一个困惑，那就是走再远，走再久，也必定要回来。

　　我每年也回来几次，而回来最大的事情就是上坟，去坟地里给祖先们磕头，程序每一年都一样，但是上坟的人每一年都有变化，给我介绍祖先的年长的长辈们，慢慢退出了上坟的队伍，他们有一部分已经躺在坟地里，接受我们的祭拜，有一部分可能出于睹物伤心的考虑，让儿孙代替。儿孙们自然越来越多，去年还只有两三个，今年就一大堆跟在身后，他们个个表情严肃，像在做一件特别神圣的大事一样，他们学着我们的样子作揖磕头，听年纪长一些的长辈讲坟地里埋的都是谁。看着他们的样子，我眼前就出现我小时候上坟的样子，和他们一模一样，和所有人一模一样，面对着黄土之下的祖先，三叩首，再叩首，然后起身留一地坟堆在旷野里。这个时候似乎该明白了，人是从哪里来的，为何会死，死了又到哪里去。原来我们都是来自祖先的，完成祖先留给我们的任务，像祖先一样死去，然后静静地看着我们留在世间的后辈繁衍生息，这样一个完整的轮回就在大地上一圈一圈地转着。

原载《六盘山》2018 年第 6 期
转载《散文海外版》2019 年第 2 期

外面的事物

　　在我看来，每座村庄，都是一个独立的王国，虽然有一条或者几条通向其他村庄的路，可是村庄与村庄之间，最明确的还是界线，把每一个人挡在自己的土地上。你看，两座村庄之间立一座碑，走路的人远远一看，就知道那是别人的地方，自己只是别人的村庄外面的事物。

　　确实，在我看来，只要是我的村庄之外的所有事物，都可以被称作外面的事物。接下来就用母猪举例子阐释下我的这个观点吧：我们村的母猪，到了吃饱肚子还一个劲拱门的时候，就会有人用绳子捆了猪脖子，大清早赶出村庄。这个过程可不能让人碰见，谁都知道，牵着猪出庄子，不是卖就是去借种，卖这个字会走漏风声，别人一看你拽着一头猪去卖，就知道你最近的日子又过得不如意了，而借种这个词又是不方便说出口的，因此，让猪出庄在村里人看来，总不是啥好事。对于这事，我有自己的独特看法，如果说卖猪的话，那么猪就成了外面的事物，而要是借种，那就是把外面的事物变成了村里的事物。你想，把一头猪拽到集市上，别人给你一把钞票转身猪就是人家的了，这头猪从此不再吃这村里的剩饭和糠，也不再拱这村里的土和栅栏，它会很快忘记这村里的味道和人说话的口音，自然它的肉也不再被这村里的人煎炸煮炖，它最终变成了外面的事物，这完全可以视作村庄里一起失败的丧权辱国式的外交事件。而如果是借种的话，故事就变得曲折而又美好起来，这时候外面的事物就是一头种猪，这强壮而又臃肿的在四里八乡都有子嗣的种猪，躺在圈里，等着母猪从八方赶来，有一种接受邻国朝圣的国王般的气势，这些母猪除了自己，什么礼物也不带，还要从种猪那里拿走点东西，一旦朝圣完成，很快就会有一窝属于自己村庄的猪崽出生，这可是占了大便宜的，因此母猪和赶猪的人走在回村庄的路上，就像胜利者走在自己占领的土地上一样。

　　走在路上的，还有一场从上庄刮过来的风，你肯定会问，我咋知道是从上庄刮过来的风，而不是下庄或者中庄里刮来的，那你在做饭的时候到上庄转一圈就知道了，上庄里的人喜欢打土地的主意，除了种一些五谷杂粮之外，他们还想办法从外面弄来一些蔬菜种子，于是村庄里就有葱姜蒜啥的，这是别的村庄所没有的，上庄人为了和其他村庄的人区别开来，他们做饭就喜欢放葱啊蒜啊的，你闻闻他们的村庄，一股子葱味蒜味，这风里的味道就是上庄的味道。对我们来说，这味道也是外面的事物，未经我们的允许，也不需要经过我们的允许，它就吹进了我们的村庄，有多心的少年，蹲在村口，闻这风里的味道，似乎能闻出来一个黄花大闺女一样。还真是，一进腊月，就有上庄的黄花大闺女被吧嗒吧嗒的拖拉机拉进了村庄，这是一次比猪借种更具有历史价值的联姻，上庄的风吹过我们村后继续向别的村庄吹了，而上庄的女孩子被拉进我们村以后，就成了我们村的人了，我们村的土地上早早就给她预留下一块坟地。外面的事物变成了村里的事物，这是一件值得庆祝的事，整个村庄，热闹了三天，风里都是油炒大葱的味道，从此我们村也开始种大葱大蒜，上庄和我们村里的味道，开始不分彼此。

其实，不分彼此的还有一条贯穿上庄、中庄、下庄和我们村的河，它从更远的地方流下来，裹挟着两岸的泥沙和杂物，一路向西，上庄的人根据自己的性格，在河流之上修了一座木桥，想着这样就把河流霸占了；中庄的人借助地势用土筑起坝来，这样就可以留住河流；下庄的人整天守在河边，用水桶一桶一桶往水窖和大地里转移。他们以为用这样的方式就能让河流成为自己村庄里的事物，可是河流从来不这么想，它们从一开始就没有把自己当成是某个村庄的，它们一直把自己定义成外面的事物，这样就能说来就来说走就走，毫无牵挂。

这就像一些走出村庄的人，他们一个个走了，到不同的地方落脚，收起方言，挺起佝偻的腰身，混在人群里，尽量装扮得跟本地人一样，似乎这样就可以提起出生的村庄时自豪地说自己是外面的事物，似乎这样就可以把自己和村庄区别开来，可到头来，外面的事物还是外面的事物，而他们既没有变成外面的事物，也没办法回到村庄本分地做村里的事物，就像上庄人修在河流上的桥一样，直勾勾地悬在半空中，眼睁睁看着时光之水哗哗哗地流走。

原载《六盘山》2018 年第 6 期
转载《散文海外版》2019 年第 2 期

看不见的东西

在村庄里，有很多东西是肉眼看不见但他们却确定无疑地存在着，比如神灵。

我们从来没见过一个神仙，但是毫不质疑他们的存在。从还没生下来的时候，我们已经接受他们的护佑了，不信你到村西头的山庙里看看，说不定就能找到写着你父辈名字的锦旗，上面写着：菩萨保佑，全家安康，落款的时间一定比你出生的时间还要早，有些早十个月，有些早一年，有些早好几年，简而言之一句话，菩萨在你还没有出生的时候，就关注和照顾你了。

原本，我并不清楚山神庙为何建在村子的西头，并且离住着人的地方至少有三里地，后来站在山神庙对面的山上才发现，这座建在半山腰上的山神庙，竟然是村里的制高点，站在那里就能看清楚整个村庄。看来人们在修建山神庙之前煞费苦心啊，把神仙安置在制高点，他们就能时时刻刻保佑村庄，而村庄里的人一抬头就能看到山神庙，不管他们灵不灵，至少心里是踏实的。

《礼记·祭法》里说："山林川谷丘陵，能出云，为风雨，见怪物，皆曰神。"照这个逻辑说，山神庙里的排位应该里三层外三层，村庄里的人才不管那么多，他们只求平安、财富和繁衍，因此，山神庙里供奉的神灵也就根据他们的生活所需安置，黄泥巴台子上，三块板子上画着三个表情不一的神仙，左边的菩萨站在莲花上，怀里抱着婴儿，他掌管生育；右边的财神，一手拿如意一手拿元宝，他目视前方，从不看脚下跪拜的人们；土地爷坐在正中间，一手指向大地，一手托捏一个瓶子，我不知道瓶子里装着保佑五谷丰登的雨露还是驱除病魔的药剂，只知道他的木牌子要大一些，毕竟掌管着大地上的万物，身后还得有几个伺候丫鬟不是。

我们去山神庙上香，先给中间的土地爷三炷香，再给左边的送子观音三炷香，最后给右边的财神爷三炷香，随后跪拜，焚表叩首。小时候去庙里，大人让跪就跪，让磕头就磕头，连抬头看下神牌都不敢，更不用说背地里琢磨点啥。后来知道山林川谷丘陵里能出云为风雨见怪物的都是神，才放心下来，再去山神庙烧香，就坦然地目视诸神，突然就想着，这山林川谷丘陵里能出云为风雨见怪物的神里，是不是也包括我的那些曾经生活在村庄里后来死去的人们，他们死后一定也变成了神灵，并且时不时以自己的方式回到村庄。

神在山神庙里至少还有个画像，死去的人除了在家里挂张照片，在坟地里隆起来一个土堆外，再没有任何的蛛丝马迹，他们是否回来过，又以什么样的方式回来，我们都不得而知。后来，是三婶提供的线索解开了我心里的谜团。

说是一个凌晨，村子里的一群留守妇女一起晨跑，一开始大家有说有笑，像一群散学了的小学生，跑着跑着人群就安静了，天阴沉沉的，似乎有雾从四面八方弥漫过来，把她们包裹在中间，谁也看不见谁。村子的清晨本来就雾多，女人们最初没把突然的天气变化当回事，后来发现有一个胆小体弱的女人似乎有些不对劲，走路的样子像个男人，连说话的腔调也像。对，就是一个男人，这个男人大家都认识，他去年的时候才病重离开的村庄，明明已经死了，为何突然在一个女人身上出现？没有人想这么多，一群女人已经被吓得僵在雾里了，体弱的女人继续说着明显不是自己说的话，应该是那个死了的男人在说，有胆子大且从小和这男人一起长大的女人上前问，你个死鬼不好好在地下睡着，捣乱啥呢？体弱的女人回话，我家娃娃她妈把门一锁进城去了我一个人饿死了，大家更怕了，四散而逃，有人还尿了裤子，胆子大的女人一把拽住柔弱女人说你赶紧回你应该回的地方，我给你家娃娃妈说给你送饭。顷刻，柔弱女人变成自己的样子，脸上全是汗。后来众人问她，是不是鬼上身，她不言语，做了亏心事一样，再不出门。

这是春节回家三婶讲给我的事，她担心我不信，一直说是自己亲身经历的真事，其实我也没当假话听，我一直觉得死去的人是会回到村庄的，只不过我们看不见而已。他们一定是跟着上坟的人身后回来的，或者是飘荡在半空中看到认识的人就像风一样钻进他们的身体，或者混在风里，先吹到村庄，再落到自家的院落里，静静地看着留在尘世的人们。

这么多年，一直没有人说得清楚，送子观音到底有没有把孩子送到某个向他祈求的家庭，我们赚到的每一笔钱是不是财神爷的有意安排，一整年的风调雨顺到底有多少是土地爷的功劳，而那些死去的人是否真的回来过。这些都已经不重要了，腊月一到，大家照样去山神庙里烧香，以求来年平安；上坟的时候，大家照样像怀里揣着请柬，一一发给祖先们，他们深信死去的人们一定还和大家在一起，不管看得见看不见。这唯心的朴素的贴着大地的生活方式，像秘境一样神秘悠长，也正是有了他们的存在，这平淡的乡村生活，才散发出神性的光芒。

原载《六盘山》2018 年第 6 期
转载《散文海外版》2019 年第 2 期

第三辑

大地的印记

标　记

　　人来到一片荒芜之地，看上这里的山水，便像猴子一样，开始留下痕迹。他们给山取名字，给水取名字，给每一条路取名字，给植物和动物取名字，这样，他们就把自己的标记留在了大地上。

　　何止人这样做，万物都有做标记的癖好。水流过，河流的走向就是水在河床上的标记，哪怕是河流干涸，河床裸露，河道留在那里，多年以后，水再回来的时候，就能轻易找到河床，顺流直下，像是从来没有离开过一样。

　　风吹过，虚土就顺着风的方向跑，风停在哪里它就停在哪里，风吹出来的小小的土堆，就是风在大地上做的标记，等它再一次回来的时候，就能辨认出自己留下的土堆，以便重新定位自己，找到过去。

　　草木是种子留在大地上的标记，它们原本跟着风跟着水到处漂荡，厌倦了漂泊就停下来，它们将自己留在河床边、虚土堆上，等恰当的时候，生根发芽做下记号。

村庄里的所有事物，都是某一种对应的东西留在大地上的记号，从人们给它们起的名字就能看出来：马路，明显是马走过的路；荒滩，是大地最初的样子，荒芜，只是一滩土；悬崖，崖把自己逼上绝路；河湾，河流拐了个弯儿……每座村庄里，都有万物留下的标记，为了以示区别，便有了地名。

名字是村庄区别于村庄的唯一依据，其实，村庄最早的形态是一片混沌，所有的事物都没有名字，这丝毫不影响它们按照自己的秩序生长，后来有了人，就逐渐划分出河流、道路、牲畜、草木等等具象的东西。

我生长的村庄，是一个地图上连个点都不会有的地方，不过别看它小，每一块土地都有属于自己的名字，带着自己的气息，名字让村庄变得具体，本地人熟稔地辗转于各个地名之间，外地人来了只要记住地名也不会迷路。

比如，阳洼梁是和滚牛坡相连的两个地名，梁是两座山的山脊，坡是一座山的一面，但是这两个地名不同的形态之下表现的状况是一样的，陡峭，一个是没有路的脊背，一个是牛都站不住的坡，简单的几个字，让村庄里的某个地方形象而生动。再比如，阴凹和阳凹是相对的两个地名，阴是太阳照不到的地方，阳是受太阳恩泽的地方，一面潮湿阴暗，一面干燥茂盛，人们在阳凹居住繁衍生息，在阴凹种植粮食，埋葬死去的人。村庄的此消彼长，生死轮回，在太阳的眼皮子底下进行着，不急不缓。

这些标记都是别人早早就做下的，我一直想在村庄里拥有一个自己的标记，受鲁迅在课桌上刻"早"字的影响，我在我家大门码头上刻了个"田"字，想着这就是我做的标记，可是一家几口人都姓田，我刻在砖头上的这个"田"字，到底代表我，还是代表爷爷和父亲呢？我又在巷子里用粉笔画了条白线，里面是我家，外面是别人家，可是没多久虚土就盖住了粉笔线，我做的标记不见了。后来，我在树上刻上名字，在电线杆上写下名字，在我家的地里写上名字，想着让大家一看就能明白，这些地方都是我的，在村庄里我已经留下了属于我的标记。为此，我还暗自庆幸了很久。

多年以后，我带着这些标记离开了村庄，到有更多标记的城市里生活。每天接受不同的人和事，记住不同的标记，这些新的标记不断让我记忆里的储备溢出，慢慢地，阳洼梁、滚牛坡、阴屲、阳屲这些村庄里的标记和地名，开始变得模糊起来。

如果谁跟我提起童年，我就成了一个记性不好的人，小时候去学校要走的那条路叫啥，我曾经抓过兔子的那道沟叫啥，饮过牛摸过鱼的水坝叫啥，和我同桌的女孩子叫啥，都开始变得不确定起来。为了想清楚这些，有时候就需要借助梦，借助照片和回忆来复原。我曾多次回到村庄，重新走那些走过无数遍的路，也曾经打开网上的卫星地图，把地图上连个点都没有的地方找出来，放大几千倍，然后沿着图示寻找那些标记，可是，很明显，这样做并没有让我的记性因此变好。

我就这样，带着残缺的乡村标记，生活在城市里，于是就成了一个乡村属性逐渐模糊，而城市属性一直就建立不起来的人，走在柏油马路上，我记忆里时常会出现在村道奔跑的模样；坐在公园里，看着一群鸽子在广场挺着大肚子，又仿佛回到了旷野里，看着麻雀唧唧喳喳。我分不清哪一部分是真的，哪一部分是虚无的，只觉得在这两者之间来回被撕扯，就想让记忆里储存的那些标记来替我给出答案。可是很明显，无能为力，我只能混沌地在城市和乡村的标记中游走，不断拆了城市记忆的东墙，补上乡村记忆的西墙，人生的围墙一直就没有完整过，我总怀疑，我记忆错乱的事，迟早会走漏风声，可是却束手无策。

　　好在我知道，终有一天，我这颗混乱的脑袋，以及那些错乱的标记，会回到村庄里，安睡于阴面某一块我童年时做过标记的地里，这时候，我已经不需要再费劲地做任何标记了，大地隆起的地方，一抔黄土替我做了一个标记，所有看到的人，只知道这里睡着一个曾经来过的人，而那些因为标记而产生的记忆混乱，再也无人问津。

原载《鸭绿江》2019 年第 3 期

草 命

村庄里的人对草的看法，一定是复杂的，从它的用途以及由"草"字组成的所有词汇上，就能看出一二。

最开始的时候，草是长在野地里的，之所以叫野地，就说明不受任何因素影响，自由自在，想怎么长就怎么长，想长成啥样就长成啥样。后来人们才开始打草的主意，让它们长得不自在起来，或者说随时让它们停止生长。

这方面，最有收获的要数那个叫鲁班的人了，据说因为一次手被草划烂而受到启示，发明了能够对付树的锯子。这树有点冤枉，草划烂了手，竟然想出对付树的办法，真是殃及池鱼。而更多的人，只能简单地利用草，甚至还会被草所伤。

对于草的用法，平常是简单粗暴的，无非就是烧火、铺地，喂养牲畜。这些操作没有什么技术含量，却给了人温暖，解决了牲畜温饱。人暖和了吃饱了，日子就慢慢像日子了，人们开始琢磨着怎么让它变得更丰富些，于是就有人蹲在屋檐下用草搓绳。

那时，我最喜欢干两件事，一件是上山放火，然后看着草燃烧的时候，慷慨激昂地背诵"野火烧不尽，春风吹又生"的诗句，另一件则是看我的祖母坐在门槛上用草麻叶搓出绳子来。放火的时候，看着草被火追赶而无处可逃，就有种快感，而看着草在祖母手里变成了绳子，就觉得草借助我们的手钻进了人群里。

有了绳子，更多的草被从野地里搬到屋子里，草和人的关系越来越近，而慢慢长大的我，也不再上山放火，而是开始琢磨起草的来路和去处。我拿人做了个对比，人都是人生的，草自然也是草生的，不过这人是不断迁徙而来，这草只能是本地土著，它们的根在地下，想跑也跑不掉。闹清了来路，对于它们的去处，就毫不含糊了，无非就是割回家和牵着牛去吃，总之最终都是被吃掉。

有段时间，我经常将草和人做比较。你看，草被牛吃了，人被老天爷吃了，最后都变成了土。草用草籽繁衍后代，人用血肉留下子嗣，生命得以延续。于是我就觉得，这草也和人一样，是有命的。

草获得了人的信任，人开始对它委以重任。

先是用它们泥墙，砌一堵墙不光会用到土，还会把草铡碎，搅拌到泥里面，这样草的纤维和组织会让泥抱得更紧，就不用担心它们突然有一天会訇一声倒塌。我们村里的山神庙就是用草和泥砌成的，年久失修，墙与墙之间都裂开缝子了，庙就是屹立不倒，我们猜测一定是有神仙保佑，但是我从墙缝里发现了草，干草和泥紧紧拥抱着，长在墙头上的草，根须深深地扎在墙里。

草和人最紧密的关系是在人死后草将送一个人上路。我一直记着看过的武侠电影里，人死了，活着的人找来柴草，点燃，整个人和草就融为了一体，分不清彼此。我们村里至今保留着人死了要"落草"的习俗。这个"落草"和上山当土匪是有很大差距的，它是人在这个世界上最后的一个很有仪式感的过程。人闭上眼睛之后，穿戴齐整，从土炕上放下来，躺在一堆干净的麦草之上，这个过程就是"落草"。人落在草上，就离落叶归根不远了。这养育过人们的麦子，用麦草织成宽大的网，把人盛在中间，像无数双手，托着，死去的人和大地之间只剩下最后一层了，麦草沉默，不知道是喜是悲。人躺在麦草上，也不知道是喜是悲，接受着亲人的悲痛抽泣。

落草仪式之后，入殓进棺，亡人和这个世界就彻底作别了，只等第二日一早，被抬着穿过村庄，入土为安。不管谁死了，村子里的人都会给他送行，除了吊唁和流泪，剩下的就是在家门口拢一堆麦草，等出殡的队伍起身便点燃。于是，整个村庄烟火缭绕，出殡的队伍穿行于烟雾中，仿佛不是送葬，而是送一个人去仙境。出殡的队伍回来时，天就亮了，这送葬的麦草堆也已经化为灰烬，变成一个坟一样的小草木灰堆，黑色的一团青烟缭绕，让人有一种回到烟火人间的感觉。

这个时候，你就觉得，这堆麦草就是被埋在这里的，它们的一生，跟人的一生一模一样。

原载《鸭绿江》2019 年第 3 期

尽　头

　　"从前，我还是一个孩子时，那时的春天那么地漫长，简直是没有尽头的。"

　　这话是一个叫黑塞的外国作家说的，刚读到这一句的时候，我就开始恨他，这不就是我小时候的感受吗，怎么让他一个外国人给说出来了，还那么地贴切，那么地准确，简直是钻进了我的心里，从我的脉搏和血液里提取了我对时间和季节的感觉，现在好了，今天我想表达这种想法时，已经找不到比这句话更合适的句子，只能照搬他的句子。

　　现在，回想起童年，和那些我以为没有尽头的春天，我只能反复读这句话，并且在那本《黑塞散文选》上写下：嘿，黑塞，你这糟老头，简直了，这话说得真好。

　　那时的春天真的是漫长啊，太阳有足够的耐心照耀大地，一寸一寸地抬升自己，光一波推着一波，让积攒了一个冬天的雪一层一层褪去。我蹲在田野里，等着这晶莹的脂粉变成水，铺在地面上，这样我就可以捡拾

地软了，那些黑乎乎贴着地面沉睡了一个冬天的软体植物，让我们一家馋了好几个月呢。在饥馑之年，它喂养过空空荡荡的肠胃，现在，它成了我们童年的乐趣，我总是试图在它身上打听点什么，总觉得贴着地面的植物，一定掌握着村庄的秘密，比如，它们肯定知道，这座村庄到底有多大，哪里才是它的尽头。

那时候，我们总喜欢用过家家的眼光看待一切，这是我的，那是你的，所有事物界线分明，且带有优越性。我总觉得，我们的村庄就比别的村庄有意思，至少比隔壁村庄让人痴迷。这就得划清界限，找到村庄的尽头，这样就能知道这优越有多大。

为了闹清这个问题，我爬上过村庄里最高的山，也走过村庄里最远的路，还跟村庄里年纪最大的人攀谈过，最终没有答案。从山上看，村庄似乎界线明确，很容易找到它的尽头，可是当我走在通往尽头的路上时，却有些迷惑，到底哪里是尽头，每一个我觉得是尽头的地方，都有路可走，即便没有路，那些草那些叫不上名字的植物，还是会将我带到大地的纵深之处。并且，如果我抬头，那深邃的湛蓝天空，也似乎暗示我，往上看，你才会发现，村庄没有尽头。那些年长的人也应该有着和我相似的经历，他们说起尽头的时候，也是语焉不详，我只觉得，他们松动的牙齿和白色的长胡须知道的，可能比他们知道的更多，因为牙齿和胡须据说比生命更长久，它们有可能是生命的尽头。

村庄的尽头没找到，又有了新问题，那么生命到底有没有尽头呢？这是一个比村庄的尽头更需要答案的问题。是我的远房太太带领我去思考这个问题的，那时候她用一场长达八十四年的死亡启发了我，从我记事起，她就是那个样子，说着那句话：这啥时候是个尽头啊？我并不理解她说的尽头是个啥概念，只觉得她似乎从来都不老，要不儿媳妇怎么一直叫她老不死，或许，老不死就是老没有尽头的意思，可是我看着远房太太没有想死的意思啊，过年她总是会早早穿上那身红色的外套，等着我们这些晚辈拜年，中秋节还会闹腾着过生日，蛋糕吃了才会安心睡觉，她跟我们一样，有用不完的时间。可是，有一天，她就走到了她说的尽头，她闭上了眼睛，再也不准备睁开。我们把她装进棺材里，送出村庄，安放在大地的深处。

这里应该是她的尽头了，可是事实并非如此，我以为我的远房太太走了，这村庄里就彻底没有她的踪迹，后来才发现，她的儿子她的孙子复制了她，在春节穿上新衣服等待什么，在生日把庆祝作为一件大事，远房太太做过的事情他们照旧再做，并且做法极其相似，似乎是远房太太还活着。

多年以后，我从课本上学到很多破解童年谜团的知识，也知道了春天的尽头是谷雨，村庄的尽头是地图上的虚线，大地的尽头还是大地，生命的尽头是死亡，可我内心深处却给自己一个浪漫主义的、无法解释的尽头。当我跟着人群跪倒在远房太太的坟头，看着纸做的祭品化成灰烬，隔着一股青烟，我似乎看到界线模糊的事物正朝着我们走来，或者朝着我们的反方向走去，这来处或去处，应该才是真正的尽头。

原载《鸭绿江》2019 年第 3 期

屋　檐

　　屋檐这个意象，在我的人生词典里，有悲壮、隐秘、等待等意思。

　　一直记得那场大雨，以及父亲站在雨中的屋檐下张望的情形。九月的雨下起来没完没了，压根就没有停下来的意思，我怀疑老天爷拧开天上的水龙头阀门之后，就忘了关。

　　水哗哗哗哗泼下来，砸在屋顶上。母亲躺在炕上，雨中完全听不到她的呼吸，如果不是眼睛望向我们，张嘴示意要喝水，还以为母亲已经永远地停止了呼吸。赤脚医生坐在炕边上摸着脉，脸色凝重得像屋外下雨的天空。他迟迟不张嘴，我们盼着他能说点儿好的，又怕他一张嘴说出来的话让全家人都受不了。

　　父亲站在屋檐下，等雨停，他准备去镇上买些黄桃罐头回来。这东西解渴，又甜，母亲喝几口嘴唇就有了血色。可雨却挡住了他的去路，而口袋里所剩无几的钞票，更是让他寸步难行。

　　他在纠结到底去还是不去，去了，口袋

里的毛票买不回来罐头，不去，母亲已时日无多注定是要留下愧疚。一个男人被生活这场大雨困在屋檐下，不过这雨又像是替他找了个借口。我躲在窗子边，看着父亲在屋檐下来回踱步，就觉得这日子突然要破碎成父亲踩出来的一地脚印，眼泪一下子就下来了，再看躺在炕上的母亲，和窗外没完没了的雨，内心生出悲怆这个词来，虽然当时我并不能准确地发怆字的音，但此情此景，已经完全解释了这个词的意义。

我曾经在屋檐下目睹过一个人的出生，隐秘的偷窥过程，解开了我对人究竟是从哪里来的这个问题的困惑。是个夏日，只记得当时村庄寂静得像一幅画，牲畜无声，大人们吃过午饭都在休息，下午还有一堆活等着他们。孩子们的任务只有玩儿，偌大的村子，到处都是我们玩的地方。躲猫猫、丢手绢、过家家……我们乐此不疲。不知道谁说了一句"看养娃娃的走"，我们就扔下自己在过家家中扮演的角色，悄悄溜进了小叔家的院子。在村庄里，"养"是一个很有仪式感的词，所有的和"养"有关的事情都平常而又显得神秘，养娃娃和下牛犊、割麦子一样简单，可是并不是所有人都见过养娃娃的过程，这是禁忌。

大肚子的女人不用去镇上的医院，也不用等预产期，人顶着肚子在村庄里行走，感觉要养了，就把接生婆喊来，三下五除二孩子就生了出来。因为生得随意，所以村庄里的孩子起名字也很随意。路边生的就叫路生，院子里生的叫院生，麦地里生的叫麦生……似乎孩子生到哪里就是哪里的孩子，跟生他的人没有任何关系。

对于孩子们来说，出生这些事儿有属于它的版本。如果问大人"我是从哪里来的"这个问题，会得到不同的答案：有牛粪里捡回来的，有狼叼来的，有集市上买回来的……总之，我们似乎都来路不明。我也曾经跟在牛的身后捡过孩子，却一无所获，也去镇上打听过卖孩子的人，大人们都神秘兮兮，啥话也不说。就差去问狼了，可我找不到它们，于是我们从哪里来的就成了谜案，大人们就是不告诉我们，我们到底是从哪里来的。因为有这个困惑，所以偷偷看养娃娃的过程，对于我来说是一次机会，但是对于别的孩子来说，却索然无味。他们看了一眼就走了，我一个人站在屋檐下，透过窗子向屋子里张望着。养娃娃的女人躺在炕上，肚子大得像牛肚子。她的男人——村里的赤脚医生——戴着手套，拿着剪子和白色的棉花，站在炕边，不停地摸着肚皮，我怀疑他是要划开肚皮，可是他并没有这么做，而是在女人的身子下忙乎。女人似乎很疼，手不停地抓着炕上的东西，又抓不住任何东西，我想伸一只手给她，可是我只能偷偷地躲在屋檐下紧张张望，啥也不能干，连呼吸都似乎是静止的。屋子里只有女人大声喊叫的声音，整个村子里也只有女人大声喊叫的声音，紧张、压抑。我屏住呼吸，等着下一秒的到来，一声"哇"之后，整个村庄都缓了一口气，女人也像泄了气的气球，没声儿了，而她男人手里，多了一个带血的大白胖小子。我的堂弟就这样来到了人间，他不知道，他是我看着养出来的，他的出生，也让我解开了娃娃是怎么来的谜团。到现在，我看到堂弟的母亲，都觉得她的肚皮跟大地一样神秘而广阔。这些只有屋檐知道，我从没有告诉过任何人，它也没有。

如你所看到的，屋檐下是有故事，有些是我的嫂嫂姑姑婶婶们凑在一起捣鼓出来的，有些是燕子从空中带来的，而有些则是雨留下来的。它们有些坐在屋檐下，有些住在屋檐下。对于居住地，蜜蜂和燕子有着相同的选择，可是对于这两种同居者，人们做出的反应却不一样。燕子落在屋檐下，啄着新泥来，一家人心里是欢迎的，说明这个家有人气，连燕子都来凑热闹。而蜜蜂悄无声息地在屋檐下开始筑巢，不管多久被发现，都要立马驱逐，时间长了就不好处理，用水、用泥、用火，办法用尽蜜蜂最后才不情愿地飞走。蜜蜂伤人，只有小剂量的毒，缓几天也就过去了，但是人伤人就没这么容易好了。我的嫂子嘴上有毒，比蜜蜂还毒，且从来不饶人。在屋檐下，大家忙着手里的针线活，几个女人说着说着就说到了生育的事。小婶子嫁到村里好几年了，膝下一直没个孩子，肚子也干瘪得像旱地，大嫂子也是差不多时间来的村里，她就很能生，一口气连着生了三个娃，还都是男娃，这样她就在屋檐下骄傲得不行，说没有孩子死了连个摔盆的人都没有，魂都找不到回来的路。这话还没收住，小婶子手里绣着的牡丹就突然被染红了，嫂子的这句话让她心里一紧脸一红，手一抖针扎进了指头，渗在白布上红得明显。很多人都没接话，小婶子也没接，站起来就走。此后，小婶子就再也没出现在屋檐下，多年以后，在城里遇到，带一个扎羊角辫的丫头。

原载《鸭绿江》2019 年第 3 期

飞 翔

　　冬天太阳落山早，不过这个间隙已经足够观察一群麻雀的小动作。那时候，我百无聊赖，坐在东边的半截墙头上，看太阳一寸一寸往山那边掉。太阳的光，就像一个落入沼泽的人伸在半空中的手，无助地乱抓一气，可什么也抓不住。抓不住我坐着的这半截墙，抓不住墙边的白杨树，抓不住树上的鸟巢，只能一寸寸落，我的内心竟然有了一丝悲壮之气。眼看着那些光就要消失，一群麻雀从白杨树上扑了下来，迎着那光就去了。它们像一些勇士一样，把残存的那点光压在翅膀下，扑扇扑扇，闹出一地碎银子来。

　　这些麻雀一直躲在白杨树上，它们的小爪子紧紧抓着树枝，生怕一不注意，整棵树就会被阳光带走。一切都显得小心翼翼，枝头上所剩无几的宽大叶片，正好收藏起这褐色鸟群的小警惕。我能想象得出，在飞扑下来之前，那一对对小眼睛，是怎样瞪得大大的，看着远处的太阳往山的那边掉的。

　　我很多次观察过一群麻雀飞翔的姿势。

它们三五成群落在一块空地上，小小的头在泥土之上啄着，一听见动静就扑棱一下子飞起来了。迅速、敏捷，一点都不惊慌失措。那一双小小的翅膀，扑扇扑扇，一双爪子随时要抓住什么似的，我看着它们在眼前飞来飞去就特别羡慕。这群可以自由在村庄里翻腾的褐色精灵，现在就在我的面前，但是它们对于我的存在却没有任何反应。

永逝的光再也没有眷顾这群褐色的小精灵，我坐在半截墙上看着它们，突然就想起飞翔这件事来。十三四岁的孩子，就应该有一双麻雀一样的翅膀，至少能飞过这矮矮的墙，飞到树上去看看。这么多年，我们在河里摸鱼，在山上放牛，在田垄上生簧火烤玉米，就是没上过天，说起来其实挺遗憾的。

其实飞翔在我身上曾发生过的，我穿一身长袍，站在一堵高得看不见底的城墙上，伸手就能摸到云朵。我目视前方，做一个起跳的姿势，果真就飞起来了，脚下依次经过我家的院子、涝坝、学校、药店、小卖部、梯田，我越飞越低，在一块长满杂草的地方降落，抬头，眼前是一座城，门紧锁，我无路可走。有时候之所以会飞起来，是因为身后有人追赶，我顾不上回头看，不知道是进财追我，还是蛤蟆追我，反正追我的人来势汹汹，也有可能是讨厌的数学课代表，我经常因为迟交数学作业而被她当着众人的面训斥，鬼知道那一个又一个的数字组合在一起究竟等于多少。我一个劲地飞啊飞，经过我家的院子、涝坝、学校、药店、小卖部、梯田，在一块长满杂草的地方降落，抬头，眼前还是那座城，门还是紧锁着，我还是无路可走。可身后的人越追越紧，我马上就要被抓住了。那城门还是打不开，我就吓哭了，急得都哭出了声，被子也蹬掉，半夜冻得发抖，醒来才发现，我连炕沿都没飞过去，更不用说飞过半个村庄了。后来老人说，做梦梦见飞是在长身体，我的身体就这么被长破了。

有人感受过飞的过程，不过严格意义上来说并没有飞起来，并且效果一点也不美好，甚至一定程度上说，还给当事人带来了心理上的创伤。当时我们在悬崖下放牛，牛吃草，我们躲在草丛里无事可干。于是对着悬崖喊，"哎——"，就听见对面也传来一声"哎——"，一群鸽子突然就从悬崖畔上的洞里飞出来了。我们这才知道，鸽子是住在洞里的，我可喜欢电视上一群鸽子从高空飞过发出的那串好听的声音，不过别的小伙伴却喜欢吃它的肉，几个人就绕了很大一圈爬到悬崖边，腰里绑了牛缰绳掏鸽子。胆子最大的杏鹏悬在半空中，把手伸进鸽子洞里，第一把掏出一堆带着鸽子屎的毛草，第二把进去几个毛茸茸的小鸽子就摊在手心。拉他的人接了小鸽子，牛缰绳却松开了，杏鹏就鸽子一样，扑棱从悬崖上飞了下去。他飞翔的姿势是那么优美，以至于我们都忘记了这是一起坠落事件。杏鹏命大，落地的时候落在了大柳树上，只是擦破了皮，大家若无其事地回家，谁也没再提这事。不过后来杏鹏明显和我们不一样了，有了飞翔过的孩子应该有的气质，比如忧郁，比如沉默，比如我们经常会看到他对着羊发亮的屁股发呆。

那时候，想飞起来的不光是我一个人，胖子、进财、彦龙和蛤蟆他们都想着怎么能飞起来。我们是相似的孩子，都讨厌课代表，也讨厌那个往死里打人的数学老师，讨厌酗酒的父亲，讨厌村庄里没完没了的繁杂农活。如果我们都变成麻雀或者别的什么鸟的话，就只需要填饱肚子然后在天空上不停地飞翔，想想就觉得美。于是我们就想办法让自己飞起来，我们到柔软的梯田和麦草垛上练习飞翔，双脚离地之前姿势优美，起跳后双臂像鸟一样熟稔。我们反复练习，还是没有机会飞起来。我们在一条小河的两岸跳来跳去，在院墙上蹿上蹿下，揣着一根柳条吊在树下荡来荡去。我们还把自己画在风筝上，让一根线拉着，在风起之后放飞，画像是上天了，可是我们还是在泥土之上。

那么多年，我们谁也没有飞起来过，还没等学会飞，就又各自被放归到属于自己的生活空间。胖子去了南方，腰里绑根粗粗的绳子把自己吊在半空中给整座城市擦玻璃，进财扔下书本住进臭气烘烘的工棚里抱银川工地上坚硬的砖块，彦龙到内蒙古的边境小城里练习和城市打交道的本事，蛤蟆先是在东北当了几年消防兵，复员后躲进青海的深山开一辆拖拉机运石头。只有我留在村庄里，继续想着和飞有关的事。

后来，我们当中真的有人飞了起来。过程是这样的，胖子把自己悬挂在三十层高的楼上，南方夏天的热浪让他的额头和后背布满了汗水，下午的时光黏糊糊的，整座城市昏昏欲睡，胖子也应该是瞌睡了，放绳的时候手一滑，攥紧的绳子像放出去的鸽子，哗啦一下子不见了，胖子来不及喊一声，就哗啦一下朝地面砸去。他一层楼一层楼往下飞，多希望他下坠的速度能慢点，再慢点，可是就那么几秒，短暂的飞行就戛然而止。

胖子应该是我们当中最清楚飞翔是怎么回事的人了，可是他却永远也无法开口，永远也不可能给我们分享飞翔的感受。而南方闷热的下午，一个来自北方的民工所经历的飞翔，并没有引起更多人的注意。后来，胖子的父亲和村里几个见过世面的人一起，去胖子飞翔过的城市把他接了回来。胖子飞翔过之后，变得轻盈了许多，轻得一个木盒子就能装得下他。大家谁都不再提飞翔这件事了，只知道胖子被接回来的时候是坐着飞机的。

原载《鸭绿江》2017 年第 6 期
《散文海外版》2017 年第 8 期转载
入选《人的城：散文海外版 2017 精品集》

缓　慢

那时候总嫌时间走得慢。鸡叫三遍之后醒来，趁着夜色到沟里挑水，肠子一样别在大地上的小路潮潮的，起得早的人已经把冒了一夜的泉水挑走，只能等两个泉眼咕嘟嘟往上冒，水冒出地面的节奏，慢得足以让人听到水珠相碰的声音，这是来自大地深处的声音，我为此沉迷而好奇。沉浸在夜色下这美妙的声响之中，就会忘记挑水这件事，可以抬头数数星星，也可以学猫头鹰在空旷的夜色中发出些声响来，等冒出来的水够一桶了，就把它们舀到铁桶里。夜色就这样被我舀进水桶，水漫到桶沿儿上的时候，天哗的一下子就亮了。村庄被炊烟笼罩，厨房里有人走动，烟闻起来香喷喷的，一寸一寸把太阳抬高。吃过早饭，又去地里锄草，一亩地里所有的稗草都被消灭了，太阳还斜斜地照在村庄里，它走得太慢了，疑心那个推着它走的神仙应该饿了好几天。好不容易到晌午，等不到太阳稍微偏西就去圈里牵牛，它慢悠悠扭头，哞一声像是在抗议，才不管它愿不愿意，拽了牛缰绳就往外走。牛刚从圈里出来就在院子甩了下头，像个懒汉在揉眼睛。夏天的太阳大，晒得人都睁不开眼睛，更别说有两只铜铃般大小眸子的老牛。我停下来，给它时间让它甩个够，牛像是明白了我的意思，使劲甩起来，一股牛臊味冲过来，呛鼻。我看见细小的尘埃被抖落下来，光穿过它们，能看见它们缓慢地落在地上。

牛刚开始跟在我的身后，缰绳拽得紧紧的，穿在鼻子里的铁环，让它没办法低头，翘着头走路多少有些不自在，也走不快。就故意落在它后头，缰绳盘在牛脖子上，这样牛走起来就有点闲庭信步的意思。跟在牛后头，穿过巷子、堤坝、土台子，到山坡上去。我们对这里再熟悉不过了，几排老白杨恰到好处地用宽大的叶子和茂密的树枝将阳光挡在外面，林子里面是肥沃的草地。草长出一茬，牛吃掉一些，再长出来再吃掉，草长得很慢牛吃得很快，却从来没觉得这里的草不够吃。

人多的时候我们爬树或者躲在草丛里捉麻雀，有时候也会分成两队玩打仗游戏。在山坡上，我们总觉得时间是怎么用也用不完的，它似乎故意让我们走得很慢，不让我们从乐此不疲的简单游戏中走出来。我们像拍电影一样，不断喊开始，不断重复同样的动作，就是没有人叫停，直到太阳落西山。牛的肚子早就鼓鼓的了，我们却不着急赶它们回家，它们玩它们的，我们玩我们的。

我确实走得有些着急了，此时的山坡上还没有人，我的牛独自享受着青草，贪婪地用舌头卷着草，收割机一样，所到之处绿草参差不齐。它美滋滋的，连落到身上的牛虻也懒得理。别看它吃草的样子这么可笑，其实它并不是饿，我猜想，平时这点草很多头牛一起吃，突然有一天就剩自己了，心里应该是有些按捺不住。这么吃了一通，没多久肚皮就鼓起来了，把它拴在一棵树上，我准备躺在山坡上睡一觉，等醒来就有人可以玩游戏。

夏天午后的山坡，没有风，树叶子不动，草不动，牛不动，时间也不动。心里就突然有些空落落的，太安静有时候会让人不适应。我就准备唱歌。我唱"我家住在黄土高坡"的时候，我正躺在黄土之上的一个小坡，我的牛也躺下了，准确地说它是卧着的，四蹄蜷缩头悬着，反刍的动作认真而持久，我很欣赏它能如此享受这夏日午后的时光，我就没办法像它一样淡定。我双手扣在一起，背在脑后，眼睛从牛身上转移到天空，继续唱了一句"大风从坡上刮过"，可是这时候坡上并没有风，更不用说刮大风了，草还是一动不动，我能看到一只蜜蜂很容易就落到了一株野花上。我把手举到空中试探了下，没摸到一丝凉意，这让我很沮丧，我的歌声没办法继续下去了，那一句"不管是东南风还是西北风"就这样硬生生卡在我喉咙里。

我又想起一首歌：你就像那冬天里的一把火，熊熊火焰温暖了我的心窝……我觉得这歌词真他妈好，刚唱出口就觉得心里暖暖的，可是这又让我沮丧，大夏天的太阳晒得土都冒烟，再加把火会把整个村庄点着，我在一个冬天的时候曾经点着过草滩，知道火烧起来有多厉害，我赶紧打消了唱这首歌的念想。我就这么躺在山坡上，看着透过树叶的缝隙渗进来的光掉到草丛里，有藏在草丛里的虫子焦急地转移，舒展的草叶开始缓慢地微微卷曲。

瞌睡虫一定是在我想不起来要唱什么的时候钻进我身体里的，连个哈欠都没打，我就到梦里去了。那时候总嫌时间走得慢，梦里的一切却又是反着的，我们飞快地在草丛里奔跑，兔子一样一闪就不见了，我们跑得很快，也老得很快，一转眼就成了腰都直不起来的糟老头，可是我的奶奶却一直像我第一次看到她那样，我弯着腰向她老人家问好，她抬起眼睛打量着眼

前这个老头儿，笑得合不拢嘴，我看见她竟然有一口新牙缓慢
生长。我快着急死了，她都没认出我来，我说奶奶奶奶，我是
您孙子。她笑着回答我，你怎么长这么快，比我都老。我快急
疯了，伸出手去握奶奶的手，一翻身就醒了，我的牛呆呆地盯
着我。我揉揉眼睛，再也不嫌时间走得慢了。

原载《鸭绿江》2017 年第 6 期
《散文海外版》2017 年第 8 期转载
入选《人的城：散文海外版 2017 精品集》

准　确

　　在村庄的缓慢时光里，很多事情都准确得无可挑剔，它们的来路和去处，都清清楚楚地呈现在我们面前，但是你只能眼睁睁看着它们，却对它们毫无办法。比如说风，你能看得到它们吹过，却抓不住它们，眼睁睁看它们在你面前一晃而过。

　　而麻雀却能在风中准确地落于一株芦苇之上，并随风伏倒，再起来；再伏倒，再起来。燕子准确地在靠近门的屋檐下筑巢，啄木鸟不偏不倚敲开树洞捉住虫子，喜鹊在有好事的日子唧唧喳喳，鸽子在悬崖的第一层做窝。这些小精灵们，就这样让村庄生动了起来，但是你不知道它们平时将自己躲在哪里，又是怎样度过这漫长的一天的。

　　行走在大地上的生灵们，也有着准确本事。牛的前蹄踩过泥土之后，地下就留下一个深深的蹄印，你会发现，它的后蹄会准确地落在前蹄留下的印痕里，你会以为，这蹄印是两条腿的动物走过后留下的，而不是四条腿的牛走出来的。我好奇这种准确，总想着闹清楚其中的奥秘，可是不管我怎么观察都看不出门道，后来想这不仅仅出于牛的生理习性，而是它对脚下这片土地的熟悉和信任。一头牛只有到了对脚下的土地烂熟于心的程度，才会慢条斯理地踱着蹄子，像英雄走在自己征服来的土地上。这是何等自豪的一件事，人就做不到，你看，一双脚一生走过了那么多的路，却没有一次是准确重复的。

植物的准确性可以具体到每一时每一刻，灌木、藤类、草类、蕨类、地衣……这些植物的根、茎、叶、花、果实、种子，在什么时节长什么样子，到了什么时候会开花，何时要成熟，是精确到秒的，人因为掌握了其中的规律，所以在适当的时候总会遇到美妙的场景，春天的时候我们会去看花开，夏天果子熟了，秋天躺在向日葵当中远远看起来还以为凡·高回来了，冬天就别出来了，北方是看不到什么植物的，只适合吃着烤土豆回忆。

我一直记得那棵核桃树靠墙的一枝上总共有十一颗核桃，它们刚长出核桃样的时候，我就扳着手指头数过，因为是十一颗，手指头数完之后我差点脱了鞋子用脚丫子数，后来我在墙上画了个半圆形的图案，把它当作我的第十一个指头。等它们长到小苹果一样大的时候，我已经数过一百多次手指头。我把核桃从墨绿数到发青，数得它们都快受不了，于是自己一使劲就把绿色的包皮撑开，褶皱清晰的核桃露在外面，这让我有些蠢蠢欲动，不过还不到吃它们的时候，得等它们从内部成熟起来。我继续数着靠墙的那一枝核桃树上那十一颗披着风衣的核桃，盼着它们掉下来的那一天。终于等到那一天了，我急切地跑到核桃树下，抬起头时，核桃树靠墙的那一枝上，却只有一颗核桃孤独地挂在枝头。我用手指头数过的十一颗核桃只剩一颗，这让我无法接受，可知道它们是我看着长大的，我一天看它们一次，就为了等它们长大成人，可是现在却只有一颗。我的十个手指头外加墙上的一个指头形状的画能为我作证，为了等它们我到底有多用心，可是现在十一这个准确的数字对应的却只有一，也就是说，只有墙上的那个指头形状的图案，守住了属于它的核桃，而我不知道该如何向我的十个手指头交代。这事真是挺悲伤的，至今没有人告诉我，其余的十颗核桃去了哪儿。我也从来没有向被我一遍又一遍数过的手指头做任何解释。

人有时候也会像核桃一样，有一天就突然找不见了，还不留任何痕迹。老三原本好好的，春天的时候把种子下到地里，然后背上铺盖卷去城里租了个房子干粉刷，老婆给三个上学的娃娃做饭，一家五口像蚂蚁一样穿梭在城市里。老三手里那把刷子，能准确地从新房的客厅刷到厨房再刷到卫生间，每一道油漆和下一道之间严丝合缝，他专心致志让毛坯墙面变成白色的时候，甲醛、苯这些有害物质，从他的鼻孔准确进入，在体内完成一个循环之后，悄然落在肝部。三个孩子每天准时出门，分别进入高中初中和小学的不同班级，背课文、记公式、交作业，每个环节都按部就班。晚上的时候，老三媳妇准确地调动起每一种食材的作用，做一桌子饭菜，一家人围坐在一起吃饭的场景，看着都香。一切看起来很美好，老三的肝突然就变硬了，硬得跟县城的水泥墙壁一样，再怎么用药水去刷也无济于事。他从城里回到村庄，躺在土炕上接受治疗。我见到他的时候，肚子大得像要临盆的媳妇，本来是在病床上的，医院检查了几次之后，就委婉地让家人送他回老家，说是慢慢静养，其实就是等死。肚子越来越大，他甚至怀疑不是肝出了问题，而是整个肚子和他作对，受不了阵痛和沉重，老三就让人把医生请到家里来，在肚子上开了口子把积水排了。那天我又去看了老三一次，正好遇到医生给他肿大的肚子放血，一根导管里黑乎乎的血准确地滴到盆子里。我背着老三问医生，他还能撑多久，医生告诉我最多还剩下一周。我们就像等着核桃成熟落地一样等着老三挨过这几天。

一语成谶，一周之后老三确实在医生的医嘱时间内闭上了眼睛。老三的死，准确而又让人惋惜，这是一场有明确时间界限的死亡，所有人都在等那一天的到来，虽然一万个不情愿，但是死亡还是准确降临。在村庄里，不是所有人都会如此幸运，我的大奶奶七十多岁了，人也总是病恹恹的，棺材板买回来都好几年，可她就是不死，用孙子的玩笑话说就是奶奶是个老不死。我们都说她有福气，她笑着说要等着给孙子娶了媳妇再死，这样到了泥土下面就可以给先人们有个交代。就在松木板都快闻不到松木香味的时候，大奶奶却突然闭上了眼睛，她的孙子刚定下婚期。而有些人看上去好好的，突然就叫不醒了，我的三奶奶就是这样走的。刚入秋的时候，她还在码着粮食的院子里晒这个秋天要穿的衣服，心里盘算着十一月上旬去大女儿家住几天下旬再去小女儿家，到了腊月去集市上扯二尺布做一身新衣，就能等着过年了，这一年可真快啊，一转眼就过完了。晒在院子里的衣服还没来得及收起来，她就一头栽倒了，再也没有醒过来。

死亡是一件可以预见的事，但是谁都无法确定最后的期限。医生虽然准确地预言了老三的死期，那是因为老三的病给了他准确的指引，村庄里其他人的死，都是听天由命的，跟花花草草没什么两样。不过，不管是什么时候用何种死法死的，村庄里所有死了的人，又都有一个明确的去处。坟地就在生活了一辈子的土地之上，到了那里，所有人就都一样了。人们吃了一辈子土，最后被土一口吃掉，准确无误，没有任何回旋余地。

原载《鸭绿江》2017 年第 6 期
《散文海外版》2017 年第 8 期转载
入选《人的城：散文海外版 2017 精品集》

院　墙

　　我从小就胆小，加上天生的夜盲症，天一黑就不敢出门，生怕一脚踩进暗夜，不是跌一跤，就是撞上可怕的事物。于是，就喜欢待在有围挡的地方，最好还有光，让围挡把可能存在的危险挡在外面，而我在围挡内沐浴着光，这样多有安全感。

　　墙就是我保护自己的屏障，因此，我对四合院有一种发自内心的喜欢，它亲切、厚实，像母体的子宫一样。在墙跟前，我就像一个永远长不大的孩子，走哪儿都拽着母亲的衣角。我成了别人眼里那个喜欢沿着墙根走路的人，若是墙没了，就沿着树、沿着水渠、沿着坡，沿着可以依靠的物体走，似乎不依靠点啥，就会被风吹走一样。

　　我熟悉村庄里每一堵墙的习性，我家的墙对我最好，可能是刚砌时间不长的缘故，或者是认识我的原因，它摸上去像爷爷粗糙的手掌，却又温暖有力。天还没亮的时候去学校，摸着它，我就能和邻居家的娃娃会合。

　　巷子里的墙是共用的，既是我家的，也

是三叔家的，还是堂弟家的，窄窄的巷子，两堵墙像镜子的两面一样，表面光滑，这是架子车拉麦子时刷出来的，麦秆坚硬的切口均匀整齐地在土墙划出无数道杠，我摸着这些杠，就能走到大路上。

学校的墙是村庄里最好看的，白色的墙面上，光滑的黑板一块接着一块，这块上写"好好学习，天天向上"，紧接着的就有一句"你们是早晨八九点钟的太阳"，我们按照要求蹲在墙根下背书做好学生，但是不是八九点钟的太阳就不好说了，偷偷把喜欢的女孩子名字写在上面倒是真的，不过很快就被擦掉了。

整个童年，我就沿着这些墙走啊走，仿佛要把自己长到墙里面，这样才安全。以至于要去镇上上中学的时候，我生怕那里会没有墙，这样的话我就失去了依靠，就不敢走夜路。还好，在走过很长一段没有墙的大路之后，我看到四层楼高的校园被一米多高的砖墙围着，整个镇子两边的房子，也都和我们村里的一样，都是墙围着。

后来才知道，不止村庄和镇子被墙包裹着。有一年去北京，大清早地铁换公交赶了几十里路去看故宫。在地图上，它是一个小小的方块儿，四周有长城一般的墙，这明显的标志，指引着我穿过大街小巷，穿过一道又一道门，进入富丽堂皇的宫殿。我突然就想起了老家的院墙。一座又一座的院墙，装了一个又一个的家庭，墙是界限，墙是隔阂。而在北京，这曾经的皇家之地，竟然也是一堵又一堵的墙，和我们村不一样的是，这里面装着两个帝国曾经的雄心壮志和它们已经成为历史的过去。看着这一堵一堵的红色的墙，我突然就想，故宫为什么也用墙作围挡呢？这普天之下莫非王土，住在皇宫里的人，为何又要把自己的故宫用一堵一堵的墙围起来，难道是怕人觊觎权势，怕凡人看见宫廷里的尔虞我诈？没有答案，不过想起这些，我就释然了，墙是屏障，它立在历史里，也立在我心里。

其实，看上去安全的墙，有时候也危险。这些用夯一层一层打起来的土，虽然还是土，但它们的名字已经不叫土，叫墙，土字旁多了一个啬，吝啬的啬。这个字很符合它们的气质，本来就是，谁砌的墙就为谁卖命，于是这些站起来的土，就要承担比地上的土更多的责任。墙和土划清了界限，墙根儿就成为楚河汉界。站起来之后，墙也学着人的样子神气起来，一副高高在上的模样。土看不下去，就跟它赌气，时间长了怨气加重便分庭抗争。土先把自己和墙衔接的地方变成虚土，然后形成拐角让狗来撒尿，叫掉进土里的种子发芽吸引猪来拱，还时不时生出几只虫子招惹鸡来啄，毛驴也像是受到土的蛊惑用两排大白牙啃墙上的白色部分……很快，墙就招架不住了，准备发起反攻。它请来麻雀鸽子在它头顶拉带着种子的鸟屎，等种子发芽蔓延整个墙体，以巩固自己。后来直接请来砖块儿加固防御，用木棍顶住已经倾斜的部位，事实证明，这一切无济于事。土之上的所有事物都可能对墙造成威胁，风吹着吹着墙就裂开了，雨下着下着墙就坍塌了，太阳晒着晒着墙皮就脱落了。墙实在撑不住了，就訇一声倒地，粉身碎骨。

墙倒地前，已经给人发出过信号，可是人从来不关心一堵墙的死活，这时候人就容易吃墙的亏。我的四爷爷就吃过墙的亏。他坐在梨树下晒日头，嘴里还哼着秦腔，一堵墙毫无征兆就倒下来了，他都来不及停住嘴里的戏词，就被墙压在身下。四爷爷命大，梨树帮他挡了一下，人没事两条腿却被打断了。人们都说，墙的脚根儿出了问题，四爷爷没操心，墙就用这种方式来报复他。四爷爷也觉得是这样，于是不等他痊愈就操心起墙的问题，他请来人把四合院里的土墙全拆了，用水泥和砖块砌了一院砖墙，这下，风吹不动，雨淋不透，太阳也晒不裂。

　　我也吃过墙的亏。上小学前那会儿，父母一大早去地里干活，就把我一个人放在四合院里，怕被人抱走，大门上就挂把锁，然后扔我一个人睡觉。醒来一看身边没人，院子里也没人，门还出不去，就扯开嗓子吼，感觉嗓门都被炸开了，还是没人理，只有邻居家的狗在门缝里叫了几声，算是回应。哭着哭着饿了，也就不哭了，去厨房拿窝窝头吃，吃饱了竟然忘记哭这回事，便蹲在院子里看公鸡和母鸡打架，我看母鸡快招架不住了，就跑过去吓唬公鸡，公鸡反过来追我，没几步又掉头去追母鸡，我被吓住了，便不再多管闲事，蹲在屋檐下看热闹。这时候，院子外面的热闹声传进来了，巷子里邻居家的孩子正在躲猫猫。"藏好了吗？""还没有。""藏好了吗？""还没有。"最后一遍"藏好了吗"之后，便没了回音，我猜一定是藏好了，就想着他们应该藏在哪儿才比较保险，想着想着心里就痒痒，去后院里搬来一把梯子，学着大人的样子爬上去，我骑在墙头上的时候，巷子里却一个人都没有，他们应该是藏起来了，刚想着下去找他们，脚下一滑，就从墙上摔下来了。等我醒来的时候，已经躺在土炕上，从众人的眼神看，我像一个藏了很久终于被人找到的孩子一样。此后的几个月，我只能用绑着绷带的手指头摸墙了。

　　还有一次，我在密不透风的墙面上看到一个小洞，这洞是怎么出现的我不得而知，只知道洞里住着一群小蜜蜂。它们腰细细的，看上去凶凶的，似乎还对采蜜这件事并不怎么上心。可是我对它们很上心，每天都观察这群蜜蜂的一举一动，总觉得住在墙里面是一件很有趣的事，不知道这墙里面是不是和四合院一样的格局。在一个下午，我戴上草帽，找来细细的竹竿儿，准备一探究竟。我刚把竹竿插进去就有蜜蜂飞出来，竹竿插得越深，飞出来的蜜蜂也越多，它们疯子一样朝我飞过来。

再后来的事儿我就不记得了，只知道醒来时已经在土炕上躺着，额头上敷着热热的毛巾，头部火辣辣地疼，到处是包。

我一直以为墙外有危险，这墙里的事物也不怀好意。从此，我对墙有了隔膜，有了敬意。

和墙有关的成语，我最喜欢马上墙头，年轻的女子到了出嫁的年纪，心上就有事了，又不能出得门去，就守在矮矮的墙头，等着如意的少年经过，但是往往等来的是媒婆，两个人见第一面就已经是掀开盖头了，所有的期待和爱情故事都被草草画上句号。因此，并没留下多少和墙有关的爱情故事，村庄里的人普遍胆小，也没有出现钻穴逾墙的往事，兄弟阋墙的事情倒是时有发生。

俗话说常在河边走哪能不湿鞋，常在墙边住，也经常被墙连累，堂姑就是被连累的那个。因为是家中独女，家族里就给她找了个上门女婿，此人老实，话不多干活又勤快，加之一口气生了三男三女，因此，这上门女婿在村里的威望也借由子女慢慢抬升。

村里人分家给儿子修新院子喜欢连在一起，意在一衣带水，也有个照应。堂姑家的三个儿子，就自然一家挨着一家了，老三和老人住在老院，老大家紧挨着老三家，老二的新院紧挨着老大家的院子，三家像火车一样连在一起，这样既方便走动，也省了各家再砌院墙的麻烦。

三个儿子刚开始相安无事，等娶了媳妇，境遇就不一样了，三个媳妇各有各的脾性，也各有各的盘算，先是因为几个儿媳妇对分家后三家还在一起搭伙种地有了分歧，后来二媳妇公然提出，分家的时候对老二不公平，要求重新分配，老大媳妇和老三媳妇怎么能答应呢，到手的那些家底不管薄厚，都已经是自己家的，能轻易拱手？老大媳妇和老三媳妇就暗地里联合起来，对付泼辣的老二媳妇，此后，三家再无宁日。

老二媳妇眼看着家产没办法再分，就在三家共有的一棵核桃树上下起功夫，这棵树，长在老大家里院墙边，每年核桃还没熟，老大家的几个小子就趴在自家墙上摘个大的吃，等熟透了，老二老三家的只能吃小的，这让老二媳妇很不高兴，就提出要分了这棵核桃树，怎么分？最直接的方法是砍了。三家从开始闹矛盾，上门女婿一直就没吭声，想着孩子大了不由爹，由他们去吧，就是每次闹起来，上门女婿脸色极不好看，躲在核桃树下抽旱烟锅。

到真的要砍核桃树那天，上门女婿就坐不住了，叫来三个儿子商量。三兄弟因为媳妇之间的矛盾，根本坐不到一起，即便是强摁着坐在一起了，也是差点动起手。好在兄弟毕竟是兄弟，一直克制着没有动手，在村庄里，兄弟之间动手可是一种耻辱，有些兄弟一辈子哪怕老死不相往来，也不动手，这是村里人的底线。

砍树这事就这么拖着，老二媳妇的斧头都准备好了，似乎这棵树不砍，心里的疙瘩就解不开。老大家的三个孩子基本上每天都守在墙上，防着有人来砍树，一看到老三媳妇出来，就瞪大眼睛。三家的矛盾越来越难以调解，上门女婿好不容易树立起来的威信，就这么被消磨掉。大家都在看他们家的笑话，也都在等着这事最后的结果。

老大家院墙边的那棵核桃树最后还是被砍了，砍树的那天，村里很多人都来看热闹，村里的长辈们用分地的方法，连树枝都分到了各自手里。不过三兄弟谁也没有将分到手的树枝搬回家，而是堆在院墙下。

整个过程中，三家兄弟最终也没动手，只不过三人再也坐不到一起了，见面也是眼光躲闪，成了仇人。等核桃树的树枝彻底变成干柴的时候，老大和老二就锁了大门，彻底离开了村庄，此后的多年里，再也没见他们回来过。守着老家的老三一家，后来也锁了家门，在城里租了房子生活，说是照顾孩子上学。

　　大家都知道，三兄弟是伤心了，他们是用离开逃避兄弟阋墙带来的伤害，极有可能还想着通过分离，弥合兄弟之间多年以来的缝隙。他们三家连在一起的院墙是越来越破旧了。今年过年回家，兄弟三家的院门紧锁着，墙头上长满了野蒿子，不时有麻雀落在墙头，它们唧唧喳喳的样子，让这连在一起的院墙，更显得破败萧瑟，一点也看不出家的样子。

　　　　　　　　　　　原载《散文百家》2019 年第 4 期

供　品

　　要把最好的留给先人。我不知道这是哪个先人留下来的规矩，或者说不知道是哪个后人发明的做法，总觉得这很没道理。

　　夏收后的第一袋麦子，用毛驴驮到镇上的磨坊磨成面，烙出来的第一块饼，还散发着麦香，却不让吃，要在院子的正中间放一个方桌，饼一刀也不能切，囫囵盛放在盘子里，摆在桌子上，说是要先给老天爷吃。第二块出锅了，总该轮到我了吧，依旧是囫囵盛放在盘子里，恭恭敬敬端到堂屋，摆在八仙桌上，说是要给先人吃。一整个下午，我站在锅台边，看着白面变成香喷喷的饼，在柴火的笼罩下，想象一块饼到我肚子里分几个步骤。这些似乎都不重要，在母亲眼里，老天爷和我的那些先人比我更需要一块饼，他们的嘴一定也张了很长时间，他们的肚子一定也咕咕作响，母亲把饼从锅里铲出来，放在盘子里的过程漫长而又认真，她容不下我伸过去的手，也生怕任何一个细节错误，会开罪于老天爷和我的先人们，因此，我显得多余。

她的儿子饿着，她却将饼摆在院子中央，摆在八仙桌上，整个过程还像着了魔一样。现在想想，整个过程，母亲一脸严肃，内心的虔诚大于一切，作为一个进不了庙上不得坟的媳妇，这是此生最认真的一次祭拜。可不是，她一年要做多少活，却没有个说话的，自己的男人整天喝酒，儿女还小，邻居们又都忙着，也不知道向谁诉说。等着新麦上场，磨成了面粉，借着祭天爷的机会，给老天爷说说吧，给田家的列祖列宗说说吧，不管他们能不能听得见，虔诚一点，认真一点，用厨艺向老天爷和先人们汇报汇报这一年的事儿。

我不知道老天爷和田家的列祖列宗是否听到了母亲的诉说，可我知道，他们从来没吃过母亲烙的饼，那些摆在院子里和八仙桌上的饼，都是晒干了才收的，收了才轮到我吃，这时候，饼已经干得咬不动了，像是老天爷做了手脚。

后来，母亲告诉我，摆在院子和八仙桌上的饼不叫饼，叫供品，老天爷吃了才会保佑一家人。其实老天爷吃不吃谁也不知道，反正我知道供过老天爷的饼，硌牙，因此，我们都不会吃的，母亲会，她在碗里倒上白开水，把饼撕碎，泡在碗里，等坚硬的饼变成粥一样，一口一口喝下去。饼泡在水里，很快就化开了，白面散开，开着的莲花一样。

供品可能是村里的女人表现的为数不多的途径之一了，她们不能像男人一样，跪在山神庙里祈福，也不能到祖坟给先人叩首，她们一肚子话只能说给老天爷，比如挨了男人的打，比如孩子眼看着开学了学费还没攒够，再比如受了婆婆的气……有太多的事情，被她们装在心里，可是心才多大啊，每一件事都那么大，那么沉重，不说出来越积越多，会承受不了。

于是，就在每一个特别的日子，找一个出口。大年三十要做献饭，祭日到来之前要准备大公鸡，八月十五要去镇上买最新鲜的水果回来，十月一要裁剪纸张做寒衣……献饭一定是这一年里厨房里端出来的第一口饭菜，四片鸡蛋要泛黄不能焦，猪肉要肥瘦均匀不可腻；大公鸡一定要有漂亮的羽毛和肥硕的外形；水果不能有烂的要挑大个要有光泽；寒衣要有胖有瘦。

如果老天爷和先人们能感知到，一定会被母亲准备供品的细节感动。为了确保他们知晓，母亲每一次做这些事情的时候，嘴里都会嘀咕。就拿摆饼这事来说吧，盘子端到桌子跟前，她并不急着放下去，而是一遍一遍擦拭桌面，一遍一遍说着只有自己能听见的悄悄话。

我曾问母亲，都跟老天爷说点啥，母亲就笑，说我碎娃娃不懂就不要乱打问，我想，无非就是让外婆的身体好一点，孩子的平安多一点，还能有啥呢？生活其实比供桌上的供品差远了，粗糙、凛冽，母亲都撑得住，毕竟这么多日子都熬过来，她最怕的是至亲有意外，她祈求老天爷和先人们能保我的健康。

母亲替我们祈求了那么多，自己终是没有熬过岁月。老天爷在夏天才吃了她准备的供品，转眼到了秋天就收走了她。她都没等到老天爷和先人们兑现承诺，我们就开始给她做供品了。鸡蛋再也炒不出均匀的黄，公鸡也是临时从邻居家换的，镇上的果子鲜美可是我们谁也没心思挑选最大最好的那几颗，从镇上买回来连同塑料口袋一起堆在供桌上。

这时候才发现，母亲连张做遗像的照片也没有，一张黄纸折成牌位的样子，写上：先妣田氏门中三代宗亲之灵位，就当是母亲坐在供桌中间了。面对这个连姓氏都没有的牌位，我一度怀疑，我们准备的这些供品，母亲是不是都一一收到了，她看到这些的时候，会不会失落，毕竟我们怀着悲伤做出来的供品，是根本没办法和她做出来的相比较的。罢了，这些都不重要了。

供品摆到七七四十九天之后，我们就要带着它们去母亲的坟地，将已经风干的鸡蛋和肉撒在坟头，这样母亲应该能多多少少吃上点，可是没等我们离开，守在坟地的乌鸦就呼啦啦一下子飞过来叼走了。我泪眼婆娑，为没能给母亲说几句话而懊悔。那就回头看看吧，索性就停在路边，望着母亲的坟头。越看越觉得，那哪里是坟啊，分明就是一份供品，母亲躺在一抔土中隆起在大地上，分明是被大地献给老天爷一样。

哎，到头来，母亲也仅仅是个供品。

原载《雨花》2019 年第 4 期

省　略

　　和那时候相比，一切变得简单起来，人们省略了很多。

　　那时候到底是啥时候，我说不清楚，只记得日子刚刚好过，人们不用再挨饿。可是，我要吃白面馍馍，可不是伸手就会有的，要等母亲用麦斗从麦栓子里盛出小麦，装满一尿素袋，然后推着架子车到几里地外的磨坊去磨面。磨面的器械是那种看上去很工业的磨面机，像个漏斗，麦子倒进去，机器轰鸣声一起，整个磨坊里就像仙境，白蒙蒙一片，磨面的人操作着按钮，麦子在大漏斗里来回反复，我蹲在院子里看一只猫抓捕麻雀的间隙，麦子就被分离成白面和麦麸，白面留着做磨面面条，麦麸喂猪喂牛。白面磨回来，倒进面柜，母亲就开始发面，白面馍馍算是看到了希望。我痴迷于母亲做馍馍的过程，曾不止一次蹲在灶火边，一边等着馍馍，一边观察做馍馍的过程。面和水混在一起的过程，和我玩泥巴并没有两样，可是面团在母亲手里来回揉动的时候，仿佛张三丰在打太极拳，有波浪的起伏感，面时而聚合，时而离散，这一刻，我觉得母亲就是武侠电影里的高手。最后在擀面杖的作用下，成为饼状，只等火候。我塞了好几根木柴的灶火旺盛，锅底的少量胡麻油也被均匀地摊开，母亲这个高手开始展示最后的绝技，面饼下锅，又是一次打太极的过程，面饼上下翻飞，胡麻油均匀地又粘连在面饼上。面饼变得金黄的时候，就有香气散发出来，我已经流口水了，母亲却不急着给我吃，而是拿了盘子，盛上第一块饼，摆在堂屋的供桌上，我只能等第二个饼。灶火边等馍馍的习惯，在母亲去世之后，由奶奶继续，我一直觉得，等着馍馍出炉的过程，要比吃馍馍还要值得期待。如果再稍微发挥下想象，等着吃馍馍的时间跨度，其实很长的，要等着小麦从种子变成麦苗，要经历春天的抽芽，夏天的收割，要从磨坊到面柜，可是，现在回乡，这一切都变得简单多了，吃一块白面馍馍，只需要去一次集市，麦子成长的过程被忽略，面粉变成饼子的过程被忽略，我只需要交出钱，就能吃到白面馍馍，味道虽然比童年可口，但是总觉得少了什么。

　　说起集市，这个镇子上的人们学习买卖和了解行市的地方，就想起牛来，我曾经跟在父亲的后面，把家里壮年的犍牛赶到集市，换了钱供我读书。在这里，要买卖一头牛，先得根据家里的情况做个评估，买犍牛还是乳牛，要盘算好，犍牛耕地，乳牛耕地之外还要生产，然后怀揣小心思去集市，一般不能当天完成交易，因为还要经历窥探、打听、观察这些环节，谁家的牛来路正，身板硬朗，价格合适，要做到心里有数，这样才能化解一场投资所隐藏的所有失败因素。看牙口，试脚力，顺毛发，像挑新娘子一样相中一头牛之后，交易才真正拉开序幕：找个中间人，买卖双方之间来回周旋。我见过议价的过程，买卖双方衣角掀起来，手伸进去，等着中间人问价，指头之间的变化是看不见的，只能靠买卖双方的表情判断交易的紧张程度。成交之后，还要经历牛主的眼泪和不舍，以及买主的满心欢喜。现在，这些程序都省略了，因为村庄里已经没有几头牛可以买卖，而需要牛的人，也只需要一个电话，就有牛贩子拉着牛到村庄里任由挑选，衣角也不用掀了，磅秤将牛换算成肉，一斤多少钱随行就市，不用买卖双方再较量，成交之后，也见不到卖主惆怅，买主也像买了件农具一样，将牛拴在牛槽上，就算完事了。

人吃五谷杂粮，大小会有个啥病，没病的也总担心哪天出个啥意外，因此，山神庙就成了祈福许愿的去处。山神庙一年四季开着门，却并不是天天适合去，春节前后是最佳的时机。去庙里烧香之前，先要去鸡圈里挑选养了一年的鸡，这些鸡，背负着敬神的使命，往往会活得比其他鸡更好一些，鸡冠要突出，羽毛要顺溜且有光泽，两只爪子伸开，要有长在地上的气势。人们相信，只有拿这样的鸡做牺牲，才能获得神灵的垂青和保佑。而山神庙里的神灵，从接受了许愿那一天开始，就装着叩拜者的愿景，明里暗里使着劲。去还愿之前，要净手，要准备香火，要带鞭炮，要想好怎么感谢神灵，并且巧妙地将下一年的愿续上。跪倒在山神庙里的时候，要面带虔诚之色，三叩九拜要有模样。我从小跟着爷爷还愿，对这一套程序烂熟于心，可是，等我带着我的孩子去山神庙的时候，才发现，一切都不是以前的模样了，几个不认识的孩子捏几只炮，把大人们准备好的香火扔到一起烧了，省去了烧纸磕头的环节，少去了祈祷，直接进入放炮的环节，庙门口炮声此起彼伏，山神庙里却无人叩首，观音、药王爷、财神爷干瞪着眼睛，不知道该保佑谁，这没有山神保佑的生老病死多让人揪心啊。

死亡和出生可是村庄里最具有仪式感的两件事。一个人出生之前，隆起的肚皮让整个村庄操心，因为出生可为村庄里添丁，这是一件大事，也是一件值得庆贺的事，等孩子降临，全村人都会来道贺。而等待一个孩子出生时，所有的事情要停下来，一家人蹲在屋檐下，心里默念着土地爷保佑，等着那一声嘶吼以及接生婆的报喜。可是现在，原本属于这个村庄的很多孩子，出生已经和村庄里的土地爷、接生婆再无关系，在城市里的医院，来自村庄的祈祷和等待显得无力，出生的喜悦大多是一个电话送到村庄的，并不会引起整个村庄的注意，直到有一天，这个孩子回到村庄，大家才知道，哦，村子里名义上又添了一个人。现在，每个村庄里，都能看到抱着啃着集市上买回来的馒头的孩子，他们的父母在城市里，省略了他们的童年，省略了一起去公园看猴子一起去游乐场滑滑梯一起去田野里分辨麦子和韭菜的过程，而是将他们交给祖父祖母，而这些被委以重任的老人们，省略得更为彻底，他们把陪伴省略成隔三差五的电话，把疾病省略成躺在病床上的呻吟，等到他们再也走不动了，本应该有一场隆重葬礼的事，也被省略成哭声、仪式、酒席、告别，最后一生被省略成一个土堆。

省略的生活让村庄变得空空荡荡，毛驴和石磨、井绳和水井、集市和交易……都被晾在一边，大家对简易的生活乐此不疲，总以为这样不会有什么问题，殊不知，村庄也省略了他们，不再替他们留住任何东西，盖下的房屋、走过的路、使用过的老物件，只要不再有人惦记，村庄也很快会让蜘蛛网和杂草覆盖它们。只有在他们死后，留一个坑，埋了，至于埋下去的这个人这一生是怎么过的，大地无心过问。

原载《散文》2018 年第 12 期

河　流

　　旱塬上的河流，有很多种形式。你站在塬上往村庄里看，村庄本身就是河流，三面环山，每一条路就是一条支流，不管风从哪里吹来，或者人从哪里来，路都能带到合适的渡口。

　　抬头往天上看，天也是一条河流。平静的时候，没有云彩天空就变成了海，遥远而辽阔，就差倒映出大地上的事物了；愤怒的时候，云彩裹挟着闪电，要把天和地翻个个的感觉。大地上的人们就躲起来，等着神的愤怒平息，云朵重新变成河流，流到大地上。这样，旱塬上的河流就复活了，在此之前，河床裸露，虚土在风的作用下，代替水流动。

　　旱塬上，作物是更为具体的河流。玉米笔直，既是一泻千里的流水，又是翻飞的巨浪，在大地上以静态的方式奔腾。豌豆是藏在河床的暗流，弯曲的茎蔓，向深处延伸，蛇一样缠在玉米上，豆荚里有藏着圆润的珍珠般的小果子。小麦是平原上的溪流，舒缓、迂回，恨不得漫过整个平原，它的野心比玉米还大。我常常站在麦浪中间，张开双臂，等风吹过来，起伏的麦田中间，我也成了有野心的浪花。

耕种下作物的牲畜们，用蹄子在大地上冲出属于自己的河床。牛走过的地方，泥浆厚实，有积水窝在蹄窝里；马跑过之后，尘土四溅的样子和水花四溅的样子一模一样；毛驴性子缓，它应该是曲折婉转的小溪，经过的地方，痕迹溲漫，你都不知道它是不是流动过。

连那些贴在地面上的花花草草，也都是河流，它们细小的花朵，低矮的茎蔓，都是河流的组成部分。打碗碗花用小漩涡让我迷路，马兰用二十二个花瓣把河流分解成二十二条更小的溪流，蒲公英像瀑布四处飞散……我躺在一地花草之间，觉得自己开始涌动，开始流淌。

人本身就是一条河流，不过是站立的行走的河流，每一条毛细血管都像山泉一样，汩汩流出最初的水，血管再将它们运送到身体的每一个方向，这河床，百转千回，乳房是身体这条河的外流河，隆起的部位，喷薄的火山，时而激情暗涌，时而寂静如初，而膨胀的火山一旦爆发，一定有小嘴唇作为外流河的入口，一条河和另一条之间，吸吮、吞咽、消化、吸收……没多久，另一条河流就开始丰腴起来。

河流本身是无情的，不管往哪个方向去，都不准备再回来。不过，它并没有带走所有水，留下一部分滋润大地，另一部分补给人和牲畜。人吃水的时间长了，就有了水的性情，反复、固执、无情，终有一天，也像水一样流向未知的大地，那时候，旱塬将再次干枯，万物裸露。

原载《黄河文学》2019 年第 2/3 期

灯　光

　　最开始，我以为，这世上的所有的光，都是煤油灯发出来的。

　　白天的太阳，一定是无数盏煤油灯一起点亮的，才会有那么持久的光，要不阳光照在母亲身上的那部分，怎么跟煤油灯照在母亲身上的那么相似？

　　夜晚降临，无边无际的黑，把村庄铺满，母亲扣紧木门，拉开抽屉，拿出火柴盒。火柴划过，哧溜一声，黑就被赶出了屋子，灯芯上的小火苗卖力燃烧着，像个要够高处放置着的玩具的孩子，一跳一跳，脚尖老高，可不管它怎么努力，只有豆大一点。

　　母亲所有的针线活都是在灯光下完成的，白天有太多的粗活等着她，只有晚上，她才能清闲下来，把细细的线穿过针眼，然后在布与布之间来回翻转。母亲拉长针线的动作可优美了，豆大的灯火，将她投射在墙壁上，一个巨大的胳膊在静止的空气里挥动，有收割的喜悦，也有爆发前的沉默。我的整个童年就这样被点亮了。

在甘渭河畔，正月十五不吃元宵，而是点灯盏。荞麦和面，揉成馒头的样子，但又不是很圆，母亲用擀面杖在中间捣个窝，然后放进蒸笼。雾气升腾中，松散的荞面变成了荞面窝窝头。

小孩拳头般大小的荞面灯盏，和我们一起等着正月十五的到来。天一黑，它们整齐地出现在供桌上。这些灯盏绝对不会多出一个，也不会少一个，对于家里包括牲畜在内的所有成员，母亲决不偏袒。

点灯时分降临，母亲给荞面窝窝头插上灯芯，倒上清油，然后开始摆灯：我一盏，妹妹一盏，父亲一盏，母亲一盏，当院的天官供桌上一盏，厨房的灶王爷一盏，上房供桌上的先人们一盏，大门供台上也要一盏，有游魂野鬼刚好路过，不会怕黑。剩下的灯盏就要分配给牲畜和粮食了，住牲畜的房间各一盏，牛比鸡要占便宜些，一头牛独享一个灯盏，而一群鸡只能共享一个灯盏。

灯盏分配结束，点灯仪式正式开始。我在院子里放过鞭炮，父亲就划火柴，母亲手执一根缠着棉花蘸着清油的细竹竿接火，然后逐一点燃灯芯里盛满清油的灯芯。夜幕之下，几十个荞面灯盏被母亲点燃，几十尾灯焰像庄稼一样长在荞面灯盏里，清油燃烧的火苗和黑烟，瞬间把屋子变成仙境。

平淡的日子一下子被点亮了，我目不转睛盯着我的那盏灯盏，盼着棉花烧尽后，灯芯上出现的那个灯胎。母亲说，谁的灯胎最大，谁来年的收入就最多，可是等不到灯胎出现，我就睡着了，醒来的时候，往往看见母亲在灯盏下缝缝补补。

那些年，我们的日子破旧不堪，全凭母亲缝补。母亲这盏灯似乎从点着之后就没有停歇过，小小的院落里，洒过光芒，不大的村庄里，灯影也游走过。那些年清白的日子，都是她一跳一跳充实的，可是，眼看着小小的院落变得充盈起来，这盏灯却被吹灭了。母亲闭上眼的那一年，我们已经用上了电灯，开关一摁灯就能亮一天。母亲躺在晃眼的灯光下，我们泪眼婆娑，总觉得洒在她身上的灯光，不是来自灯，而是她自己本身发出来的。命运风一样吹着她，灯光一闪一闪的。我想伸出手去罩住她，给她做个灯罩，可是手伸过去一点，母亲的身体就会暗一些。我想起那时候保护荞麦灯盏的情形，我们越想让灯芯旺旺的，风就使劲冲着灯罩吹，我们又不敢挪动它，只能看着风扯着小小的火苗。我们围着母亲，生怕风把她吹灭，土炕被围得密不透风，我们成了母亲的灯罩。可是，挡住了风，却挡不住灯芯枯竭。

母亲这盏灯还是灭了。我们小心翼翼地把她埋进土里，她成了大地的灯芯。头七里，我们按照甘渭河一带的风俗，去给母亲的坟头挂灯，想着有一盏灯亮着，暗夜里就不会孤独。灯装在用纸糊的灯笼里，一个褐色的药瓶子做成的灯盏里，装着满满一瓶子煤油，灯芯是用新棉捻成的，在煤油里浸泡过之后显得臃肿。这个原本装着药片的瓶子，搭救过母亲的命，可是那些白色的药片最终回天无术，现在它变成一盏灯，替我们照亮母亲。

灯是从出门前就点着的，我小心翼翼地提着它，生怕它被打翻，被风吹灭。它可是要在母亲的坟头亮一夜的。在天快要暗下来之前，一盏灯穿过巷子，穿过村庄，穿过麦田，天黑之前挂在母亲的坟头，这样她就不会怕黑，也能转身从别处拿出针线来继续在灯下做。

灯挂在坟头，天就彻底黑了，老天爷好像是专门等我们一样。我跪在灯前，磕头、作揖，然后蹲坐在坟头，想着这样母亲就能看到我，看到一张被灯盏照亮的脸。无边的黑从四面八方压下来，四周阒静，能听到煤油在棉花上燃烧时发出的滋滋声，这声音跟母亲的针脚穿过麻布时一模一样。

我怕再听下去会放声大哭，清白之年，那么多苦的日子，母亲都有本事把心灯点亮，带我们渡过难关，现在，母亲没了，悲伤成了我最大的难关，可是没有人度我，只有眼前这一盏煤油灯，在风里摇曳着。

恍惚之间，觉得母亲就站在这摇晃的光里看着我。

我知道，被点亮的母亲，将再一次熄灭，她对于我的悲伤，一点办法都没有。

原载《黄河文学》2019 年第 2/3 期

逃 离

　　每一次返乡，都像一次声势浩大的逃离，短暂的停歇之后，众目睽睽之下动身，朝着村庄的反方向行进，把村庄扔在身后，装作若无其事地离开。你会看到后视镜里的亲人们，有的在抹眼泪，有的在朝你挥手……你瞬间就眼眶湿润，这预示着逃离从一开始就失败了，可这失败并没有多大的意义。

　　你看后视镜里，连群山都在奔袭，它们似乎也在拼命地逃离，而留在身后的人和物，只是没办法逃离而已。这时候，你才想起来，村庄里逃离的事物越来越多，多到你都数不清楚——

　　莜麦上场核桃满瓢，这句民谚里的两种事物，最先从民谚里逃离。那时候，割了麦子，人们就等着收获南山的莜麦，它虽然也有一个麦字，但是却没有麦子的待遇，做不了主食，饥馑之年仅能果腹。不过，人们并没有因为它的身份而嫌弃，还根据它的特性，做出比麦子更有嚼头的小吃，比如甜醅，再比如莜麦面窝窝头。有人可能会问，莜麦怎么能与核桃搭配到一起呢？在我的村庄，核桃树有着鹤立鸡群的优越感，它拥有任何树种都无法比拟的宽大叶片，以及所有树都羡慕的高度，更为神奇的是，它把坚硬的果实藏在绿油油的皮里，并且用叶子遮盖起来，因为树身自带滑溜溜的保护装置，你想知道一颗核桃到底是什么味道，除非等到秋天叶子都落光。心急的人们哪能耐得住这性子，就想各种办法摘核桃，结果发现，摘下来的核桃砸开后只有一包嫩嫩的带水的瓤，后来有人发现，莜麦割完的时候，核桃的瓤正好就瓷实了，嚼起来脆脆的，还带着油的香味，于是就有了"莜麦上场核桃满瓤"的民谚。

现在，民谚还在，莜麦和核桃树却找不到了，它们用自己的方式逃离了村庄。最初，村庄的巷子里都有一棵核桃树，从山上下来，一看到核桃树就看到家，夏天的时候在核桃树宽大的叶子下面躲日头，关于狐狸的古今一讲就能讲一天，讲到要紧处，有叶子突然落下来，还以为是狐狸从树上下来了，我们吃着核桃，坐在核桃树下听着古今，却忘记了给核桃树说些什么，也忘记了给它修剪树枝施肥打药。有一天它的大半个身子突然枯黄，大片的叶子在夏天落下来，我们就坐在叶子上听古今，丝毫没有看出一棵核桃树逃离的端倪。后来另一半也枯黄了，这时候人们才发现，一棵核桃树在人的眼皮子底下逃离了，核桃树的魂已经不知所终，只留下一棵光秃秃的树，不长叶子，不长核桃，挡不住日头也吃不到核桃，几个人就三下五除二把它给砍了，只剩下半截树桩留在原地。

一棵核桃树逃离了，然后是另一棵，接着是下一棵……等我们回过头来想吃这核桃坐在核桃树下听古今的时候，才发现村庄里已经找不到一棵核桃树了。莜麦也是一样，明明和小麦长得没什么两样，还比小麦营养价值高，却只能成为副食，只能在小麦歉收的时候出生。小麦收割的时候，一家人从早忙到晚，收割后的小麦整齐地码放在场里，远远看上去就像个粮仓。到了脱粒的那几天，几头毛驴拉着石辘辘转啊转，碾出亮堂的麦粒晒上一天，就被送进了粮仓里。等新麦碾出面来，先不急着倒进面柜，女人们挖几碗新面，蒸了馒头烙了饼，炕桌摆在四合院中间，敬天敬地之后，一家人才把新面倒进面柜，然后蹲在院里吃新麦做的饭。这一切都充满了仪式感。再看看莜麦，一个人慢慢悠悠晃到地里，割一会儿蹲在地垄上抽一锅旱烟，好不容易割完了，拉回来场里一扔，几个女人扛着连枷和麻棒就来了，乒乒乓乓一晌午，莜麦就告别了麦秆，被装进麻袋里扔在粮仓的犄角旮旯里，什么时候想起来，就看它的运气。躺在粮仓里的莜麦，最后也忘记自己还是粮食，能变成面，能填饱肚子，它自暴自弃，因为不透气开始发霉，有老鼠嗅到味道，半袋子莜麦被一夜之间搬空，等人们想起莜麦的时候，提起袋子，只倒出一些老鼠屎来，莜麦用这样的方式逃离了村庄。

我还记得赶着毛驴驮着半袋子莜麦去集市上磨面的情形。毛驴走在我前头，我跟在毛驴身后，一前一后，我一会儿抓蝴蝶，一会儿揪蒲公英，毛驴一会儿啃路边的苜蓿，一会儿用蹄子刨地上的土。我们哪像个赶集的样子，这简直就是享受这人间最欢乐的瞬间。女儿出生后，我带她回村庄感受乡土气息，第一个想到的就是毛驴，我准备向她介绍并让她体验赶毛驴的乐趣，可是却扑了个空——整个村庄转了一圈，没见到一头毛驴。在莜麦逃离村庄之后，毛驴也逃离了？也是，现在种麦子用的是旋耕机，收麦子用的是收割机，碾麦子用的是脱粒机，磨麦子用的是磨面机，在麦子从种子变成面粉的全过程，看不到毛驴的影子，它的存在已经毫无意义，虽然我的女儿还指望着我介绍一只毛驴给她，看来我也只能像写一篇散文一样，用粗笨的文字向我的孩子描述毛驴的长相和特征，用我童年的记忆描述毛驴的用途以及乐趣。

和核桃、莜麦、毛驴一起逃离的，还有糜子、谷子，以及收这些作物的镰刀、石轵辘、石磨，后来我发现，连枷、架子车、面柜这些和作物们有关联的物件，也都一一逃离了，我不知道它们是以什么样的方式逃的，总之我再也见不到它们了，或者见到的也是无法转动的连枷、少了轮子的架子车和空空如也的面柜……这些曾经担任着重要角色的物件，突然一下子从大地上消失，就像谁启动了删除键，原本存放它们的地方，干干净净。我甚至发现，连大地上的地交界都逃离了。最开始，大地是一整块的，只有河流将它们分开过，后来路也将它们分开过，再后来房屋也将它们分开过，再后来，它们就变成了一块一块，属于不同的人。我见过分地的过程，人们用米尺将一块地准确到厘米，然后在恰当的数据范围内，分出几块，两端扔一块石头就算画出了楚河汉界，老死不相往来。有不放心的，就在地界上齐齐地码上石头，一块地就真的成了两块地，这边种玉米，那边就种小麦，不重复，以免过界。人和人之间小心翼翼地恪守着界限，植物却不管，这边的玉米长到那边去，那边的小麦溢到这边来，眼尖的人一把就拔掉了，不让对方知道。牛却不管这事，到了秋天耕地的时候，它一蹄子就把这边的石头踩到那边了，于是两边就剑拔弩张，恨不能一蹄子跨到对面去。村里经常会出现为地交界打架的事情，爷爷做村长的那些年，没少处理过。没几年，这事就消失了，我跑到地里一看，哪里还有地交界啊，地已经回到了原始的样子，不是被荒草覆盖，就是被机械化种植的作物填满，看不出任何分界线。地界算是在人的眼皮子底下逃离了，有时候就为那些曾经为地界吵嘴的人不值，你们为它打得死去活来，后来它们就这么逃离了，谁也没察觉，谁也没有为此和大地吵一架。

总觉得是植物、牲畜和物件们背着人逃离了村庄，后来才明白，人才是逃得最早最彻底的。先是一个人出去，越走越远，在别的地方安营扎寨，收起方言，混在人群中把自己打扮成村庄以外的人，然后是家人也跟着他的脚步出去了，大门上落锁之前，把储藏了几年的粮食腾空，把牲畜赶到集市上卖掉，把家具送给亲戚邻居，把能带走的都带走，人们用一件件物品填满的四合院，重新空下来，盛放旧时光，收留麻雀和野狗。

逃离，不仅改变了村庄的秩序，还把人辛辛苦苦经营下来的光景也一一抽离，表面上看，一切变得快捷简单了，节奏也越来越紧凑，可每一个人的内心其实是出现了一个大洞，逃离的东西越多洞越大，人越觉得孤独。重新回到村庄的时候，总觉得缺点什么，又不知道怎么去填补，时间长了，人的心就像麦收后的村庄，变得空空荡荡。

就在人们快忘记他们的时候，有一天，村庄里突然来了车队，一袭的黑色，上面裹着白布，大大的奠字明晃晃的，让行走的人和风以及阳光都停下来，注目。大家开始猜测红色的棺木里躺着的那个人是谁，为何会有如此规格的仪式，是诰文上那几行字给出了答案，牌位上的那个名字，却是陌生的，有人质疑这要入土的人到底是不是这村庄里的人。老人从牌位上的先考某某某确认出了死者的信息，这是最早一批逃离村庄人中的一个，老人们看着这车队，这阵势，满腹感慨，扔出一句话来：离家出走一辈子，到头来还是要回来。

兜这么大一个圈子，最终还是要回到村庄，老人们心里明得跟镜子一样，他们知道，这村庄不大，可是从这里出生的每一个人，都注定逃不出村庄的手掌心，每一个逃离的人，最后都以死的方式回到这宿命的安排中。

原载《散文》2018 年第 12 期

秘　密

村庄里没有秘密，这是以前的事情，后来就不是这样了。

原本，万物生长的隐秘历程，就是一个天大的秘密。麦子抽穗，是如何一点一点打开自己，放出穗子的，这期间又经历了多少的痛楚，享受了多少的甜蜜，不要说亲眼所见，光想想这个过程，心里就觉得美。向日葵授粉，脸盘一样的葵花，被阳光涂上黄色的脂粉，立马就有了香气，蜜蜂隔得远远的，就嗅到了气息，它们跋山涉水（对于蜜蜂来说，一条小溪就是黄河，一座小山包就是万仞山），怀着少年的初心，一头扎进花蕊中，吸吮到花粉之前的每一个环节，都让人回味无穷。

这些隐秘的事情，除了虫子、水、鸟儿外，就只有风清楚了。虫不语，水东流，鸟儿飞到只有自己知道的地方栖息，只有风到处游荡，逢人就把它知道的秘密往出讲。

不信你看，风比人，比大地都积极，它使劲地刷着存在感，让你觉得，这一年四季里，只有风在忙碌。春天，小草从苏醒的土地里使劲往出钻，风就一遍一遍刮皱裂的大地，让它越变越薄，好让麦苗探出头来，小草露出头来的惊喜和慌张，全被风收罗了去；夏天，麦子扑啦啦一下子黄开了，算黄算割鸟都着急了，有些麦子就是慢腾腾，眼看着六月天要变脸，风就夹杂着热辣辣的太阳吹麦田，田野里染色般一样黄了，麦子内心的欢愉和快乐，都被风一一捡拾；秋天的时候，风的事最多，树要变黄、在野之草要变黄，风就乐此不疲地吹，每个角落都不落下，像给每一个进入暮年的人送终，最后收走它们所有的遗言；冬天一到，万物凋敝，只有风像进入了青春期，裹挟着霜冻横冲直撞，它知道的事情太多，可大地被它吹了一个来回就冻住了，大地被风封住了嘴，无话可说，这个时候，风就开始给大地一遍一遍述说。

于是，在村庄里，就没有风看不到的事，也自然就没有秘密了。风知道植物生长的规律，知道牲畜声音里传递出来的信息，也知道人在大地上的一举一动。

而风看不见的那部分，神灵看得见，他和风分工明确，一个掌管人间所见之物，一个掌管人心所想之事。看得见的神灵住在山神庙，几尺土台之上，一张纸安置着三个神仙：观音管子嗣的生育保出入平安，药王爷手持草药驱除病魔，财神爷红光满面。

人到了繁衍子嗣的时候，跪倒在山神庙，祈求观音给他一桩婚事，早日传宗接代。新娘娶进屋，就又希望观音能保佑早生贵子，并且一定要生个带把的，这样才能光宗耀祖，这样才有面子。孩子生下来了，还愿的锦旗挂在山神庙的墙上，观音就晾在一边，开始跪药王爷和财神爷。烧纸的时候，药王爷的黄表明显要比财神爷多，这是出自内心的敬畏，谁也不想让药王爷惦记，多烧点纸巴结巴结，也有敬而远之的意思。财神爷这里，烧的黄表虽少，心里念着的可全是财神爷保佑，发了财一定捉只公鸡还愿来。人只要进了山神庙，还没张嘴，这三个神灵就知道人的心思，虽然很多人说出来的和心里想的有出入，神灵知道，也会照单全收。所以，人是没有秘密，所有的想法不是说给神灵了，就是被神灵听去了，他们要做啥，神灵心里一本账，有些事不知道是谁做的，神灵那里一问就真相大白，不要想着躲过神灵。

看不见的神灵住在村庄的上面，他们也分管了不少人的秘密。

上面到底在哪儿，没人说得清楚，可能是头顶，也可能是山顶，不过可以确定的是，正常状态下，他们存在的形式是一堆土，为了便于辨认，每堆土前还会立一个碑，写清楚姓甚名谁，有哪些子孙。这些神灵相对于山神庙里的神灵就小气多了，他们只关心碑上的这些人，以及这些人繁衍出来的其他人。

他们关注的方式很诡异，有时候会托梦，有时候会附体，有时候会变成奇怪的东西黏着你。人躲过白天的风，藏在黑暗里做梦，做一些平时没办法完成的梦，他们就会突然出现，把你的梦看得一清二楚；人在大地上行走，想着一些平时不敢想的事情，他们突然就进入了人的身体，把你正在想的事情一把抓走；他们无处不在，你又找不到踪影，可以确定的是，他们一定是对这尘世太过迷恋，对留在世间的亲人太过不舍，于是他们悄悄地躲在村庄里，像神灵一样，随时准备回到人间。

人被风吹烦了，头磕了无数次，也不见神灵保佑，发个财。于是，就想出去试试运气，第一个出去的人，不知道赚没赚到钱，反正回来的时候，很是神气的，身上穿的衣服也是那种针线缜密的的确良，脚上穿的鞋子像水洗过一样，又不像水洗过，黑漆漆的，能照出影子来。人们光从他这一身行头就能判断出他在外面一定混得很不错，于是就像风一样跟着他离开村庄。越来越多的人离开了，他们走之前都会去山神庙祈福，但是走远了就把观音、药王爷和财神爷忘一边了，而山神庙里的神灵也管不了他们，风也管不了他们，他们躲在廉价的出租屋，躲在乱哄哄的工棚，白天里在工地上忙乎着，暗夜不知道拐到哪个巷子里去，风在城市里晕头转向，不要说秘密，连它自己是谁都闹不清楚，风落荒而逃，回到村庄无话可相告，风和神灵面面相觑，鞭长莫及。就这样，村庄的人在离开村庄以后，重新有了秘密。

原载《散文》2018 年第 12 期

绳　子

绳子是草给人的启示，有了绳子，人一把就把草拽到了人间，草替人干了很多事，也记住了很多细节。

最开始，绳子是一棵又一棵的草，是一地的麻，立在大地上。大地很大，装着人间和别的东西，草在人间以外，没有人把草当回事，直到他们发现，草可以变成草绳的那天开始，草才引起人的注意。

有很多事情需要用绳子来捆绑，比如另一些草。去山坡上割了一捆草，想把它们转移到院落里不是一件容易的事情，抱是抱不了多少的，最后用一些草编成草绳，运送另一些草就变得简单起来。

人的记性不好，有好多事情需要在绳子上打结来记住，"事大大结其绳，事小小结其绳"，打多少结就能记住多少事，最后大大小小的结，就成了回忆过去的唯一线索，比啥都可靠。

绳子一下子就把自己和人捆绑在了一起，人也开始研究和关注绳子，后来就有了编草绳的工具和技艺，绳子也越来越精细，可以是很粗很长的麻花辫，也可以是细得可以穿过针眼的针线。我见过用木头搭成的纺线车把一捆一捆的草变成绳子，这些绳子足以把整个村庄绑得严严实实。我也一直记得小脚的祖母坐在屋檐下，用一把小小的转车，让一缕一缕的麻变成细线，这些细线，把布和鞋底纳在一起，穿在脚上帮我们走遍村庄。

我曾经无数次用绳子牵着牛，从院子里出来，绕过巷子，下一个坡，到水坝里饮牛。我在前面走，牛跟着我，牛在前面走，我拽着牛，有一种感觉很浓烈：此刻被我牵着的，就是我自己的。孙悟空画个圈就把师父护住，老虎撒泡尿就把地盘占住，我用一根绳子就把牛拴在槽头上，这是一件可以和孙悟空、老虎一较高低的事。我还用绳子把背篓绑在肩膀上，把旋转的陀螺控制在一直旋转的状态。大人们更有本事，他们用绳子捆回来粮食，用绳子牵回来女人，甚至用绳子把裂开缝隙的屋子扎紧，有个叫三娃的还用绳子把撞坏了的拖拉机修好，这头只吃柴油的手扶拖拉机，螺丝都掉了，可是一根绳子就能让它重新突突突发出吼声，三娃到底是怎么做到的，这事一直到现在我都没闹清楚。

柔软的绳子，可以捆绑和牵引地面上的事物，也可以向上和向下，接触高天厚土。小时候爬过树，上过房顶，也走遍了村庄周边所有的山头，总觉得自己走过的地方还是不够高，要是有一天能摸到老天爷的屁股就好了，就整天想着能高一些，再高一些。《语文》课本上，有个叫富兰克林的外国人，把钥匙绑在风筝上，在雷雨天等着闪电的到来，插图上那道光落下来的时候，一根长长的绳子似乎连接了天空和大地，富兰克林应该摸到了老天爷的屁股。受他的启发，在一个风正好的周末，我揭下糊在墙壁上的报纸，照着课本上风筝的样子，做了一个笨拙的风筝，偷偷拿走奶奶纺了半个月的细麻绳，准备和天空对话。我们几个都想上天的小伙伴，把纸糊的风筝拿到山上去放，那里离天空最近。我们一边跑，一边放线，可是风筝一离开我们，就像受伤的雏鹰，一头栽倒在山坡上。我们一遍一遍地放飞，风筝一遍一遍地栽倒，我们都失去耐心了，就将纸糊的风筝胡乱扔向天空，风正好吹过来，就把它带走了，我们兴奋得大叫起来，追着风筝跑啊跑，线绳在手里绷得紧紧的。后来风筝越吹越高，快要碰到那朵白云了，可是手里的麻线绳明显不够用，风筝快要触到天了，我们放开手中的麻线绳子，风筝这匹脱缰的野马，开始撒欢。我们欢呼，我们跳跃，就像我们摸到了天空一样开心。回家的时候，奶奶到处找她纺织麻线绳的小工具，我才想起来，它还在风筝上拽着，奶奶怕是再也找不到她纺的那卷麻线绳，它跟着风筝上天了。

小时候大人们骂我们，总说我们能得上天入地呢，这天用风筝上过一回了，可地却从来没有入过，于是就想着能遂大人们的愿，想办法入个地试试。村庄的土太硬了，挖不了几铁锹，就瓷实得像月球表面，我们只能作罢。不过有个地方可以入地——井——我们从那里掏取大地深处的水喝，自然它就成了村庄最深的地方，如果进入那里就等于入地了。可是，把头探到井沿上看一眼就觉得眩晕得厉害，如果进去那不淹死也吓个半死。于是我们都打消了入地的念头，可是有人却一直想尝试，趁人不注意，他纵身跳进一口枯井里。落到深处的时候，他就后悔了，伤痛和恐慌让他本能地开始呼救，幸运的是有人路过的时候听到了，于是找来井绳，把自己绑到一头吊进井里，被拉上来的时候，他煞白的脸上泛着怪异的光，后来村子里的人都说，是绳子给了他一条命，于是他索性就改名叫绳子，替它在大地上行走。

绳子能上天也能入地，绳子在人的手里变化自如，可是人没想到的，终有一天，人会把绳子套到自己的身上。是一个和别的时候没有任何区别的午后，村庄里寂静无声，太阳晒得屋檐裂出细小的口子。突然就有哭声传出来了，伴着撕心裂肺的呼喊。人们聚集到一间黑乎乎的屋子时，房梁上挂着一个人，绳子在房梁和脖颈间，直挺挺的，显得无辜而又不知所措。这个瘦小的男人，在被肝病折磨了大半年之后，选择用一根绳子结束自己。这是一种少见而又让人唏嘘的死法，在大家眼里，绳子的用途有很多种，但万万不会是这样的方式。自寻短见的人，很快就被装进了早就准备好的棺木里，吉日一到，就被人群送到坟地。那天，我们混在人群里，看着红色的棺木被粗粗的绳子紧紧地绑着，人群缓慢移动，绳子始终未松手。我突然想起这个人把头伸进绳子里的时候，一定也有紧紧抓住什么的念头，可是他除了抓紧绳子，还能抓紧什么呢？

多年以后，再想起绳子的时候，才发现很久都没用过绳子了，甚至几乎也见不到绳子。最后才明白，绳子和人纠缠了那么久，最后还是没抓住任何一个人，死去的人没抓住，活着的人更抓不住，我们在绳子的眼皮子底下一个个从村庄里溜了出来。绳子离我们越来越远，原本想着再也不会被它牵绊，可没想到，不管我走多远、飞多高，乡愁这根绳子，却一直紧紧地拽着我。不过这样也好，在漂泊的日子里有个东西拽着，也不至于下落不明。

原载《雨花》2019 年第 4 期

桃　花

　　少时家贫，屋子里没什么好物件给我玩，只能蹲在院子里玩土，晴时堆城墙，雨时修水渠，两只手总是沾满了土，童年也像屋子对面的山头一样，灰突突的。其实，清白之年，整个村子也贫，站在山头上往村庄里看，青瓦遮盖着一座座土坯四合院的简陋，宽大的树叶子挡住一整座村庄皲裂的皮肤，不过一个精钩子的孩子要是突然跑出来，这一切就都藏不住了。

　　说起遮丑，夏有树，秋有收成，冬有雪，村庄的四季只有春天略显尴尬。这时候，人从冬闲里还没走出来，眼睛闲着就四处看，这才发现，生活着的这座村庄真贫真丑。

　　好在还有一山的桃花，它们住在村庄北边的陡坡，老一辈人说，这里连牛都走不成，上去就会滚下来，就给坡取了名字叫滚牛坡，不过这么多年，我没见过一头牛从坡上滚下来，倒是见那桃花，风一吹，一片一片落下。

　　坡上有间隔一米多宽的梯田，却不种作

物，就那么荒着，草木按照各自的习性野蛮生长，于是这里就成了村子里最接近原始状态的所在。一到春天，异常热闹，满山的桃花一开，滚牛坡就像画一样，挂在半山腰上，生活的调色板显得生动起来。

这桃花，因为长在山上，所以也叫山桃花，可我们更愿意叫它野桃花。

一个野字，既概括了它所在的位置，蔓草在野，桃花也在野；还很准确地说明了它的生存状态，野就是无章可依，说开一下子就开了，不给任何人打招呼，说败就一夜落光了，你都来不及记住它的美。

花是粉的或红的五瓣花，冬天的身子还有一小半没挪出村子，春天的风就从远处吹过来了，先是冰封的水坝被吹醒，紧接着是土地渐次软乎起来，不管是冰面还是大地，它们在春风面前都表现得有些腼腆，而桃花才不管这些，野桃花野桃花，就以野的方式迎接春天，她先在光溜溜的枝条上生出一个小骨朵，还没等接到春风的讯息，骨朵就破了，桃花用五个粉色或红色的瓣，来唤起这死气沉沉的村庄。等春风吹过来的时候，桃花已经出落得像邻家丫头了，粉嘟嘟的，在蓝得过分的天空下撒欢。之后，那些叫不上名字的花花草草才汹涌而至，可惜桃花已经提前美过。

我总觉得"红肥绿瘦"这个词说的就是这满山的桃花，你看野桃花一开，远远看去，只有花儿不见叶子，靠近了才发现椭圆状披针形的叶片，小鸟依人般衬托在花瓣之下。等花瓣落了尘，叶子才伸展开来，拨开看，几个毛茸茸的小毛桃藏在身下。野桃花开花，也结桃，不过这桃是不能吃的，它们压根也不准备长成桃子的样子，长到杏子一样大的时候，就不准备再长。

桃花结出来的果子，体形微小，味道生涩不可食用，但桃仁可入药。野桃花孤注一掷地绚烂过之后，结出的小小毛桃，像村庄里那些精钩子的孩子，漫山遍野跑啊跑啊，最后在母土上落地生根。我们提着柳条编织的筐子，去滚牛坡捡小毛桃，褪皮之后的桃核，佛珠一样，讨人喜欢，最关键的是，拿到镇上还能换零钱。

桃花的出现，扩展了村庄的想象力，最突出的表现是起名字。我记事的时候开始，村庄里起名字已经从狗剩、麦成、满仓这样的期盼，转移到了桃花、爱桃、爱花这些明显浪漫的字眼上。姑娘们的名字开始带上花的香气，于是，每个村庄都有了几个叫桃花的女子，她们混在人群里，抬起头就像桃花开在山头，面若桃花说的就是她们，她们叫桃花，也有着桃花的特性和命运。她们肆意地开过一季之后，被毛驴、架子车、自行车、拖拉机一一拉出村外，变成别人炕上的女人，脂粉在第一次开过之后就褪去了，素面朝黄土，直到把自己变成一抔黄土。

桃花还让我的童年变得绚丽起来，那时候，我们去滚牛坡，在漫山的桃花下躺着，看天空蓝得快要能映出我们来，许是受到花粉的刺激，小小的内心里生出电视剧里的台词来：我们在桃树下结拜吧。于是，我们就像《三国演义》里的刘关张，在涿郡张飞庄后那花开正盛的桃园，备下乌牛白马，祭告天地，焚香再拜，结为异姓兄弟，不求同年同月同日生，只愿同年同月同日死。我们没有乌牛白马，也没有焚香，我们朝着村庄的方向跪下，向天叩首，向大地叩首，向彼此叩首，这个光景，如果有风吹过来，恰好落下些桃花，就仿佛这一拜，让满山的桃花都为我们开了，又败了。

可不是吗，它们开了又败了，给谁开不是开，给谁败不是败。于是，我一直多情地觉得，滚牛坡的桃花会为我开一辈子，败一辈子。这么多年过去了，一到春天，我就会想起滚牛坡上的桃花，时间一长，桃花就像生物钟一样，它一开，乡愁就迅速笼罩了我。

张枣说"只要想起一生中后悔的事／梅花便落满了南山"，今夜，我要将梅花篡改成桃花，将南山篡改成我的滚牛坡，只要想起一生中后悔的事，桃花便落满了滚牛坡，这样多好，在故乡，我就是一个皇帝，等着她骑马归来，面颊温暖，羞涩。

原载《散文》2018 年第 12 期

地　软

　　村庄里还点着灯盏的时候，一豆昏黄之下，一切都显得模糊，暗夜的屋子里和屋子外没什么区别，出门和进屋也没什么两样。等通了电，一米长的灯管电棒和一滴水变胖了一样的电灯泡，一下子就把夜隔在了屋子外面。白天被无限拉长，不过很快就发现了问题，关掉灯之后，再到暗夜里走路，竟然眼前一片模糊，分不清哪里是路，哪里是墙，好几次都是碰得鼻青脸肿，狼狈不堪。

　　我怀疑自己得了严重的眼疾，就去问做赤脚医生的三爷爷，我怕是要瞎了吧，这毛病还有没有办法医治。三爷爷翻了翻我的眼皮，又摸了摸脉，说这不是病，不过要像病一样治。

　　三爷爷开出的药方子里，都是村庄里所没有的物件：枸杞、菊花、苍术……我说三爷爷，咱们四只爪子的蛤蟆好找，枸杞、苍术这些东西不好找啊，他说了句碎尿，把你的懒不说，你等我再看看，于是就从八仙桌下的匣子里拿出一本没有封皮的书来翻，没翻几页，就猛地抬起头来，像是突然想起来一样东西似的。三爷爷调整了下眼镜，转过头看着我说，地软到处都是，你去捡些吧，吃了你这症状准好。

用我三爷爷的话说，地软常年匍匐于地，所以带着大地的脾气和温度，性凉、味甘；入肝经。清热明目，收敛益气。我根本就听不懂这些术语，看我一脸懵懂，他就拿出做了一辈子赤脚医生的架势说，你看书上写得清楚哩，地软主治目赤红肿、夜盲、烫火伤、脱肛。我才知道，我得的病叫夜盲，这名字还挺贴切，夜里跟盲人一样。

都说眼不见为净，我这人却偏偏喜欢热闹，凡是眼睛能看见的，耳朵能听见的，一定要凑到跟前去闹个一清二楚，所以这眼睛和耳朵就不能有问题，所以对治好眼疾有一种超过一切的迫切心理。拿到三爷爷的药方子，我就像找命一样，到山上沟壕平川里去找地软。

夏天的时候，我拨开冰草，只看到绿油油的草茎之下，蜗牛在缓慢搬运阳光，蚂蚁三五成群正在转移一只死去的蚂蚱，就是看不到地软。秋天的大地上，万物萧瑟，金黄抵抗着时光，我俯下身子，拨开草丛，就只看见大地皲裂，这病了的皮肤上，树叶像牛皮癣一样藏在草木的根部，还是看不见地软。

大人们说，只有冬天才能捡到地软，它们是雪的孩子。我快等不到冬天了，在秋天的时候就盼着斗大的雪花赶紧落下来，落在苍茫的大地上，这样，每一寸土地上就能生出地软，这样我的视网膜就能被地软的营养覆盖，每一根视觉神经就能像水管一样，畅通无阻，我再也不用害怕黑暗了。

你还别说，雪一落下来，地软就从土里冒了出来。我们常常说大地开花，大地之上开着的花，都有自己的名字，有自己的根系、香味和花语，比如牡丹，芍药科、芍药属植物，为多年生落叶灌木，花语雍容华贵；再比如蒲公英，菊科，属多年生草本植物，花语开朗。所有能叫上名字或者叫不上名字的花儿，都为自己开。只有地软，这无根无叶无蕊无香的片状植物，虽然在专业的分类学中隶属蓝藻门，但在我眼里，它也是一朵花儿，属大地科，它只为大地开放，或者说它就是大地之花，无根但是吸收大地精华，无叶但每片雪花每寸阳光都是它的叶子，无香但在厨房里经过淘洗烹制就能尝出人间冷暖。不过它们并不像那些真的花朵一样，急着让人欣赏让人靠近，它们悄悄隐在草茎之下，等着人们拨开草拨开雪去寻找，它一定也喜欢捉迷藏，不过很明显，这些家伙笨拙地挤在一起，只要发现一片，其他的地软就会束手就擒。也有聪明的地软，躲在你找不到的地方。等雪化得差不多的时候，我们去捡地软，布鞋踩在软塌塌的积雪上，发出沙沙的声音，地软听到声音就躲起来，你怎么找也找不到。

苦苦寻找的除了地软本身之外，还有它的身世。我们好奇的是，大地上的植物，都有自己的来处，要么靠根系繁衍，要么通过种子生长，而地软这匍匐于地又不扎根大地的植物，到底是怎么来的呢？最初我们怀疑它是羊粪变的，你看大冬天的，一群羊被赶到洼地里，这一片枯黄的洼地突然就生动了，羊一股风一样过去，地上到处是羊粪，雪落下来，羊粪不见了，地软冒出来，不是羊粪变的难道还有别的？为了验证这个说法的真实性，我们拿地软和羊粪做过比较，虽然都黑乎乎的，但是一个无味，一个臭烘烘的，明显不是谁变谁的问题。也有说是从天上掉下来的，说得跟天上掉下来个林妹妹一样玄乎，可是谁也没见过从天上掉下来过黑乎乎的东西，这个说法不攻自破。还有一种朴素的说法是灵魂长出了大地，就像星星一样，地上死个人天上就多一颗星星，同理，这世上死个人，地上就长出一些地软来。到底是不是谁也说不清，我们就这样稀里糊涂地捡了地软回去吃，我的眼疾竟真的慢慢改善了，能

在旷野一眼看到地软，也可以在黑夜里穿过村庄的任意一条
巷道。

　　多年以后，我走出村庄，开始在城市的街巷里行走，眼疾
完全已经不用担心，因为每座城市都有很多条不夜街道，也就
是说，我再也不用担心走夜路碰得鼻青眼肿，每一条路都有光
的指引。

　　说到指引，我突然就想起地软的来历来，那么多年我找寻
的问题，似乎有了一个不太科学但是一定富有诗意的答案，你
看，抛开地软的专业术语和生物属性不说，单从"地软"两个
字的字面来看，地软，不就是大地的细软吗？突然想起一个可
能不太恰当的比喻，对于村庄来说，我是个见钱眼开的人，这
些大地的细软，医治好了我的夜盲症，还让我成了一个携带细
软走天涯的人。

　　走得再远，还是要回来。每年腊月，我都会趁着夜色回到
故乡，回到这片怀揣着细软的大地。可以不用走亲访友，但是
一定会带着女儿去我捡拾过地软的地方，拨开枯草，寻找大地
的细软。这个时候，我才发现，和我一样的人不在少数，年少
时曾经佝偻着腰身捡地软的孩子们，已经到了带着自己的孩子
捡地软的时候，而这些高不过任何草木，也没有鲜艳的外观，
藏在大地的犄角旮旯的细软，不仅用藻类的特性治疗我的眼
疾，还在我们这些人的身体里装满细软，让我们在离开村庄以
后，乡愁丰满，目光有神。

较　劲

　　性格温和，一生不曾与任何人结过怨的
祖父，却和操持了一辈子的土地以及和土地
上锄不尽的稗草较了好长一段时间的劲。

　　刚开始，祖父是没有土地的，他生活的
地方，虽然到处都是土，但并不是能耕种的
地，是长不出庄稼来的，野草倒是长得疯了
似的。后来土变成了地，可并不是所有人都
能拥有属于自己的地。

　　后来，村里分了地，祖父和祖母各一亩，
因为要养活一大家子，所以祖父对它们格外
上心，伺候它们，巴结它们，有时候为了多
一些收成，甚至还要和地较劲，比如对抗干
旱，抵御稗草，这样才能守住自己的地，守
住少得可怜的粮食。

　　祖父把植物种进土地里，除了养活一家
人之外，还有一层意思——试试大地的深浅，
这样就能更好地和大地较劲。其实，他从一
开始就知道答案的，可就是不死心。

　　和大地较劲，就是和上天较劲。雨水是
和大地勾连的一对，如果它们配合得当，这

一年一定风调雨顺，祖父只等开镰的日子，把那些饱满的麦子收回家。可打我记事起，村庄里就没有下过几次正确的雨，不是一年到头不见一滴雨，以至于怀孕的麦子胎死腹中；就是在麦子临盆时，倾盆大雨不请自来，活生生让它难产。我既见过面对干涸的土地众乡亲长跪不起祈求上天落雨的场景，也见过大雨之中所有人疯了一样在水做的刀子里抢粮食的样子。总之，对于雨水，我是没有好感的，而在祖父那里，便成了既爱又恨。他知道，和大地较劲，雨水会起很大作用，于是，在恨不得把汗水都收集到麦田的时节，祖父会带只母鸡去山神庙，或者跟在求雨的人群中，面相虔诚。而在雨水充沛的日子里，祖父排兵布阵，让几个儿子赶在雨水落地之前，把麦子收回家。

和大地较劲，基本上是和自己过不去，等有了孙子之后，腰身开始弯曲的祖父，就对自己温和了许多，不再做那些从一开始就不会有好结果的事情，而开始专心伺候大地，好让大地喂养自己经营着的这一大家子。

不过，和稗草的较量一直没停。稗草们不知道从何而来，又是如何混到种子里的，总之，不管事前做了多少准备，麦苗从大地里冒出来的时候，总会有大批稗草让人头疼。

一般情况下，祖父会让几个婶婶先蹲在地垄里，一寸一寸消灭它们。小铲子肯定是为了消灭稗草而出现的，它们的刀刃大小刚好将一株稗草连根拔起，一个上午，麦子地里就躺倒一批稗草，祖父把它们收集起来，背回家喂牛。

谁也说不清楚，稗草究竟有多大的能量，刚锄过不久的麦地，新长出来的稗草又高过了麦苗，祖父闹不明白它们是怎么躲过小铲子而存活下来的，他以为，它们只要被连根拔起，就不会和麦苗争夺有限的水分和营养，可是没想到，到头来稗草比麦子还多。

小铲子明显应付不过来，祖父就到镇上买来农药，在一个黄昏，用喷雾器进行了一场大规模化学武器灭稗草行动。第二天一大早，祖父兴冲冲去麦地里验收战利品，结果被眼前的场景吓瘫在地，喷过农药的麦苗耷拉着头，而稗草们却相安无事。

很不幸的是，这批麦苗没有等到夏天就提前夭折，没几天，整块的麦苗就成了一地枯叶。祖父蹲在地垄上，旱烟锅一锅接着一锅抽，抽到烟袋里的烟叶子见底了，刺啦一声划开火柴，朝麦苗的根部伸过去。这些早就失去水分的麦苗，急着投胎似的，很快就燃烧起来，祖父蹲在地垄上，看它们在风的作用下一寸一寸走向最后的死亡。

祖父目光呆滞，风一点都不在意他想什么，不一会儿，一块地里的麦苗就化为灰烬。稗草在这次较量中，也是损失惨重，和麦苗同归于尽。这块地荒了没几天，就被重新耕种上了别的农作物。可能是燃烧过后的草木灰起了作用，第二茬庄稼异常茂密，奇怪的是，田里竟然没有一棵稗草，难道是一场火之后，稗草被赶尽杀绝？这个问题一直没有答案，不过可以肯定的是，祖父用一场长达半年损失惨重的等待，换来了稗草战役的首捷。

有了惨痛的教训之后，祖父对待稗草的手段就高明了许多，除了让几个婶婶不厌其烦地锄草之外，他还想到了对种子下手，不管从哪里换来的种子，他都要摊开在阳光下，一一辨认，将可疑的稗草种子从中剥离。

可总有漏网之鱼，总有来历不明的稗草，突然就混在麦子里冒出地面，这时候，祖父通常会舍弃稗草周边的麦苗，一铁锹铲下去，将稗草所有的根系都砍断，这叫斩草除根。

祖父对稗草的狠劲，已经明显超过了对麦子的喜爱，他内心的爱恨，也已经被较量冲破了底线，稗草这是把祖父逼急了，以至于每天都忙乎在地垄上，像条狗一样盯着大地，我从来没见过祖父如此狼狈。也是，一家大小几十口，等着大地上生长的作物填饱肚子，因此，在仅有的几亩地里，和老天爷，和稗草，和田鼠，和麻雀，以及各种不可预测的灾难抢夺粮食，就成了祖父唯一能做的事情。

不过，这个事情很快就被替代了，梯田的出现，让我们家每个成年人都获得了属于自己的地，养家糊口的任务，从仅有的两亩地变成十几亩地的事。即便如此，和稗草的较量一直在延续。祖父从巡视几亩地，到巡视十几亩地，他的战场被放大，敌人的数量也陡增，我时常看见祖父扛了铁锹，背着背篓上山，回来的时候后背是一背篓稗草，让牛吃个美。可后来他发现，有很多稗草，可能是被牛带到地里的，稗草的籽被牛吃进肚子后，没有消化的籽混在牛粪里，以肥料的方式回到地里，于是，这些稗草就只剩下直接被焚烧的命运。

祖父和稗草之间的战争，快到尾声的时候，种地这件事突然就成了极少数人的事情，我的叔父中，只有大伯继承了祖父的基业，整天忙碌在大地上，我的父亲和三叔，在子女进城后，也收起农具离开了村庄。祖父对他的二儿子和小儿子失去了信心，他知道，这两个人决然不会再重新回到土地上，这么多年，在土地上扒拉，几乎搭上了性命，却仅能够填饱肚子，谁都不傻，外面世界自有养活他们的方法，于是祖父只能守在依然种地的老大身边。很明显，他已经扛不动一袋麦子，也没办法驾驭一对犍牛在一亩又一亩的土地上耕作，他最后还是选择和稗草较劲。根据大伯后来的描述，不管啥时候，祖父出现在地里，总是一副佝偻着腰身的样子，手上的铲子，始终落在稗草上。

我没能见证祖父和稗草之间最后的较劲，但在祖父结束了自己较劲的一生之后，替他见证了他和稗草之间的和解。祖父的坟墓最终选在了那块麦苗被农药毒死的地里，祖父被种进地里的第一年，这块地种了它最后一茬麦苗，在随后的几年，它一直荒着。大伯说，怕地里种了麦子，躺在地里的祖父闲不住，老惦记着锄稗草。其实，真正的原因是大伯也逐渐开始告别种地这个行当，祖父和三个儿子种过的大部分地，开始被稗草占领。

这些稗草，对祖父既没有怯意，也没有敌意，它们似乎忘记了祖父曾经的赶尽杀绝，竟然靠祖父那么近，有一些都快罩住祖父了。不过，很明显，没有了麦苗的地里，稗草似乎并不茂盛，不知道是缺少了较劲的人而失去动力，还是没有了麦苗的陪衬稗草显露出真实的孤寂，总之远远看上去，祖父的坟地，和荒野连成一片。我们跪在坟前磕头烧纸，那些稗草就代替祖父接受我们的跪拜和香火，我们起身离开，那些稗草依然围在祖父身边，久久不肯离去，回头的时候，恰好有风吹过来，稗草们随风摆动，像祖父朝我们挥手告别。

失　传

　　很多东西都失传了。我站在巷子的尽头，突然就想到这一句。

　　想到这一句的时候，牧羊人就赶着一群羊过来了。那就拿牧羊人说说失传的事吧。

　　牧羊人是村庄里的行吟诗人，他们知道哪里的草茂盛如晨光，也知道青草上的露水是怎么渐次退去的。他们清楚大地的脉动，也知道草木的秘密，只不过，他们不会在纸上吟唱，也不会把诗写在大地上。他们赶着羊从山上走下来，山上就留下了诗篇；他们把羊领到沟底，沟底就有起伏的韵律。

　　他们还是这村庄里的浪漫主义者。你看，他们躺在向日葵地里，那样子多像凡·高，从向日葵之间漏下来的阳光，色彩刚好衬托出他们的悠闲。他们站在山顶，迎着依次吹过青草吹过羊群吹过大地的风，这时候，他们就不是牧羊人，而是山的一部分——充满忧郁、桀骜不驯，但又随时可以回到人间——他们张口，唱一句山花儿，满山的花儿就开了，他们喊一声"尕妹妹，尕妹妹"，远处就有扎着花头巾的妹妹从小路上拐过来了。

在村庄里，牧羊人完全不用日出而作日落而息，他们的穿着也和村里人不一样，羊皮袄套在身上，远远看就像一只羊直立行走。他们培养羊的习惯，因此，羊也开始变得散漫起来，饿了也不急不躁，等行吟诗人拿起鞭子，才慢条斯理地走向草丛。

浪漫是村庄里最可贵的气质，可这气质并不世袭，也不会遗传，好几年能出一个这样的牧羊人，就很不错了。从我身边赶着羊走过的牧羊人明显缺乏这种气质，他低着头，一副羊没吃饱的样子，羊到我跟前都抬头看一眼，他竟然没有对我表示出任何热情，这个很不正常，在我的记忆里，牧羊人还是很善谈，很好客的。

这时候我发现，村庄里已经很久没有再出这样的牧羊人了。

有一回，我跟在一个赶着羊群的人身后，他倒趿着布鞋，耳朵上夹一根香烟，满眼的空洞，我跟在他身后很久了，他也没注意我。等羊到了草地里，他就返回了，一群羊自己在沟里吃草，吃得毫无节奏，我实在看不下去，就坐在沟畔，把自己扮演成牧羊人的角色，我唱山花儿，沟里却一点变化都没有，唱尕妹妹，也没有人从小路上下来，我喊领头羊不要吃麦地里的麦子，它们偏偏要去吃，我被一群羊忽略，或者说嘲笑。我的表演失败了，这也让我发现，牧羊人作为浪漫的行吟诗人的本事已经失传。

有些本事是天生的，而有些本事则需要向其他动物学习，比如爬树。

那时候，村庄里还看得见松鼠，它们经常从树上下来偷吃玉米，偷玉米的时候，它们尾巴上翘，小眼睛迅速地向周围扫视，小嘴鼓鼓囊囊，那样子可爱极了。于是，我们便去追，想抓了养起来，可是狡猾的松鼠，从来不让我们得逞，它总能在我们追上它之前爬上树。我们便向它学习爬树，这样就有机会抓住松鼠，还能摘到树上的果子。经常是双手被磨出水泡，不走运的话裤裆也会被磨破，纵使我们使出浑身解数，也没办法像一只松鼠一样轻而易举地爬上树，只能借助梯子，借助墙。也有人像猴子一样机灵，三下五除二就爬到树上去了。我们在树上看过村庄，也掏过鸟窝，我们在树上把童年的范畴扩大到离地三尺，就感觉很了不起了，跟上了天一样。

受松鼠的启发，我们上了树，被田鼠诱惑之后，我们破了土。田鼠的名字就注定了它的命运，一生与田为伴，没办法像松鼠一样上树，只能在地下打洞。掌握了它们的生活习性之后，我们就去地里踩，哪里虚就朝哪里挖，一铁锹下去，就看见树枝一样弯弯扭扭的地道。我们从坝里提来水，往小小的地道里灌，不一会儿，水就漫上来了，随水而来的，是一只胖乎乎的田鼠。我们不是猫，却有捕鼠的天分，这个手艺，让我们满足了养一只鼠的愿望，还能打牙祭，要知道，用泥巴包裹了田鼠然后扔进火里，用不了多久就能吃到美味。

除了捕鼠，整个童年，我们还掌握了抓麻雀、摸鱼、套兔子、打野鸡这些本事，这些本事不仅仅填充着苍白的童年，最重要的，是这种充满刺激和原始气息的捕猎方式，还能填饱肚子。

现在，这一切都看不到了。有一回我带着女儿回乡下，车子拐到我们村的时候，孩子冲着窗外喊，爸爸，你看，有凤凰。我吃了一惊，什么样的东西在孩子眼里会被叫做凤凰呢？转身一看我就笑了，原来是被我们叫做野鸡的锦鸡，共三只，它们像企鹅一样，在荒草并不是很长的地里踱步，看上去笨笨的。我停下车，朝它们跑去，结果不等靠近，锦鸡们就扑簌簌飞远了，要知道那时候即使在几百米开外看见一只锦鸡，也是一招致命的，现在它们的飞像是一种嘲弄，它们知道，我已经失去了制服一只野鸡的本事。村里的野草茂盛之后，野鸡和兔子明显增多，可是村里再也见不到背着猎枪追逐猎物的人了，留守的孩子们，对守在电视机前看光头强追熊更有兴趣，他们对兔子和野鸡的概念，停留在动画片里，而我只能停留在记忆里，捕猎的技艺算是失传了，要不那些锦鸡和兔子，怎么能那么肥硕且悠闲呢？

其实，浪漫主义和捕猎，并不足以支撑起整个村庄的脉动，只有人的生老病死才是。可是，我发现，村里的人，连面对生死的技艺都正在渐渐失传。那时候，几乎所有人的出生都要经过接生婆之手，她熟悉每个人来到世上之前以及之中的每一个细节。母亲们在接生婆的嬉笑怒骂中，完成一次生产，接生婆的功劳簿上就又多了一个名字，每一个经她的手接生的孩子，都像她的孩子一样，在双手做成的路上走了一遭之后，才开始蹒跚学步，走更长的人生路。

和接生婆并列的职业有木匠、阴阳、挖坟者。在这里我想重点说说木匠。木匠老四的过人之处在于，他可以一整天和木头在一起，用斧子、锯子、钻子、刨子、尺子和它们对话，老四说要个方的，绝对不能有多余的边；说要个圆的，绝不会有棱角。他能把木头变成家具，也可以让树成为棺材。在村里人眼里，老四的手是被神点化过的，他坐在寂寞里，打磨着木头，让这个村庄变得精致起来。最佩服的寂寞高手是挖坟者，人死了，阴阳先生选好地方，他们一语不发扛着铁锹和锄头就走了，对着土叩个头，便开始和土地过招。挖坟跟修房子其实是一样的，都是给人住，马虎不得，挖坟的始终一语不发，生怕多说一个字泄露天机一样，一锹一锹和土地较量着，一个晌午过去了，大地上便多了一个土堆，土堆边是等着棺材的坟。老四做的棺材落在坟里，挖坟的活才算结束，两个高手的完美配合，让亡者的后人受到莫大安慰，他们觉得，只有高手们的手艺才能让逝者安息。

　　现在，这一切都改变了，在我最近一次参加的葬礼上，已经看不到木匠和挖坟者的影子了，棺材是从镇上买回来的，坟是挖掘机用铲子掏出来的，不知道木活和挖坟的技艺在什么时候被埋进土里，总之，有些本事早已失传，更多的本事正在入土为安。

图书在版编目（CIP）数据

大地知道谁来过／田鑫著. -- 北京：作家出版社，2020. 8
（21世纪文学之星丛书·2019年卷）
ISBN 978-7-5212-0938-9

Ⅰ. ①大… Ⅱ. ①田… Ⅲ. ①散文集－中国－当代
Ⅳ. ①I267

中国版本图书馆CIP数据核字（2020）第068848号

大地知道谁来过

作　　者：田　鑫
责任编辑：史佳丽　李亚梓
特约编辑：赵　蓉　王锦方
装帧设计：守义盛创·段领君
出版发行：作家出版社有限公司
社　　址：北京农展馆南里10号　　　邮　　编：100125
电话传真：86-10-65067186（发行中心及邮购部）
　　　　　86-10-65004079（总编室）
E-mail:zuojia@zuojia.net.cn
http://www.zuojiachubanshe.com
印　　刷：北京玺诚印务有限公司
成品尺寸：142×210
字　　数：218千
印　　张：9.125
版　　次：2020年8月第1版
印　　次：2020年8月第1次印刷
ISBN　978-7-5212-0938-9
定　　价：43.00元